曹鹏作品系列——最新增订版

闲闲堂茶话

曹鹏——著

曹鹏博士朗诵：
《闲闲堂茶话》金句

文化艺術出版社
Culture and Art Publishing House

图书在版编目(CIP)数据

闲闲堂茶话 / 曹鹏著.—北京:文化艺术出版社,
2018.12
ISBN 978-7-5039-6641-5
Ⅰ.①闲… Ⅱ.①曹… Ⅲ.①随笔—作品集—中国—
当代②茶文化—中国Ⅳ.①I267.1②TS971.21

中国版本图书馆CIP数据核字（2018）第288068号

闲闲堂茶话

作　　者　曹　鹏
责任编辑　董瑞丽　韩路民
数字编辑　李岩松
书籍设计　周十鉴　姚雪媛
出版发行　文化艺术出版社
地　　址　北京市东城区东四八条52号100700
网　　址　www.caaph.com
电子信箱　s@caaph.com
电　　话　（010）84057666（总编室）　84057667（办公室）
　　　　　84057696－84057699（发行部）
传　　真　（010）84057660（总编室）　84057670（办公室）
　　　　　84057690（发行部）
经　　销　新华书店
印　　刷　鑫艺佳利（天津）印刷有限公司
版　　次　2019年5月第1版
印　　次　2019年5月第1次印刷
开　　本　710毫米 × 1000毫米 1/16
印　　张　18.25
字　　数　230千字
图　　片　约40幅
书　　号　ISBN 978－7－5039－6641－5
定　　价　68.00元

曹鹏／博士

头像绘画／高莽

学者、画家，在茶文化、美术、收藏、新闻传播、文学批评等诸多领域均有建树，出版著作《闲闲堂茶话》、《大师谈艺录》（壹、贰）、《名家意匠：中国当代美术批评》，文博书画大师丛书《启功说启功》、《黄苗子说黄苗子》、《名利丹青：吴冠中说吴冠中》、《收藏这么玩：王世襄说王世襄》、《徐邦达说字画》、《在荣宝斋讲齐白石》等二十余部，曾在北京、上海、江苏、河北、山东、黑龙江、云南等地数十家报刊开设个人专栏，写茶的文章主要发表于《茶博览》、《中华合作时报·茶周刊》、《茶叶信息》、《海峡茶道》等专业报刊。

目录

第一部分

第二部分

第三部分

第四部分

第五部分

第六部分

品读《闲闲堂茶话》

阮浩耕

曹鹏君把他的书斋取名为“闲闲堂”，把他的新书取名为《闲闲堂茶话》。该书精彩之处在于插进了他原创的几十幅书画作品。读装帧精美之书，仿佛与他在“闲闲堂”同话共品“功夫茶”。

享受闲适，是喝茶品茗的真谛所在。曹鹏君对于“闲”，还有更深一层的领悟。书中有一幅《江山风月》图，画上题跋：“江山风月，闲者便是主人。”此句源自苏东坡，画家取其意作画，这是一个智者对“闲”的悟得。

当今茶文化流行，茶文化书籍层出不穷，但有相当一部分是“二手货”，是东拼西凑甚至抄袭而成的，原创而有学术与文化价值的不多。《闲闲堂茶话》说的多为作者亲历、亲见、亲闻之事。记闻述事是曹鹏君的强项，说古今茶事融进了丰富的新闻信息量，去安徽电视台客串节目，去拉萨讲学，到杭州灵隐寺游览，走访调研南方报业市场，参加“扬州八怪”国际研讨会，应新加坡书协邀请出访等，许多茶话就从这里生发铺陈出来。如《茶花》一篇，作者首先从植物分类学上区分茶、山茶、油茶，又谈到小仲马的小说《茶花女》和由乔治·库克执导的电影《茶花女》，呈现了作者在文学、新闻、书画三者之间的融通之美。

在《茶具》一篇中，作者讲到紫砂壶时有议："真正的上好茶具，只有常用，才最能发挥出其价值"，"以收藏为目的买紫砂壶…… 连内壁的紫砂粉末都保持原样，那就有点辜负如此佳器了！唐诗有云：'花开堪折直须折，莫待无花空折枝。'不知世上有多少能解此意者"。《闲闲堂茶话》中的这些篇章，对当今茶文化热中出现的各类现象发表意见，注入哲思，不时散射出思想之光。

"茶的味道之中，包含着禅理，而禅的境界与精神实质，又充满着茶味。"在《闲闲堂茶话》中还不时透发禅的理趣和智慧。曹鹏君那些出尘脱俗的诗意画，给人一种闲定的心情，带来诸多禅悦。画家在画的题跋中说："茶有佛缘，非闲人不能解茶味。"这"茶味"即"禅味"。茶有佛缘，人生禅意。弘扬中华茶文化，就是要坚守精神优于物质的高贵性。

人生如遥远的旅程，"闲闲堂"就是一处可供停靠休闲的地方，一处品尝茶的原味、本色、真香的地方。

不寻常的茶话

朱白

汪曾祺曾经在《寻常茶话》中上来就说：“我对茶实在是个外行。茶是喝的，而且喝得很勤，一天换三次叶子。每天起来第一件事，便是烧水，沏茶。但是毫不讲究，对茶叶不挑剔。青茶、绿茶、花茶、红茶、沱茶、乌龙茶，但有便喝。”在我看来，中国人喝茶，绝大多数是属于汪曾祺这种“外行”。但一件事情发展久了，难免会出来一些个内行，所谓行家、门道。然后行家们再继续发展，进而就有了品位、情趣。

曹鹏的这本《闲闲堂茶话》显然也不是写给大多数人的，能喝茶喝出文化和雅趣的人本就不多，再能通过“茶缘”、“茶道”、“茶经”上升到艺术、宗教来的就更少了，用作者的话说，那是一种可遇不可求的“缘分”，有与没有、得到与没得到，“全看个人的造化与悟性”了。虽然本书立意并不够大众，但是并不妨碍大众喜欢这本书、读这本书，因为凡是美好之事必然会有人趋之若鹜，学习、效仿、领悟、参透，这都是心怀“茶缘”之人翻开本书的美好向往。

在作者看来，“茶”作为风雅之物是需要学习和研究的，要与之相伴更是需要一种缘分，与茶结缘在他看来是一种幸事、美事。作为读者，你甚至能从字里行间感受到作者创作时的那种欢快和幸福感。

《闲闲堂茶话》从一个个关乎“茶”的词汇入手，用平白生动并蕴涵着那点古典雅致的语言解释，使每一个翻开此书的人（这里并不排斥那些所谓无“茶缘”的人）首先就在闲适与优雅中通晓这些茶义。从作者的语言上，不难感受到一股淡雅甘润漂浮纸上，这也正是茶本身带给品茶之人的先天之感。从简单的“茶语”进门，到茶作为一种文化的脉络，以及与茶有关的茶画、茶书的专论，作者将茶文化集中展现在了笔墨之中。

茶中滋味与茶外功夫

韩田鹿

曹鹏博士的《闲闲堂茶话》，是一本清新雅致的茶书。此书做到了雅俗共赏，隽永可喜，举重若轻，形散神凝。闲闲读来，可以了解关于茶的方方面面；读罢回味，书中所讲的远远不止是茶文化。

在所有的饮品之中，茶具有非常特殊的品质。它可以使人在清醒中感受沉醉，在平和淡泊中感受隽永和丰厚。它是日用的，是所谓“开门七件事”之一；它又是玄远的，可以令人在品饮时感受到无限深长的意味。正因为如此，自古就有所谓“禅茶一味”的说法。然而正如人人可以习得几句口头禅，却很少有人参破禅机；人人可以喝茶，却很少有人领会茶中的真味。闲闲堂主人将自己与茶的结缘、对茶的品饮与感受一一写来，娓娓然如话家常，使读者在不知不觉中沿着一条清晰的轨迹领会了茶中的真味，理解了茶境的高远，颇得“随风潜入夜，润物细无声”之妙。正是在这个意义上，此书堪称一本难得的茶学茶文化教科书，而较之一般的教科书，又少了令人望而生畏的森严法度，多了几许轻松灵动的才情。

此书可以看作一部休闲版的茶学百科全书，能使人在短时间内获得极为丰富的茶类知识。书的主体是“功夫茶话”，下分若干条，如茶艺、茶道、茶技等，举凡词典、生活与专业中关于“茶”的词条，无不囊括。生活中未读过一本茶书而不害其为茶客者大有人在。不过，人对于万物，往往是了解越多，就越能对其产生感情，而越是有感情的投入，事物的种种微妙意义才越能充分体悟或享受。譬如对诗歌，不了解平仄韵律，未必不能感受到诗歌的美，然而要深入了解诗歌的种种微妙之处，诗歌的基本修养则必不可少。茶亦然。舌尖的滋味再美妙，套用孟子的话，也不过是对于“小体”即生理欲望的餍足，而若将其上升到“大体”的精神愉悦，则必待文化因素的掺入。茶文化是茶滋味的升华，是茶香散后盘桓于脑际的一缕芬芳，而若想得此芬芳，则非待茶书而不可。《闲闲堂茶话》正是这样一部能将口舌之享变为精神之怡，在读者面前打开一片茶文化广阔天空的佳作。作者在读万卷书、行万里路的同时留心茶道，尽啜天下名茶，遍览古今茶书，厚积薄发，终成此佳作。一册在手，顿有海阔天空之感。

作者的茶外功夫在书中表现得很充分，对种种由茶或相关引发的现象的思索与升华也常能启人遐思。如《茶园》一篇，谈到了旧时茶园同时也是文艺演出的场所，而后笔锋一转，由此谈到了西方的剧院，谈到了东西方文艺演出的不同性质与终极目的的差别，真令人眼前一亮，心胸顿开，在一部谈茶的书中突然看到这样的文字，真令人有喜出望外之感。这些茶外之思使得这部书除了是一部完善的茶书，同时也具备了作为文化散文的哲理品质。在如今的图书出版界，一部书能够不断再版加印是很难得的，《闲闲堂茶话》作为《功夫茶话》的修订扩大版，已经证明了在市场上的生命力，可以说进入了茶文化经典图书行列。

开篇的话

一

柴米油盐酱醋茶，这开门七件事中，茶排在了最后，但是它在文化中的地位却最高，因为唯有茶登上了大雅之堂，唯有茶能够谈艺论道。而柴米油盐酱醋则从古至今一直只作为日常必需品出现在中国人的生活中，中国古人讲究君子远庖厨，所以，柴米酒盐酱醋，就这样被摈弃在文化视野之外，与“雅”不搭界。

说起来，茶还总是与酒相提并论。在唐代就有一篇著名的《茶酒论》，虽然是文人墨客的游戏文字，但是，其中的辩难其实非常专业。从这篇文章中可以看出，茶与酒对于中国古人的生活来说实在是太重要了，缺一不可。

在中国人的生活中，酒总是与饭菜相伴，而茶却可以单独存在，因此，酒不能随时随地喝，而茶却可以随时随地饮。

茶与酒谁高谁低这个问题，本身就无法得出一个最后的结论，因为茶与酒本来就不是同类项，如果说酒是更多地作用于感情的话，那么茶则更多地作用于理性。唐代诗僧皎然的名句“俗人多泛酒，谁解助茶香”，茶的知音似乎比酒的知音在整体层次上要高雅一些。从医学保健的角度可以下一个断语，那就是饮茶有益健康，而饮酒过量肯定有损健康。

二

谈起源远流长的中华文化，人们最常提到的是“四大发明”。指南针、火药、造纸与印刷术确实对人类文明有着不可替代的卓越贡献，但是，其实中华民族还有一大发明，其价值同样不可估量，那就是茶。如今崇尚非物质文化遗产，依我的拙见，最能代表中华文明的四项非物质文化遗产是玉、书法、丝绸和茶。

茶的发源地是中国，据古籍记载，是远古的神农氏发现了茶这种神奇的饮料，随着时间推移，茶传播到了东南西北世界很多地方，如今茶已经是人类最主要的饮料之一。

茶在生活中可以说无所不在，从家庭到工作场合，在办公室、会议室与工厂车间，甚至是在旅途中，在火车上、飞机上、船上，尤其是在宾馆饭店，茶水都是不可或缺的必备品。

中国的产茶区，主要集中在浙江、安徽、福建、四川、云南、江苏、江西、湖南等省，但是，茶的消费者却遍及全国，几乎没有哪个地方不需要茶叶。在很长时期里，中国是唯一的产茶国，世界各地都需要从中国进口茶叶，因此，自古以来茶叶的流通与贩运就成为很重要的商贸行业，从云南的茶马古道，到北部边疆的茶马互市，以及由内外蒙古通往俄罗斯的茶叶之路，茶叶贸易由中国的产茶区辐射开来，走向世界。

英国人发现了他们掠夺的殖民地印度的气候与土壤都适合种植茶树，于是就从中国引进了茶树，渐渐地，印度成为世界上仅次于中国的第二产茶国。可以说，在中印文化交流上，中国从印度得到的最主要的礼物是佛教，而印度从中国得到的是茶叶。

茶的故乡是中国，茶文化的诞生地也是中国。从唐代开始，茶学就已成为专门的学科，陆羽的《茶经》奠定了中国茶文化的基石，此后，在中国浩如烟海的典籍中，茶书品种不断增加，蔚为大观。正因为有了如此之多的茶书，才孕育出古色古香、飘溢着浓浓书卷韵味的中国茶文化。

三

中国传统茶艺本来就是和宗教文化尤其是佛教密切相关的，所谓“茶禅一味”，中国茶学的开创者陆羽本身就是和尚，所以，中国茶文化从根上就有佛缘。在历史上，名茶与名僧一直如影随形，几乎不胜枚举，比如最著名的茶典故——赵州和尚的“吃茶去”。这三字口头禅，可以说是禅宗论道的代表作，至今高深莫测，没有人能准确地解释它的真正内涵。

佛家重视冥思打坐，而茶正可以提神清醒；佛家讲究礼仪程式，吃斋念经无不中规中矩，当然饮茶时也就形成了一套程式——这也许就是茶艺表演艺术的历史渊源。中国名茶中，寺院所产的佛茶一直就占有重要位置，比如自唐代就有盛名的蒙顶茶，以及径山茶，还有普陀佛茶。

四

一般认为茶道是日本的特产，日本产茶饮茶，当初是从大唐引进的，因此，正如日本文化的很多方面一样，茶道也是中国唐文化的衍生与变异，当然，在千百年的历史长河中，日本茶道日益具有了自己的独特内涵，成为日本文化的典型代表。日本茶道追求“和敬清寂”，是一种宗教色彩很重的礼仪活动，被视为一种非常高层次的社交活动。

追根溯源，日本的茶道其实不是日本的创造。据资料记载，在南宋时代，日本的南浦绍明禅师曾在杭州径山寺习茶，后来取经回国，再发扬光大。如此说来，茶艺的演变也是中日文化交流的结果。

五

中国人喜欢喝茶，让自己的工作、生活有滋有味，就像外国人喜欢喝咖啡一样。但咖啡不如茶清纯，我感觉茶给人心理上的感受是清纯，没有太多的杂质，不像咖啡放糖、奶等添加调味剂，茶就是来自大自然的一把树叶，在喝茶的时候会感觉到与自然贴近，是回归大自然，而不是一种工业时代的消费品。中国茶和中国书画一样没有太多的配料，凡是经过配料的就离原味、真味、本味远了。中国人是很讲究真味的，绚烂到极致就归于朴素。中国的书画艺术同样是看上去很简单，但是内涵很丰富，茶也是如此。

六

中国茶的品种多、口味多，喝法也多。以喝茶的量为例，宜多还是宜少，不同的人有不同的观点。《红楼梦》里对饮茶的艺术有一番生动的描绘，虽是才子佳人的打情骂俏，可是其中却也不无道理。妙玉说："一杯为品，二杯即是解渴的蠢物，三杯便是饮驴了。"这是说，品茶宜精宜少方可得真趣。

不过，也有品茶宜多的说法。大大有名的唐代诗人卢仝有过这样几句诗："一碗喉吻润，二碗破孤闷，三碗搜枯肠，惟有文字五千卷，四碗发轻汗，平生不平事，尽向毛孔散，五碗肌骨清，六碗通仙灵，七碗吃不得也，惟觉两腋习习清风生。”

这样，“七碗茶”就成为一个很著名的典故。这说明了一个道理，围绕着文化，可以是百家争鸣，不必是一定要有个唯一正确的标准，因为文化不是科学，没有绝对的是非标准，只要自成一说、言之成理即可。喜欢只喝一杯的固然可以认为二杯、三杯是蠢物或驴才会喝的，不过，喜欢连喝七碗的却自得其乐，饮茶的情趣也正在这种多元化。

茶的色、香、味、形千差万别，品种非常之多，绿茶与红茶的口味截然不同，两者与乌龙茶又都不一样，喝惯了茉莉花茶，对于普洱砖茶简直无法认同，而奶茶与酥油茶，其区别又何止千里！

七

唐代刘贞亮提出茶有十德：“以茶散闷气，以茶驱腥气，以茶养生气，以茶除疠气，以茶利礼仁，以茶表敬意，以茶尝滋味，以茶养身体，以茶可雅志，以茶可行道。”这种概括升华，对于引导饮茶风尚起到了很好的作用。饮茶被赋予修身养性、陶冶性情的功能，不仅有益于身体健康，还有益于精神健康。饮茶的最高境界是一种精神上的愉悦，而不再只是生理上的满足。韩素音说：“茶是真正独一无二的真正文明的饮料，是礼貌和精神纯洁的化身。”

饮茶可以是一种文化交流，自古以来，中国人对于品茶的环境就特别注意研究总结，并且形诸文字，至今能读到徐渭等文化名人的论述。现代人重视休闲社交，而中国古人其实早就把茶作为休闲社交的理想媒介。在大都市，由于人们的居住空间普遍日益宽敞，在家里布置一间茶室成为一种时尚。饮茶可以是日常起居的一种习惯，也可以是一种消遣。饮茶充满了情趣，与亲友坐在家中，泡上一壶好茶，那种轻松适意，是别的东西所不可替代的。

八

在中国古代的茶书中就一再强调，品茶的诸要素中，最重要的是要有风雅的茶友一起参与。今天的茶艺还明显带有礼仪色彩，这可以折射出茶的社交亲和力。中国是礼仪之邦，自古就把茶视为非常重要的礼品，唐宋诗歌中，不少都是酬谢友人寄茶的。定亲更是必须用茶来当聘礼。

中国人的待客之道离不了茶，客来敬茶成为中华民族的传统礼仪。在请客喝茶时有许多讲究，比如倒茶要掌握分寸，“酒要满，茶要浅”，而被招待的客人在别人为自己斟茶时，要用手指轻敲桌面，以示感谢——这个习俗原先是广东特有的，近年来普及开来。在南方很多地区，不仅要请客人喝茶，还要奉上精美的茶食茶点。湖南有些地方每当款待客人要专门打擂茶，作家汪曾祺有一首诗，后两句“十年大觉成一梦，与君端坐饮擂茶”，就是湖南之行的见闻感想，老先生生前似乎特别偏爱这首诗，不止一次书写成条幅，在他的子女为他出的书画遗作集中就收了不少。

在款待客人的同时，茶礼往往还有寓意，如云南白族的三道茶含有质朴的人生哲理，头道是苦茶，二道是甜茶，三道是回味茶，寓意人生苦尽甘来。

九

现代化的生活，过于紧张，节奏过快，因此，人们更需要放松与舒缓压力。饮茶是生活最好的调剂与放松，茶文化的复苏可谓是应运而生。鲁迅先生说，“有好茶喝，会喝好茶，是一种清福”，懂得品茶是一种生活乐趣，与鲁迅同是五四新文化运动的代表人物的同胞兄弟周作人也一再写到茶，而且文章的境界之隽永，滋味之悠长，令人读了真有如品佳茗之感。

文化需要建设，需要一代又一代的才俊之士用智慧与心血塑造，茶之所以能成为一门博大精深的文化，一个重要因素就是从唐代以来，无数的文人、诗人、画家都对茶投入了巨大的热情，倾注了无数的心血，研究、玩味、欣赏、创作，给我们留下了无数茶文化作品。这些都构成了茶文化的精神底蕴，让我们在品茗时对茶艺的博大精深不断加深理解与认识，回味无穷。

一〇

茶具与酒具、餐具即使质地相同、工艺相同，可是在人们的眼里却有着不同的品格。这是一个非常有意思的现象。在这里，器具的原料是陶瓷还是紫砂或者金属似乎并不重要，重要的是它的用途是什么，用来饮茶与用来喝酒、用来盛饭盛菜，决定了其气质、地位和待遇。

茶具能够在品位上胜出酒具与餐具，显然是借重了茶的魅力。反过来，茶具的精美又烘托、提升了茶的文化境界。如果没有茶具的话，那么也就谈不到什么茶文化了。茶就好比是倾城倾国的名角，而配套的器具则是道具、乐器与舞台。茶文化的魅力，至少有一半是由茶具构成的。

茶具作为艺术品或收藏品主要由茶壶、茶杯、茶盘、茶炉、茶则、茶盂、茶罐、茶巾、茶几等组成。从质地上划分，紫砂与瓷器构成茶具两大主力，其他各种质地的茶具尽管不见得质量差，但是却要退居次要位置，如金、银、锡、铜、铝、铁、钢、玻璃、竹、木、漆器等等，必须承认一点，那就是贵金属的茶具往往是瑰宝，如法门寺出土的金银茶具，绝对价值连城。不过，金银器具最大的问题是由于材质本身就有很强的可流通性与很高的价值，因此很难保存下来，作为文物古玩来说，瓷器的收藏爱好者更为众多，具体到茶具，紫砂占压倒优势。也许是受民间影响，宫廷对瓷器与紫砂茶具的热情似乎也比金银为甚，北京故宫博物院常年展示的紫砂茶具是清代宫廷的遗物，精美绝伦。

紫砂有与陶瓷不同的收藏方法，最大的区别是所谓“养壶”，与其他的饮食器皿的清洁方式不一样，紫砂茶壶讲究的是外面要洗干净，而壶的内壁却最好是有茶锈茶垢堆积，这叫“茶山”。行家们说，这样的壶，泡茶才真正别具韵味，这可能和中国传统烹饪推崇百年老汤的逻辑是一样的。

任何文化艺术都必然有天才的人物，才有可能提升到辉煌完美的境界。茶具由实用向艺术的升华，是因为文人参与了制作设计，这正像“文房四宝”一样，因为是文房清供，造型与品质要经得起文人雅士挑剔的眼光与讲究的品位，而最能了解、最能找准文人雅士对茶具的趣味与喜好的，莫过于文人雅士自己。所以，品饮的茶具从开始就被雅化了。紫砂成为艺术也与文人画家的介入紧密相关，清代陈曼生在紫砂壶上刻字作画，开创了文人茶具经典范例。

艺术化的茶具的消费者目标，是文人。是专为文人雅趣赏玩而设计的。闲情逸致一度曾被批判，玩物丧志更是要不得的缺点。斗转星移，今天人们才发现，闲情逸致是生活中不可缺少的组成部分，如果没有了闲情逸致，生活就会枯燥无聊，生活要滋润，离不开美。所以，茶具在“文化大革命”前后的20年中几乎全部丢掉了美的追求而一味讲实用，而今卷土重来，并且生命力格外旺盛。茶具给品茶提供了艺术审美的物质基础。

二

茶馆的历史非常悠久，中国是以农为本的国家，工商业在历史上并不发达，可是茶馆却出现得很早，至少早在宋代茶肆就已在城市中普及，在流传下来的小说、史书以及画卷中都能看到它们的影子。从某种意义上讲，在商业服务业论起历史资格，茶馆可能是很多专业店铺所无法企及的，也许只有饭馆、酒馆能够与之一争短长。

然而，在很多城市人们印象里，茶馆似乎是新生事物。因为除了四川、广东等地以外，大多数城市在中华人民共和国成立后，由于种种文化政治运动与经济调整，使本来根深叶茂的茶馆被当成不健康或者不值得提倡的消费场所，从城市生活中清除出去。直到上世纪80年代，著名作家老舍先生的遗孀一再呼吁北京应当恢复茶馆，发表了多篇盼望茶馆早日开张的文章，主张茶馆不仅有经济价值，更有文化价值与旅游价值，这位书画造诣极高的女书法家甚至题写了好几块茶馆的匾牌，但是竟然一块也没挂成，因为当时的市场环境与社会氛围还不适于茶馆。

中国是个大国，各地的风土人情差异很多，因此，茶馆在不同的地方也就有不同的风格。人们在茶馆里消费的究竟是什么？茶馆提供的看上去是茶，其实更多的是环境与氛围，或者说是文化。人们去茶馆不是为了解渴，可以说，解渴喝水是人们进茶馆的比较次要的一个理由。茶馆是社交场所，如今很多人把茶馆当成谈事的去处，尤其是企业界做生意的、文化界谈合作的，都喜欢选择到茶馆见面。鲁迅先生早年在北京，就常常在中山公园的茶社里与教育界、文学界朋友们谈天说地，约稿谈写作。

一二

茶可以是日常饮用品，也可以是一种文化。若想品味茶文化，首先要闲得下来，因为闲是雅的前提，闲能生雅，闲则近雅，若是匆匆忙忙，就与雅无缘了。当今社会浮躁得很，俗人俗事特多，而雅人雅事绝少，穷其根源，恐怕就在于不闲。

茶尚质不尚量，尚精不尚多，这与中国传统价值观非常一致，在文学艺术创作中，质是唯一重要的，量相对而言无足轻重。

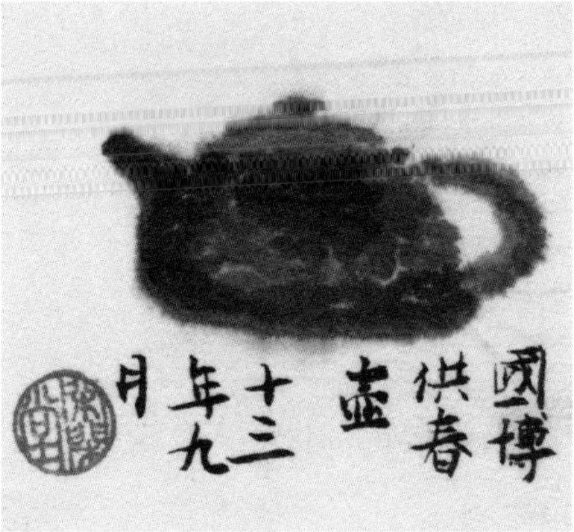

第一部分

曹鹏博士朗诵：
《闲闲堂茶话》金句（1）

茶缘

古人说："一啄一饮，莫非前定。"喜欢不喜欢喝茶，喜欢喝什么茶，这也是缘分。

茶在百姓日常生活中是司空见惯之物，开门七件事"柴米油盐酱醋茶"，就有一个"茶"字。世间万物，但凡牵扯到"缘"，就有偶然性。喝茶的人何止亿万，但是结下茶缘的为数却并不多，至少在比例上是很有限的。

《红楼梦》里的妙玉曾有一番关于茶的妙论，说"一杯为品，二杯即是解渴的蠢物，三杯便是饮驴了"。其实细究起来，解渴的蠢物与驴饮之间似乎并无多大差距。我的理解，她的意思实际上是把喝茶者分为品味与解渴两大类。

与茶结缘，显然就得超越解渴的境界。有个古代笑话，道是有一位伧夫做客喝名茶，主人问茶水好否，伧夫答曰："好！好！热得有趣。"这等人物即使是有幸喝到再名贵的佳茗，也只能作一驴饮罢了，谈不上什么缘不缘的。

缘分是可遇不可求的。与茶结缘，可以使平居岁月增添几多韵味。如何得结茶缘，全看个人的造化与悟性。哪一天你讲究、在意并真正能理解、欣赏面前的一杯茶时，庶几就算有了茶缘。

我的茶缘是在蠢蠢然喝了若干年的茶之后，偶然有一次机会才修下的。少时喝茶完全受家庭长辈影响，全是花茶，只觉其涩、香，而且解渴，不算有缘。参加工作后，虽然时有朋友馈赠，在办公室也断不了泡上一杯这样那样的茶，不再单一喝花茶，可是说老实话，也仍处在“热得有趣”的层次上。真正接受茶文化的启蒙，学会对茶另眼相看，是1994年的夏天。

当时，刚从中国国际广播电台下海到广州绿丹兰的张丹小姐邀请我到广州采访，正好顺便走访调研南方几个城市的报业市场，于是有南方之行，线路是从北京飞福州，由福州坐车至厦门，由厦门飞深圳，由深圳至广州。在厦门小住三天，于是得闲到厦门大学一游。

游览名校是我的一个业余爱好，厦门大学临海而建，环境之美在国内首屈一指。校园的一栋楼里新开了一家茶道馆，来自武夷山的三四位青年把不大的房间布置得很是素雅，弥漫着我以前所不熟悉的茶香。彼此都是青年人，攀谈起来，话题闲适而融洽。在茶与茶具之外，还聊了很多别的。他们说赚钱是次要的，最主要的是宣传，所以客人喝不喝茶都一样欢迎、一样热情。这一点在当时的我听来，还是很新鲜的。听武夷山的女孩讲人间仙境武夷山，真令人心向往之。书香与茶香和谐地混合在一起，留在我的记忆里，自此记住了“大红袍”。

这以后我就开始了茶学、茶艺的入门与茶书的研读，以及茶市的探访、名茶的品尝和茶具的收藏。一来二去，茶就这样融进了我的生活，成为一个不可或缺的组成部分，和以往相比，习茶、品茶感觉上殊为不恶。时间久了，感想就多起来，本来就喜欢涂鸦，本着“与朋友共”的古训，于是就把自己学到、见到、想到的一些关于茶的方方面面的话写下来转告更多的人。当初在报纸上开的专栏、2001年结集而成的图书名称虽是《功夫茶话》，但内容并非专讲功夫茶，而是取“功夫”二字意义颇合茶道精神而字面又雅俗共赏，笔者有功夫写，编辑有功夫编，读者有功夫读——这也都是缘分。

茶是不了缘，而且愈久愈浓酽。但愿会有读者看了这些文字后与茶结上清缘，那可以说就是作者的最好报酬了。茶缘是福，老话讲“佛度有缘人”，其实茶也可作如是观。

茶艺

茶艺是一种综合性的生活艺术，是物质享受与精神消遣的完美结合。

茶艺馆在中国大陆是这两年才兴起的一个新行业，从南到北，一家又一家装修得古色古香的茶艺馆，令“茶艺”日益深入人心，但是，“茶艺”两字的准确诠释究竟是什么，却是众说纷纭，即使是开茶艺馆的人士也多半语焉不详。不过无论如何，“茶”字与“艺”字的搭配，从字面到含义都很不俗，似乎是天造地设，自然和谐，人们尽管可能不清楚其准确含义，但也会觉得优雅动听，颇有“妙处难与君说”的意思，这也是“茶艺”二字有生命力的原因。

中国大陆眼下的茶艺热是从港台返销来的，“茶艺”二字也是台湾最先流行起来的，指的是茶的文化，尤其是品饮文化与消费文化。港台茶艺，论其根源，是在潮汕功夫茶的基础上结合古今茶文化的精华，由茶商或茶馆积极倡导，各界爱茶人士共同响应并予以支持的一种生活艺术。

值得指出的是，中国港台地区与新加坡等地都是在经济腾飞之后，大致从上世纪七八十年代开始才兴起茶艺的。这说明了一个道理，凡是沾“艺”字的事物，若想繁荣，就要以民众普遍富足为前提。如果生活在连吃饭都发愁的贫困状态中，那么即使再爱喝茶，也无心去讲究什么“茶艺”。90年代中期以后，中国大陆各地茶艺馆如雨后春笋般涌现，也正是因为老百姓毕竟有了一定的家底，社会上也出现了相当一批先富起来的人。

茶艺的核心就是认识茶、熟悉茶、欣赏茶，这包括知识的学习与积累，也包括技巧的摸索与提高。换句话说，茶艺就是把喝茶从日常生活的层面升华到文化欣赏的层面，把喝茶、谈茶作为一种文化活动或者娱乐活动来对待，在品茗的过程中，主要目的不在解口腹之渴，而是滋润精神，增添乐趣，提升生活品位。茶艺是个人享受佳茗与茶具、环境的行为，同时也是一种以茶为纽带的社交与集体文化活动。

既然是文化活动、生活艺术，茶艺就不仅仅存在于茶艺馆中。事实上，在中国港台等地，茶艺已更多地融入人们的日常生活，很多重视生活质量的人，在自己家居时或在办公室里也是要讲茶艺的。上档次的茶具，像样子的茶室，以及规范的品饮礼仪，在热爱茶艺的人眼里已成为一种很日常的东西，就像穿西装打领带一样。

尽管日本、韩国以及英国等国家都繁育出各自的茶文化与茶道、茶礼，但是追根溯源，茶是中国的国饮，因此，茶艺最有生存基础与发展空间的所在还是中国，尤其是大陆。

茶道

茶自古以来就与道有缘。

一杯清茗在手，悠然啜之，清心宁神，可达到一种仿佛得道的境界，並知人生如白驹过隙，而闲情逸致实在是上天难得的恩赐。知堂老人周作人谈茶有一番名言，非“前世出家今在家”的智者说不出的：“得半日之闲，可抵十年的尘梦。”这种悟识就有“道”的意思了。

不过大家平常所说的“茶道”，应当说是日本的专利，内涵可用“和敬清寂”四字概括。吾国时下兴起茶艺，茶用“艺”字而不用“道”字，就是因为日本的茶道名气太大，如果考虑到日本的茶本来就是唐代以后从中国取经带过去的，其茶道、茶文化也是中国唐代茶文化的活化石，若我们又借用回来，则有反客为主、尊徒为师之嫌，无论于情于理都有所未安。所以“茶道”一词就只好留给日本了。

茶道是日本生活艺术的一个重要内容，可与和服、歌舞伎等量齐观。日本的茶道，正所谓醉翁之意不在酒，目的主要不是品茗，更非解渴，而更多的是一种礼仪，有类宗教修炼，是缘茶求道。与之相比，中国人的茶艺则是以艺衬茶，讲艺是为了更好地品茶。承马平先生热心安排，我参加过一次日本驻华大使馆在中日文化交流中心设立的日本茶室的茶会，整整一个下午，与其说是喝茶，不如说是看日本茶人表演。日本人把茶道看得很重，从服装到场所，再到器具以及宾主对答的辞令，都有严格的规矩，每一个动作，每一个环节，都丝毫不能差。所以，日本的女子若想纯熟掌握茶道，往往非三四年莫能，所花费的精力，在中国简直可以拿一张大专文凭了。

日本人很讲清洁，茶道尤其是处处务求清洁，但是有一点例外。要我说，日本茶道有一百个好处，但有一条不好，就是一碗茶在座的所有人轮流喝，而且是要均匀分摊，每人三口半，最后由主人喝干。茶道的全过程中，讲究清洁几乎到了洁癖的程度，可是最后一关却前功尽弃，这当然是前人传下来的规矩，有些地方已经落后于时代，不用说，这不符合现代卫生标准。

平心而论，茶的精神还是重在清高雅致、放松自然、和谐优美，而不是繁文缛节、一板一眼。日本人天性讲认真、细致、严谨，因此，日本生产的汽车、电器等工业产品质量都是很过硬的，不过，若把这种劲头用于文化，恕我狂言，似乎就失之刻板机械。总之，我对日本茶道一向不大以为然，套用古典词论的名言，日本茶道“虽极天下之工，要非本色”。喝茶乃乐事，日本人喝得太累。

不过不管怎么说，日本茶道至少是千百年来一脉相传，从未断过香火。而我们的茶道或茶艺，虽然有唐人的潇洒、宋人的兴致、明人的空灵，但却屡屡香消云散，就连茶文化最主要的舞台——茶馆，都能一下子在大陆绝迹几十年，遑论其他。中国自古以来就勇于破，阿房宫一把火就敢烧个净，古城墙古建筑也大刀阔斧拆个精光，而人家虽然没有我们这么悠久的传统，但是什么东西都注意珍惜保护，到头来，作为文明古国的中国，反在很多方面不如新兴文明国度的文化遗产家底厚实，甚至有不少本来是我们祖宗留下来的珍宝，反成为人家的财富。从这个角度看，“茶道”这一日本传统文化是值得我们尊重与效法的。

茶禅

茶与禅的关系非常紧密。过去不少茶山都是庙产，买山而隐是儒家的梦想，但是真正实践的是释家。天下名山僧占多，在现时的土地政策下，这种盛况肯定是无法复制了。据我有限的知闻，现在只有普陀山还有佛茶是由寺庙拥有的。

赵州和尚留下了“吃茶去”的名言，说起来，我在上世纪80年代中期曾去当时的赵县，看了赵州桥，但是对柏林禅寺没留下什么印象，此后再也就无缘重访赵州了。在中国的茶学界与佛教界，赵州如今是国内禅学重镇，茶禅一味，在茶文化中占有重要地位。赵州不是茶产地，完全是因为一位高僧的语录，使赵州和茶联系到了一起。

中国的儒、道二教都与茶没什么缘分。孔子言及酒而不及茶，可见在诸子时代茶还不普及。朱熹在武夷山生活，可是也没在他的理学里给茶以位置。道教重养生，却没发现茶的妙用。

在我们今天的生活里，茶禅一味如何体悟？我的拙见，在茶中可以领会生活的禅机。乌龙茶、铁观音、大红袍以及普洱茶，茶商与茶馆业的人士总是强调好茶能耐多少泡，以多泡达到八九遍为质佳的标准。

以我个人的经验，再好的茶，三五杯喝过，水也够了，意也足了，再多喝，只是贪馋或惜物，总之不是完全为了个人享受的需要。

其实好茶也不要超过三泡，别没完没了，再多泡了不是不行，不过味道就打了折扣，而且据科学家说可能会析出有害物质，所以三泡之后见好就收，适可而止，最明智，尽管有些浪费。悟出此理之后，我便如法实施，哪怕再名贵高级，也只冲三泡。其他的事情，同理可证。

显然，我把高深的禅变成形而下的生活小原则了。不过，难道能从茶里悟出这个道理，还不够吗？

传灯录以及高僧语录是我平素喜欢读的书，不仅因为哲理与思想，还为这类书保留了大量古人口语，格言警句美不胜收。这里不妨效法大德高僧开示的语气来一句：“吃茶即禅，禅即吃茶，茶中有禅，悟！”

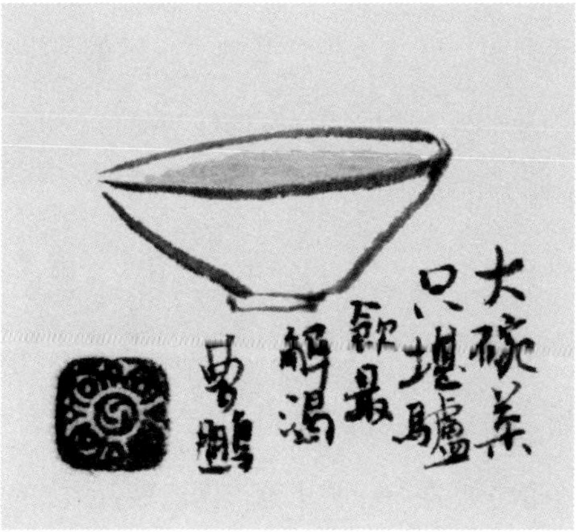

茶趣

“柴米油盐酱醋茶”开门七件事所围绕的中心是“吃喝”。在涉及的米、油、盐、酱、醋、茶这六样中，大概只有“茶”是谈得上“趣”的。

虽然同样是日常居家饮食，茶比其他食品、调料所多的，是它不仅仅能满足人的物质需要，还能创造出或提供很精神化的享受。茶可以是一种沉思、一种文化、一种审美，一种游戏，一种休闲，一种把玩。当然，茶趣并不是每个人喝茶都能领略体味到的，欣赏茶趣，必须有一定的茶缘，有一定的修养，喜欢品茗而且具备一定的知识，最后还得有悟性与品位，还少不得要有闲情逸致，以散淡之心去品味壶中杯中的乐趣。

古人把享受闲暇看得很重，“偷得浮生半日闲”，确乎是滚滚红尘中极为难得的。平居无事，清茶一壶，闲话古今，乐趣远胜于功名利禄。茶因为其中大有意趣，从唐宋开始，上层社会精英人物趋之若鹜，文人士大夫爱之好之，品饮的同时歌之咏之，嗜之如命，各逞才思，创造繁育出如此丰富多彩的茶文化。

在茶文化中，不论是日本茶道、中国茶艺还是西方茶礼，有一个共通之处，那就是和茶相关的一切物品、工具、环境都是很讲究的，不厌其精，这是为了更充分地烘托、营造出茶趣。可以说，在解渴之外，超出大碗茶实用功能之外，茶的冲泡、品饮的每一个环节与形式以及相关的用品，都是为了一个“趣”字。名贵绿茶与黄茶中的君山银针，品饮时向来讲究用玻璃杯，就是为了观赏沏泡过程中茶叶的变幻。

不仅是茶具，就连享用茶食也有很多专用工具。讲究的茶艺馆的茶食用品中就有专开核桃的工具，专开胡桃的工具，专开栗子的工具，连开瓜子的小钳子，都多达五六个品种。所有这些小玩意，都是为了使喝茶更为趣味盎然。

茶趣在本质上是一种文化游戏。茶诗茶联就是最典型的“文字游戏”例子，唐代就有一字至七字的宝塔诗。再比如茶壶盖，向来就流行一种铭文“也、可、以、清、心”，五个字排成一个圆圈，从任何一个字都可以当作开头，读出来的句子都通，而且意思大致相同。这些宝塔体、回文体作品都很耐人寻味，适合饮茶时观赏。

近来围绕“茶”字做文章的“文房四宝”与工艺品日见走俏，这当然也是为着“茶趣”。2006年我在潘家园古玩城见到一块刻成一函线装书形状的歙砚，上面用金粉写的是一页《茶经》，若论实用，似乎谈不上，但是要价奇高，1800元，我嫌贵没买。过了一星期再去，店主说，卖出去了！可见“知趣”的人还是有的。

喝茶的讲究非常多，而且因地而异。其实所有的讲究，目的也只为了“茶趣”。功夫茶忌讳倒水直冲壶中央，说是怕冲破茶胆。若是让研究流体力学与热学或者是搞化学实验的专家来评说，恐怕此论未必有科学依据。

把品茶作为审美娱乐活动，茶趣的体味与把玩为我们增添了一份优雅的愉悦。西方人说听音乐是人生在世最纯洁无邪的感官享受，其实，品茶又何尝不是呢？

茶技

大家都知道喝酒是有基本程序的，什么酒配什么杯子与器皿都是约定俗成的。如果谁用小盅喝鲜啤，或者用扎杯喝黄酒，都会让人笑掉大牙。可是，笔者近来走了北方若干家新开的茶艺馆，发现一个让人哭笑不得的现象：不论客人点的是绿茶、花茶还是红茶、普洱，茶艺馆端上来的都是同一套功夫茶具。

显然，这是外行开店才会犯的常识性错误。不过，由于北方的客人们大都对茶艺不甚在行，因此也就逆来顺受，把这种其实很荒唐的待客形式全盘接受下来，并且渐渐习非成是，觉得功夫茶具就该是在茶艺馆品饮时的家什。演戏讲究“宁穿破，不穿错”，是因为穿错了行头让人笑话，如今一些茶艺馆这种做法谬种流传，实在是害人不浅。

沏茶品饮是日常行为，当然有其动作要领与程序。功夫茶是南方广东、福建等地饮茶的方法，也是最为讲究、复杂的。不过，以往功夫茶在国内并没有多大的市场，早些年大都市的茶客们即使听说过潮汕人泡茶另有一套，但是也都一笑置之，无人当真。近些年东南沿海经济腾飞，原本并不在意粤闽习俗的其他地方受南风北渐影响，也就开始接受并学会了这些东西。

功夫茶技其实分解开来并没多复杂，有半个小时就基本可以掌握。坊间有不少各类图书都是讲解品饮技巧的，甚至还有光盘。其要点有所谓“十法”，即候火、虾须水（刚开未开之水）、拣茶、装茶、烫杯、热罐（壶）、高冲、低斟、盖沫、淋顶。头遍茶直接冲杯，称为“洗茶”，然后有所谓“关公巡城”、“韩信点兵”、“凤凰三点头”，饮毕还要把茶叶取出，大家欣赏舒展开来的叶片色泽与形态。

茶技不论有多少动作、多少程序，其核心都是围绕着洁净、火候、和谐、优美。只要心里有这几个意识，无论怎样冲泡品饮都不为过。

当然，茶技绝非功夫茶一种。大致可分北方风格、江浙风格、西南风格、西北风格，都自成一体。论传统当首推西南茶技，成都茶馆名满天下，以盖碗茶冲泡为主，茶博士大铜壶挥洒自如，功夫也端的了得。北方人尤其是京津保等地喝茶亦是盖碗，冲泡时动作简单明了，干净利索，没那么多杂碎儿。江浙一带则是紫砂小壶、青瓷小碗，也没多少花活。西北风格则近乎西南与华北风格的变种，也是盖碗茶，但是内容有所不同，用三炮台沏泡的主要是八宝茶。

以茶的剂量为例，不同地方的人口味不同，甚至同一地方的人对不同的茶也有不同的口味爱好，所以该在壶里放多少茶叶，其实并无定规，全看饮者的意思。初尝新茶，不妨多试几种剂量，找到自己最中意的那一款，然后作为标准固定下来。沏茶倒水是有遍数限制的，大抵花茶、绿茶、红茶以三遍为度，而乌龙系列则可多达八九遍，因为茶叶占到壶体积的三分之二。普遍的看法，二遍茶是最佳的，尽得其神韵。

或许正是由于广式功夫茶的动作成套，显得有文化，而且有表演效果，有利于招徕顾客，所以才格外受茶艺馆的青睐。不管怎么说，在我看来，喝茶与做任何事都是一个道理，那便是该怎么办就怎么办，反正我喝花茶或绿茶是绝不肯用乒乓球大小的杯子一口一口抿的。

茶时

茶是时之饮。茶的时间性很强，上市有时，冲泡有时，品饮有时。

一般情况，茶的价值与时间长短成反比。“时”的概念不只是新，也包括久。绿茶、花茶、乌龙茶、红茶保质期不超过一年，经常有人把上好的名茶一搁就不知多久，这可谓是暴殄天物，当然，这往往是因为茶的来路或者是单位发的，或者是别人赠送的。另一方面，普洱砖茶、茯砖等紧压茶又是历久弥珍，甚至成为一种收藏品。

采摘炒制茶叶很讲时令，特别是绿茶，每年明前雨前的新茶，都是只争朝夕的。也正是出于这个原因，茶庄把新茶上市看得很重，广告推销不遗余力。在茶叶市场，“时间就是金钱”是不争的共识，因此江浙的茶商会在明前去海南、四川、云南收购鲜叶加工，然后作为江浙新茶推出。蔬菜温室大棚也被借用来种茶，这样就能抢先生产出新茶。

作为消费者，买茶也有时间性。春夏之交有机会游览杭州西湖，不可不买龙井茶，即使你本来不大喝茶，也会被举目皆是的茶庄海报所吸引。

在日常生活中，英国人有约定俗成的茶时，也就是 Tea Time。我手头有一本英文茶书，书名就是这两个单词，它一般是上下午的工休时间，大致一刻钟，据说是丘吉尔的德政，沿袭下来成为民俗。在英国家庭主妇那里则是下午四五点钟。“茶时”就是喝茶的时候，它既是品饮佳茗，又是一种放松与休息，更是交际沟通的良机。

茶和时间的关系太紧密，西方人讲究生活质量，茶具也齐备。英式茶具与中式、日本茶具最大的区别可能就体现在沙漏上，英国的家庭泡茶时喜欢用称得上是原始计时器的沙漏或计时表来掌握火候。英国人的刻板与机械真是无所而不在！

中国人虽然也深谙茶理，知道时间之于冲泡的重要性，但实际生活中则大都跟着感觉走，差不多就行了，即使是潮汕崇尚功夫茶，也未见谁在饮茶时读秒。

和其他享受相比，茶是最能消磨光阴的，喝茶的时候，就是有滋有味地享受闲暇。记得英国有个诗人曾写过一首题为《闲暇》的诗，开头就是“如果没有了闲暇，生活还有什么乐趣”，我猜他肯定是在啜饮着红茶的时候写出来的。

乔治·吉辛在《四季随笔》里有一句：“我也许是在喝茶的时候，最能享受悠闲的感觉了。”

他还写道：“品茶时间蕴含某种神圣的东西。”

不同的国家、不同的民族大都难免会有本位自大的观念。吉辛本是一位博学而优雅的高人，然而他却会说：“中国人在不知道多少个世纪中从品茶得到的乐趣和好处，还不及它在过去的一百年中带给英格兰的百万分之一。”哈，说什么好呢！

茶色

茶的品种一般都是按颜色来划分的，如红茶、黄茶、绿茶、黑茶、白茶、青茶。

评判茶叶的质量，一个重要的指标就是看，一是看形状，二就是看颜色。

茶叶的颜色变化与层次，似乎要比茶汤的颜色更丰富多样。寻常的名茶按品种划分，在茶行有几年资历的人上眼一看就可辨认个八九不离十，因为西湖龙井与碧螺春、六安瓜片外观上是截然迥异的，即使是同一类，颜色也有深浅晦艳之分。但是若冲泡在茶碗里，仅看茶汤，就很难有谁的法眼还认得出谁是谁了。不仅不同品种的茶分不出，同一品种不同档次的更是难分。新式茶馆的茶艺服务员之所以在斟茶之前先把茶叶盛放在茶荷中请客人一一过目，原因除了增加赏茶的乐趣，还有一层意思是让客人亲眼鉴定一番茶叶的质量与品级。冲泡之前的审色是不可简省的程序。

我有几本外国出的关于红茶的书，里面每一种红茶都详细列明特点，并附上茶汤的彩色照片，看上去似乎都是一个颜色——红，甚至连深浅程度也差不多，考虑到印刷品色彩还原效果要打折扣，很难按图索骥地用于冲泡参考依据。这就是陆放翁说的“纸上得来终觉浅，绝知此事要躬行”了，必须靠实践积累经验、长眼力。

无论是什么茶，冲泡后的茶汤颜色大致有绿、红、黄、酱、黑五种，当然，每一种颜色又可分很多层次。依我的经验，茶的汤色中最常见的主色调是黄色，这可能是和茶叶的主色调为绿色有内在的联系。所以，茶艺馆的匾牌与招贴基本上都是选择绿与黄两大色调。不信你去转转，便知我言不虚。内行的茶人品茗是要严格掌握分寸的，不能冲泡次数过多，不能使茶汤颜色变淡，因为须知味在色中，色一变淡，则味亦全失矣！

茶的汤色变幻与冲泡的火候以及晾的时间有很大关系，尤其是绿茶，泡好的茶放的时间越长，颜色就越深，譬如黄山毛峰，刚倒到茶杯时是鲜亮的黄绿色，过片刻就转为黄红色。

享用好茶不仅要用口鼻，还要用眼睛。苏东坡有句“从来佳茗似佳人”，不言而喻，这是在赞美茶之“秀色可餐”，也许这里该改成“秀色可饮”才切题。

茶香

进了茶叶店或茶馆，就会有浓郁的香气迎面扑来。这种茶的氤氲构成了清雅的氛围，使人有超凡脱俗之想。有一副常见的对联“茶亦醉人何必酒，书能香我何需花”，依我之见，是可以解为互文的，因为书香固然可爱，茶香其实也颇为不恶。

北方的茶庄虽然也是香气袭人，但是较起真来，并不完全是正宗的茶香，而主要是茉莉花的香气，北方人习惯喝花茶，各家茶庄一般都是主营茉莉花茶。卖花茶的店铺与专营绿茶或乌龙茶的店铺，其香型是大有出入的，下次读者不妨留心，试一试便知分晓。

要我说，台湾人对中国茶艺的最大贡献就是发明或突出了茶具中的一个器皿，也即闻香杯。正宗的台湾茶艺馆，闻香杯已经成为必不可缺的道具，而在品尝之外，闻香也便渐渐为大家所接受。

品茶之香可分四个层面：一是干茶的香气，如今的茶艺馆都以茶荷盛茶呈请客人轻嗅；二是茶汤的香气，这便是闻香杯的用武之地了，若无闻香杯，也可径直凑近茶杯而闻；三是茶水的香味，要靠舌、口腔与咽喉感觉；四是茶渣的香气，也即所谓饮后欣赏叶底，刚刚从壶中取出，余香尚热。其中除了茶水入口生香外，其他三项都是嗅觉的享受。

茶的奇妙之处就在于因品种与类型不同，其香其味也千差万别。有人喜欢龙井的飘逸，有人专好乌龙的浓酽；普洱茶陈香，武夷岩茶稍呛，滇红带着甜气的药香，也都各有偏爱者。

茶香是非常娇气的，很容易散发。储藏茶叶的要务就是密封，使香气不外泄。茶行里储存茶叶时都很讲究密封，过去新茶制好，往往要用陶瓷容器盛放，再敷以石灰。现在物质技术条件改进了，茶场与茶庄已开始普及真空包装，既有软包装，也有易拉罐形式，总之就是为了保护茶的香气。

旧社会北京追求享受的八旗子弟，讲究的是每天到茶庄零买当日所用之茶，其量只买一钱，以小袋包着，从容享用，这是深谙茶理，因为茶庄随销随开封，能保证茶叶日日新，而若成斤买回家去，就很难确保香气不散。

茶不仅自身清香，而且还能除臭，尤其是蒜味。吃过葱蒜，口嚼些许茶叶就可消除异味。即使是冲泡后的茶渣，犹存余香，尚可放置在冰箱内除异味。有的女士很会持家，未及喝的过期茶叶也不扔，改当除味剂、吸湿剂，别的不说，很是环保呢！

茶味

史书记载，多年离散后，陆羽的师傅在宫廷陪皇上喝茶，一口入喉，泪水潸然，感叹说："这茶的味道怎么这么像我的徒弟陆羽泡的！"事实上，泡茶的正是陆羽。关于茶味，我觉得这个典故非常形象且说明问题：不仅不同的茶有不同的味，相同的茶由不同的人泡，其味道也各有千秋，当然，这也是只可与知者论，不能与俗人言的。

茶的口感千差万别，单纯从物质层面理化分析是找不出名茶何以优于其他茶的道理来的，实际上，茶是一种文化享受，而精神世界至今为止还无法进行量化研究。

茶的品种有多少，茶的味道就有多少，严格地说，茶的味道要比茶的品种要多得多，因为冲饮方法不同，茶味也就各异。在不同的茶味之间，有时几乎没有任何共同之处，整个一风马牛不相及。比如西湖龙井与大红袍，普洱砖茶与花茶，其味道毫无相似之处，就像是黄酒与香槟、白酒、啤酒一样。

在我看来，不同类型的茶味无高下之分，只有浓淡之别。人们喝茶偏好的味道大约在三五个大的茶类之内，很少有人能兼收并蓄欣赏五种以上的茶，尤其是红茶与普洱茶、乌龙茶，轻易找不到能兼收并蓄通喝的知味茶人。

茶该是什么味道？茶是你心里认为茶该有的味道，是你最先开始品尝并习惯或接受了的味道，你所喜欢的茶的味道。茶味无所谓正宗不正宗，你所习惯的茶味，就是正宗的茶味。

对北方人来说，地道的茶味就是带有浓重茉莉花香的酽味，而江浙人则认为是略带清苦的绿茶芳香，福建人又会认为是苦涩回甘的岩茶，台湾人当然认为茶的味道就是乌龙。西北人呢？会把茶味与三炮台画上等号，要加枣与糖才更地道。

要想不辜负口福，最好都尝尝各种名茶的味道，喝上四五回，或者喝上一个时期，在度过了刚接触的陌生期以后，再下结论哪种最合你的口味。

人们一般都是受环境影响，继承长辈喝茶的口味。打小家里喝的茶就是某一品种，长大了当然就会先入为主形成定势，甚至一旦有机会尝到别的茶也会感到不是滋味，服不了那个味。

高中同窗王辉赴美，送给他的美国校长一盒西湖龙井，此公喝了，说味道太淡。因为美国人只喝红茶，无福消受更多的佳茗。

不过，如果能开阔眼界，遍尝各种风格的茶，也许你不会再那么坚持只喝“祖传”的茶。台湾乌龙茶这几年在大陆就推广开来，很多大陆人以前从未喝过种浓酽的功夫茶，但是习惯了以后，反倒离不开了，越喝越合胃口。

什么是你真正茶味？也许不是你久已习惯的那种，你找到了就知道了。要想找到真正属于你的茶，那就不要轻易错过品尝新的品种的机会。

茶癮

癮是对某种有刺激而又产生快感的事物养成的习惯。棋癮、牌癮、赌癮、球癮以及酒癮、烟癮与毒癮，从神经学角度分析都是同一性质，茶癮也不例外。人会有茶癮，是因为茶有一定的刺激性，同时它又确实让人享受快感。不过，茶不像烟与酒那么明显，以至于有人出现酒精依赖症或尼古丁依赖症，而是若有若无，即使偶尔没茶喝，也不会出现激烈的身体反应。

清代的皇帝曾有一句名言："臣不可一日无君，君不可一日无茶。"当然"一日无茶"绝对不会像"一日无烟"或"一日无海洛因"那么难受得要命，但是凡有茶癮的，日常生活中只要具备条件，基本上都会保证自己"不可一日无茶"，否则就称不上什么茶癮。

中国人喝茶上癮的格外多。汪曾祺老先生讲过一个段子，说上世纪50年代与老舍一起去苏联出访，自己随身带着茶，住在饭店，每天早上沏好的茶，上午就会被清扫房间的服务员倒掉洗净，惹得老舍先生老大不高兴，骂道："他妈的，他们不知道中国人喝茶是从早喝到晚的！"老舍先生显然是有茶癮的人，要不也写不出《茶馆》那样的戏来。

从化学成分上看，茶与咖啡、可可这世界三大饮料都是成癮性饮料。茶叶中的咖啡碱与黄烷醇类化合物就是对神经中枢有刺激兴奋作用的，茶味之中清、苦、涩、香也都是足以让人上瘾的。

刺激越强、感觉越烈就越容易上瘾，什么东西都是这样。喝茶有瘾的人比起一般人泡茶的浓度标准就不一样，论地域说，广东、福建人对茶的瘾头比北方人要大得多，我们可以比较一下，闽粤人士喝功夫茶时，几乎是要拿茶叶塞满了壶才算够的，倒出来的茶汁也浓得赛过药汤。喝惯了这种茶，不上瘾才怪！这就像四川人、湖南人吃辣椒上瘾一个道理，顿顿吃着红红的满盘满碗，他们没法不上瘾。

北方人喝茶不兴那么浓，而且所喜欢的叶子也不是乌龙、岩茶。不过，无论是书上记载还是生活中所见，老人们有茶瘾的却也都是喝浓茶，而且其浓度似乎是随着年龄增加而相应增加。据说汪曾祺老先生就是什么茶都照喝不误，而且不分青红皂白一律是放至容器一半的量。他和老舍恰巧都是写剧本的，没有茶瘾，怕也写不来《沙家浜》。

茶瘾还有季节性的影响，夏天茶瘾会格外强。宋词有句“日高人渴漫思茶”，走在乡下，渴了不是想痛饮冰凉的井水或泉水，而是“思茶”，可见是有瘾之士。另外，瘾的养成也有环境与条件因素，什么东西都是，如果频繁地重复，而且长时间总是如此，上瘾的可能就很大。在机关办公室的上班族就多有茶瘾，事实上，上班时间离不了茶的大都并不真为了解渴，而是长年累月养成了茶瘾，非喝不可。

茶癖

明人张岱说过："人无癖不可与交，以其无深情也。"饮茶成癖，可以说是有益无害的雅好。如无他好，仅有茶癖，按张岱的理论，此人亦可一交了。

茶癖不仅限于饮茶的癖好，还有茶具癖好、茶叶收藏癖好以及茶书、茶画诸项癖好，都有其群众基础。那么多人有茶癖，是因为茶本身具备让人培养出癖好的资质，它的香美清雅，它的精益求精，它的无穷无尽，它的丰富多样，都给癖好创造、提供了极理想的土壤与空间。

有一个广为流传的掌故，说是广东某巨富有茶癖，一日，门上来了个乞丐问可否赏杯茶喝，喝了之后，却又发话："茶倒不错，惜乎壶不够佳。"财主闻之不服，乞丐遂从怀中掏出一壶来现场比试，所沏之茶确实境界陡然倍增。财主见状说："你有如此好壶，却连饭都混不饱，不如卖给我吧，价钱随你要。"乞丐回道："我原亦是富家，正因为有茶癖才落到这地步，当初若肯卖这把古壶，我也不至于要饭。"最后二人议定，由财主出三千大洋，只买此壶的一半所有权，而另一半仍属乞丐，两人每天共享此壶，皆大欢喜。

这就是典型的茶癖佳话。财主与乞丐，很难说谁的茶癖程度更深。不过这个故事也说明凡是有茶癖者，难免会面临一个钱财的考验。富有者若见了好茶好壶居然做不到不惜一切代价，那么显然段位还不够高；而贫穷者即使身无分文，只要是有真正的茶癖，那么他冻死饿死也不会放弃自己心爱的茶与茶具。在茶与钱财两者之间进行选择时，有茶癖的人会毫不迟疑地舍弃或者是付出钱财。

有茶癖的人最常见的情况就是专好某一品种的茶，所谓“就好这一口儿”，别的茶贵贱不认。台湾来的茶商告诉我，北京某乐团一位音乐家癖好台湾乌龙，每次去宝岛，总是把演出所得报酬全数拿到他那里买冻顶乌龙带回来，他现在到北京设分店，音乐家马上追踪而来，成为铁杆客人，并表示从此可省却从台湾往回背茶叶了。要知道，按上世纪90年代的行情，这可不是一笔小数，若无茶癖，大陆人士恐怕谁也舍不得这么花费。

有茶癖者在一般的餐馆酒楼是不愿意喝茶的，因为饭馆虽也备茶，但是其档次与质量却与茶馆有天壤之别。我曾在茶叶城请教过一位茶商，问他堆在一个角落的成袋的茶叶末子准备怎么处理，他说这可以卖给餐馆。饮茶成癖的人当然就不甘心喝这种下脚料层次的茶了。

有意思的是，有茶癖的人似乎财运都不错，所以才支应得了爱茶的花销。比如大红袍，其古丛珍品每年产量极微，不过数两，而在拍卖时，却总不乏肯出大价的，三四两茶叶，愿意出数以十万元计的人民币买下品饮，这种事也就有茶癖的人才做得出。当然，钱多得花不完、为了出风头一掷千金不皱眉头的暴发户也做得出。再有那紫砂茶具，甭说是明清民国的古董，就连在世的名家所制，如今也动辄一把就值上百万元，真个比钻石、珍珠还值钱，若非爱之成癖者，谁人会如此挥霍？

茶疗

茶最早是作为一种药而被神农氏所发现的，而且在很长一段时间，也是作为一种草药而被古人所接受并服用的。明乎此，就不难理解何以茶疗在中国这么流行。

茶有药效，最主要的一是清神，可驱睡意；二是消渴生津；三是解油腻；四是利尿。别的功效还有许多，不过都是衍生出来的，而且要与别的药材合服。

中国传统医药颇为神乎其神，仅茶这一味药，在高明的中医手中就可包治百病，这倒不是开玩笑，市面上茶疗方面的保健图书就不下几十种，而且千真万确就有“茶疗治百病”这样的书名。

茶虽可当药用，但是若真把茶作为药来喝，那其实是大煞茶趣的，有类焚琴煮鹤。至少在喜欢喝茶的人们看来，茶毕竟是茶而不是药，它的妙处在于感觉，在于色香味，而不是医药价值。

一般来说，茶疗方面的图书大都是以中老年人为读者对象，这其实是有时代背景的。这几年随着医药制度改革，不少低收入阶层不敢轻易得病，转而求助于各种食疗、茶疗等不必花很多钱的治病方式，而茶又极普及，很容易用来试作药用。

虽然茶疗的书大行于市，但是真正的茶药似乎并不多。唯一引人注目的是减肥茶近年来层出不穷，其实倒未必是它有多大疗效，而是人们根据常识就觉得喝茶肯定有利于减肥，解油腻嘛。“宁红减肥茶”、“大印象”等，广告宣传铺天盖地，比任何名茶的广告都要多得多，不过，喝这些减肥茶的似乎很少有真正的茶人，而多是体重超常之士。

我最早对减肥茶有认识，是因为一个合肥籍的师妹万芳，她放着安徽那么多好茶不喝，却喜欢“宁红减肥茶”，因为她立志要成为仪态万方的窈窕淑女，而不是与她妹妹在一起被人取笑为“合肥”。她最终确实实现了自己的目标，不过似乎不是靠减肥茶，而是因为上班后每天要骑车两三个小时，而且骑的是赛车，因为家住得离单位太远。

茶有疗效，从一个侧面可以证明茶是保健饮品，近来还真有茶商研制出了有补养成分的茶，比如把人参炮制到茶叶中的人参乌龙茶在市场上很受欢迎。如果说喝茶有什么副作用的话，那么，神经衰弱或者体质过敏者喝了茶睡不着觉，就是最大的副作用了。

只要没有喝了茶就睡不着觉的毛病，那么就可以高枕无忧地品饮佳茗，比如在下，神经就如钢丝般粗硬，夜里经常读写到很晚，养成了午夜也要喝乌龙茶的习惯，而且得是台湾的，极浓极浓，喝完以后关机上床，倒头就睡，从不失眠，好像茶还有催眠作用似的，这也算是茶人的福分吧！

茶性

我检索自己写过的茶话，“茶性”两字凡三见，但是却没有单独成篇。谈茶的一本书而不言及茶性是说不过去的，于是再补一篇。

人往往会有求全的心理倾向，体现在收藏方面最明显，在学术研究与撰著时也有影响。我1999年刚开始写茶话文章时，选的形式是每篇以两个字为标题，一律是以“茶”打头，想尽可能多地把关于茶的题材容纳进来，完全是信笔闲聊，自己也没想到会写成一本书，而且一版、再版、三版地行世。

每次再版或重印，我总想增加点内容，而随着时间推移，读书与阅历也愈多，愚者千虑，尚有一得，这样陆陆续续又找到了不少题目。我曾查考各种茶书，包括《中国茶叶大辞典》这类茶学专业工具书，不无得意地发现，以“茶”字打头的两字词汇，就我所见范围，没有人比我总结与写出来的数量更多，几乎题无剩义了。当然，这指的是我有话想说的题目，而不是简单的茶学专业术语，如各种古今工具或历史名词。真是“山中无老虎，猴子称大王”，于无佛处称尊，让博学之士见笑。

出于对语言与词汇的爱好，我一直在收集汉语词典。上世纪80年代，社会上学习风气颇盛，崇尚学习方法，报刊宣传说钱钟书通读英语词典，而我也就东施效颦，几次试图通读《新英汉词典》或《牛津英汉双解词典》，以驽下之材而欲追骐骥之步，效果可想而知并不佳，虽然如此，我也还是受益良多，此即古人所谓“画虎不成反类犬”也——这不是贬义，因为在自然界的生存竞争中，犬虽不是百兽之王，可也绝非弱者。事实上，我在非英语专业的同龄、同年的同行、同学中，一直到今天都是凡正式英语考试我总能处于领先地位，本科、硕士、博士入学考试，英语都是我的加分因素而不是相反，我能有这点不值一提的小成绩，要归功于钱钟书先生的启发。通读英语词典此路不通，但是，换成汉语词典却大为可行。我就向女儿曹加瓦与外甥郑一晨推荐过通读《新华字典》与《现代汉语成语小词典》，有没有效果我没过问，两个孩子的语文都是长项却是事实。

2011年，我在中国书店灯市口店偶然用1000元买到了一套《重编国语辞典》六卷本，和大陆的十三巨册《汉语大词典》相比，台湾的这套辞典的分量与水平都要相形见绌，不过它有一个好处，就是不受大陆的意识形态色彩的约束，因此时见古拙本色。买到之后爱不释手，翻阅消遣。

在“茶”字词条下，我看到有不少自己未曾论及的词汇，如茶焙（器具）、茶棚、茶末、茶磨、茶法（旧时茶税法规）、茶饭、茶房、茶颠（指陆羽）、茶鼎（器具）、茶腿（指上品火腿）、茶录（蔡襄所著之书）、茶膏、茶纲（运输大批给皇帝的茶，我曾有《茶贡》所述约略近之）、茶果、茶课（茶商所纳的税）、茶户（以制茶为业的人家）、茶金（旧时订婚以茶为礼，聘金称“茶金”）、茶禁（官府专卖，不得私售）、茶菁、茶旗（嫩叶）、茶铃（器具）、茶盅、茶匙、茶蚕、茶引（茶商执照），等等。

茶书、词典都没有“茶性”这一词条，显然，“茶性”不是茶学术语，也不是生活常用词。我在中医与食疗、农学古籍中查到了“茶性”。《东鲁王氏农书》“百谷谱”之十“茶”篇有两句话，“茶性畏湿”，“茶性冷，多饮则能消阳”。前者是指茶叶物理性能吸潮气，储存要干燥，否则容易受潮变质，后者是指茶叶的化学性能作用于人身体是冷物，消耗阳气。

查考“茶性”已了，我的体会，与西方的“专”相对，中国传统文化最大的特点是一个“通”字，不同学科、不同领域必须兼攻博采，对相关、邻近学科都要涉猎，达到一通百通、融会贯通的境界，才谈得到有出息、有成就。若是画地为牢，只专不博，固守一经，虽皓首穷之，也成不了什么气候，最多也只是腐儒而已。

茶习

茶叶的消费与饮用习惯因人而异、因地而异、因国而异。中国人与西方人的茶习有很大不同。我编《汪曾祺经典散文选》一书，有文章提到老舍先生到苏联出差，客人们早上泡的茶，宾馆服务员打扫房间时就给倒掉了，惹得老舍直骂："他妈的，他们不知道中国人喝茶是从早喝到晚的！"

据汪朗兄说，汪老先生也是每天从早喝到晚的，世人皆知汪曾祺好酒，后来在五粮液酒厂喝多了导致大出血而病逝。用现在的医疗保健常识来判断，可能饮茶过量也是一个重要诱因。

事无美恶，过则成灾。茶也不例外，饮茶对于神经系统有刺激兴奋作用，尤其是女性往往会喝了茶就失眠，甚至心慌气促。而专家又得出结论，说茶会导致人体钙流失，老年人就不宜大量饮茶，特别是不宜饮浓茶。

我们生活的这个时代是知识爆炸的时代，也是各种新成果、新观点层出不穷的时代，其中我认为最有意义与价值的就是围绕着科学、医学与人的身心健康的研究与发现，无论是数量还是水平都大大超过了前人。在这些方面，前人和今人相比甚至可以说是无知。我们没有理由不吸收新的知识、新的信息，改进、增强、提高我们的生活质量与健康水平。

所以，在不知道茶与健康的全部关系真相时，我会欣赏老舍、汪曾祺的豪饮，认为其风可师，并且也确实长时期地天天喝浓茶、从早喝到晚，待我了解了茶并不是没有缺点与害处后，我就开始节制饮茶了，而且很为老舍、汪曾祺感到遗憾，只觉得他们贪嘴任性，一点也不觉得他们这种做法有什么可称道之处了。

当然，生活在今天而拒不接受新知识、一意孤行的前辈也有。我亲身见闻，有位老人到广州观光，被招待的全是莲香楼、大同、泮溪、广州大厦等老字号名店的代表菜，结果几天下来，临走时下了个结论："广州什么什么都好，就是饭菜不好，太淡，要是长住下去我会饿坏的！"他老先生顿顿饭单要一碟盐蘸着菜吃！口如此之重，当然也就无法与之论味了。

饮食习惯的力量很大，很顽固。在个人口味之外，作为交往的习惯，也同样很难改变。

徐志摩回忆会见英国作家哈代的文章，说"老头儿真刻啬，连茶也不教人喝一盏"，苏雪林认为他是开玩笑，因为徐志摩在国外生活得很久，不至于不知道"外国人宾主初次相见，没有请喝茶的习惯"。中国人习惯了客来敬茶，把沏茶倒水视为待客的最基本的礼节，而西方人却初交不请茶，要在见过两三面之后熟悉了，才给予喝茶的礼遇。

苏雪林的《喝茶》一文从喝茶说到应酬与礼物往来及官场风气，结尾有几句话很要紧："应酬太繁，不能维持生活，不免要于正当收入之外想其他方法，中国官吏寡廉鲜耻、祸国殃民之种种，不能说与应酬无关。"这话是在民国时期说的，至今读来还有现实针对性，足以见国民劣根性之顽固。

茶量

每个人喝茶都有量，茶量与酒量因人而异，但是在含义上却要多一层内容：茶量不仅仅是指一个人一次能喝多少茶，还包括在冲泡时究竟投放多少茶叶。

当代最权威的茶学泰斗吴觉农的茶量就颇可观。他夫子自道，每年要消费10到20斤茶叶，而且是绿茶与红茶，这个数字一般人是绝对无法望其项背的。据记载，老先生早上喝红茶，下午喝绿茶，有板有眼。作为一代茶学宗师，他当然不愁各地茶厂源源不断进贡给前辈的顶级名茶。吴老活到92岁，高寿的原因之一肯定就是受益于茶。

茶本身含有刺激神经兴奋的物质，古人早就发现茶可以使人驱睡意。因此，即使是喝茶上瘾的人，一般也不会从早喝到晚。京城不少平民百姓讲究的是一天换一次叶子，也就是喝两次茶为度，当然，这一次可就指不定是泡多少遍了。

不少人对酒精过敏，一沾酒就脸红，或者是浅酌即醉，这说明酒量太小。其实茶同样可以醉人的，尤其是女性，茶量往往都不大，喝一点就终夜无眠。特别是当空腹时饮浓茶，会让人飘飘欲仙，头轻心慌。不过茶醉也就到此为止，没有更多的副作用。

除了少数人对茶过敏以外，大多数喝茶的人其茶量并没有多么明显的差距，只是饮茶的习惯不同而已。现在大城市里朋友小聚或生意上的应酬，谈事聊天，时兴的是既不在家里，也不在办公室，而是去茶社，一喝就是三四个小时，当然不只是一壶茶，可是几乎没有出现过“不胜茶力”的情况。

不同的民族消费茶叶的习惯与数量也不同。据统计，藏族是中国各少数民族中用茶量最大的，人均年消费15公斤。西藏富有的人家，茶壶是一天到晚都要在炉子上煮着茶的。2006年7月，我应邀到拉萨讲学，独自逛了几家藏族茶馆，价格之便宜令人咋舌，奶茶或酥油茶一壶不超过5元，容量至少一斤的小壶才一两元，在内地即使是白开水或矿泉水也不会如此标价，我真不知道人家是怎么赢利的。这种超低价格，也足以反映藏民对茶的日常消耗量是何等之大了。

在饮茶常识中，无不把茶叶的投放剂量详细介绍。因为对于品茶来说，茶量的多少实在是关系重大的事情：茶叶放少了，会淡得寡然无味，比白水还没滋味；若放多了，又会发苦发涩，甚至像是汤药。

初品功夫乌龙茶，很多人都惊异于茶叶量之多，干茶入壶，差不多就要占壶的容积三分之一至二分之一，而一过水则胀满全壶。茶汤斟到杯中，其味之重，常让不习惯的人难以入口。

不同品种的茶按照不同的地方规矩，在茶量上都有其约定俗成的标准。同是乌龙茶，若是在北方，不当功夫茶喝，就权当香片对待，以少许乌龙茶放入瓷壶，色香味也都不差，据我所知，不少北方人就是这么喝大红袍、铁观音或者台湾乌龙的。只是千万别把它误认为功夫茶，否则心理上就会失重。

功夫茶之所以用极小极小的杯子，而又讲究多人共享，一个原因就是用茶量过大，茶汤浓酽，不得不搞总量控制。

近些年饮食医疗知识普及很快，饮茶影响人对铁的吸收也已是常识，喜欢喝过浓的茶就不再只是可取的重口味问题，所以，我曾戏拟“淡些淡些再淡些”七字赠茶友，中国学过新闻专业的都知道这是套用赵超构办《新民晚报》的口号

“短些短些再短些，软些软些再软些”。

我写过一首《戏咏茶具》：“笨人喝苦茶，壶小杯却大。一壶恰满杯，三泡即作罢。幸无辜鸿铭，否则准笑话。自奉方如是，待客不用它。”打油诗不好写，但说的却是我日常饮茶习惯。“三泡即作罢”有些奢侈浪费，我的看法是所有的茶都应当三泡为止，普洱、铁观音、茯茶都不例外，我就是这么做的。因为其一，三泡之后，释出的成分就不一定可靠了；其二，一个人喝茶，三泡的量已经足够，再多泡就是为了不浪费茶了。当然，这样做有点暴殄天物，所以我说：“宁我负茶，不让茶负我。”

《世说新语》“雅量”记载阮孚有一句名言“未知一生当着几两屐”。拿来说茶，那就是普洱茶、乌龙茶与茯茶三泡即弃虽是浪费的罪过，但是若是与人的健康相比，还是两害相权取其轻为好。这大概就是老庄的养生哲学吧！

茶浴

人在江湖混了多年，家里便总是难免会有喝不过来的茶叶。好的、上档次的茶叶送人，档次不够的茶叶可以煮茶叶蛋，不过单是煮茶叶蛋用不了许多茶叶，所以就仍然会有成盒、成袋的茶叶搁着，不知怎么处置是好。

我在昆明挂职时，一个人住在偌大的一套公寓里，云南是产茶区，在交际往来中又收到了不少茶叶，不缺好茶喝，所以难免就有开封尝了尝就没再喝的茶叶。

时间久了，心里想，已经打开了却不想再喝的茶叶再这么放下去，肯定也是一扔了事，待我回北京了，这些旧茶怎么处理？直接丢垃圾桶太可惜了。怎么办呢？灵机一动，想到不妨废物利用，拿来泡澡如何？

浴室有浴缸，先撒上有两三两茶叶，然后用壶烧水，开了用沸水一冲，待泡一泡，再放热水器里的热水。茶叶渐渐舒展开，汤色也成为红亮的，煞是好看，热腾腾香气缭绕。宽衣解带，浸泡起来，或许是心理作用，感觉特别舒适。泡够了用清水淋浴冲干净，心里那个美！

这当然不算什么创造发明。牛奶浴、盐浴、泥浴早已经被国内引进，现在的洗浴中心五花八门什么全有，虽然另有主业，不真的靠洗澡，但是在面上毕竟也要做够文章，所以也许已经有哪家洗浴桑拿会所开发出来了茶浴也未可知。不管它，反正我是自己琢磨出来的，而且与他们暴殄天物不一样，我是为了避免浪费才用茶叶泡澡。

好奇、创新、想象力是人类文明的原动力。一般人不大在生活享受上花太多心思，这实在是极大的观念误区。在我看来，没有什么事情比生活享受更重要了，即使是把世界上第一流的天才用在想方设法享受生活乐趣上也不为过。人要是连享受都不会，还活个啥劲？不重视享受、不会享受，再有钱，再有名，再有地位，再有权，也是徒然。这个道理我40岁之前没想明白，现在搞懂了，好在还来得及，所以，我是把写书、做论文、画画、搞研究的功夫用在了做饭做菜泡茶穿衣收拾家务吃喝玩乐上，乐此不疲！也许有人说我玩物丧志，就这样没出息了，怎么着吧？

其实享受生活与认真学习、勤奋工作并不矛盾，毕竟我们谁也不是只是一味享乐的人，还是要养家糊口，还要追求事业呢！

姑且不去分析茶水对人体肌肤是否有保健、治疗、清洁等作用，仅仅在浴缸里能置身茶香之中的感觉就很值了。

茶寿

“何止于米，相期以茶”，这是88岁的冯友兰先生当年写给自己和金岳霖老先生的贺寿辞。泰斗一级的文化人彼此酬和，当然就典雅非常了，我们得加个注解。据说，日本人称之为米寿的是88岁，而茶寿则是108岁，因为把“米”、“茶”两个汉字拆开，正可以拼成这两个数字的大写。我在昆明得识袁思齐老人，2011年足龄101岁，真正是百岁老寿星，老人很乐观，说他自己的计划有望103岁，事实上他最后活到了108岁，是名副其实的茶寿。

现今的潮流崇尚健康饮料，茶则名列榜首，而且是最无争议的一种。世上的寿星大多养生有道，而近年媒介报道的寿星们有很多就是嗜茶者。饮食营养的科学工作者从茶的成分等方面提供了非常权威的数据，证明喝茶有百益而无一害。

可能是茶的味道与神韵更适合成年人，所以青少年中喜欢喝茶的并不多，2000年，我曾问在美国读小学的傅晓娱她的同学喝不喝茶，答案是大家都不喝，认为茶味很讨厌。其实，他们的父辈与祖辈却很可能是喜欢喝茶的。转眼晓娱已经在美国读大学了，成了典型的二代移民，几乎就是完全的美国人，离中国越来越远了。其实，她作为厦门人的孩子，本来是该能欣赏中国茶的好处的，而随父母移民入籍后，当然就受环境影响，不复能解中国传统之美了。念及“近悦远来”的古训，联想到还有人夜郎自大夸口“好五倍”，让人不由三叹。

从青年开始可有可无地喝茶，进入中年，会成为一个滋味渐浓的茶民，到了老年，则大多变得“不可一日无茶”。这既是因为年老多暇，更能潜心体味茶性，更是由于老人的胃口与味感都衰减了，吃什么都不像以往那么香甜，只有酽茶之味还堪持久。

我的祖父当年就是日日喝茶，一只搪瓷缸子足可盛一斤半水，每天饭后满满的沏好，然后不知不觉就喝完了。我幼年最早关于茶的印象就是从祖父那里得到的，因为他晾好的浓茶常常被口渴难耐的孙子当作清凉饮料，要知道当年中国可没有可口可乐，连汽水都少见。

老人喜欢喝茶，茶馆的主要消费群也就包括老年人。在南方一些城市，比如成都，茶馆几乎就是老人俱乐部。但是在北方，因为茶馆普遍都贵族化，老人消费不起。没有老人坐在那儿，茶馆的氛围似乎就总缺点什么。

茶余

“茶余饭后”，这是习用成语。中国人重视吃喝，见面问候喜欢说：“吃了吗？”这种说法总被人讥笑，似乎是太俗气，太形而下，不如英语的Hi或者How are you、How do you do文明优雅。我却不这么妄自菲薄，理由很简单，人生在世，吃饭是头等大事，华夏祖祖辈辈都懂得这一道理，所以，在与人见面时先问吃了没有实在是一种关心与礼貌，尤其是在家待客，如果客人还没吃，那主人是绝对要饭菜款待的。

当然，世风日下，人心不古，在西风东渐之后，人们读了洋书，学了洋礼儿，寒暄时倒是洋气了，“你好你好”的，不过有一次我到按理说欠我人情或者说受过我很大益处的一位先生家去，从5点待到9点，竟然言不及饭，离开时我已然饥肠辘辘，当然对方也是如此。分开的时候我想起刚进门时那位挺有地位与教养的仁兄说的第一句话“你好”，真的就不如“吃了吗”得体。论起来他与我都早已是教授，远远不至于为温饱发愁了，一顿饭谁付账都不成问题，但是由于失了礼数，竟然彼此都遭罪，这又是何苦？

因此，“饭后”这两个字眼不可轻视，它代表着不挨饿，只有吃饱了，才谈得到闲暇轻松。

汉语的表现力丰富多彩，同样的构词法，“茶余”与“酒后”就有天壤之别。茶余是人们享受生活中美好的、轻松的、愉悦的时候，而酒后呢？则格调与境界就全然不同了。据我所说，只有文学家、艺术家在酒后会有佳作，如画家傅抱石就嗜酒如命，他最满意的作品上常钤一方闲印“往往醉后”。诗人郁达夫的名句“曾因酒后鞭名马，惟恐情多累美人”虽是隐喻，但是显然是不足称道的煞风景之举。

在汉语里，“茶”往往与“饭”相提并论。形容生病或痴迷于某事有句俗语“茶不思，饭不想”，能从从容容喝好茶之后，生活中也就没什么大不了的事。茶在中国人的生活中很重要，在吃饱喝足之后，剩下的时光才是优哉游哉的。陆放翁有句“晴窗细乳戏分茶”，写的就是闲暇乐趣。

说到陆放翁，我想起了一位学长扈瑞清。他上世纪60年代自中国人民大学新闻系毕业后被下放到沧州农村，侥幸搞到一套《剑南集》，在没书可读的时代环境里如获至宝，几年之中反复阅读，烂熟于心，能背而且只会背几百首陆游的诗。80年代，他调回保定，创办《保定晚报》，在版面上拟写标题，所用古诗大都取自《剑南集》，年轻的编辑记者们不知就里，只觉得扈总做题典雅贴切，不知道是何人的诗句，那时没现在这么方便，可以用Google、百度搜索，有没有学问全靠肚子里墨水多少。

退休后，扈总经营起企业，由精神食粮改行做物质食粮，“今明后”公司的主业是果酱、果料与刨冰。他请我到园区一游，饭桌上忆起往事，说他其实也就重点读过陆游的诗，别人的诗看得并不多，说罢哈哈大笑。这样的话题也正适合茶余饭后闲聊。

第二部分

曹鹏博士朗诵：
《闲闲堂茶话》金句（2）

茶树

茶树起源于中国，准确地说是中国的云南省。云南深山老林中的古茶树郁郁苍苍，如今已成为一大旅游景点。

由于茶叶的生产加工特点是以人工手摘为主，因此茶树势必不能太高。经过千百年的培育，茶树基本上做到了矮化，南方姑娘身量一般都不高，可是春天采茶时仍然伸手可及。采茶能编成舞曲，可见茶乡女孩在采摘时婀娜多姿，动作与景致如何之美。扯句闲篇，若是改为摘椰子，恐怕就不好用舞蹈语言来表现。

我曾在杭州去探访龙井十八棵御树，地盘并不大，茶树只有齐腰高，看上去与冬青树没什么大区别，在杭州附近的山上到处可见形状相似的茶树。我觉得只要是茶树品种、土壤气候以及加工技术相同，所生产的茶叶应当是没有什么质量差异的。不过，我还是很好奇，想知道这十八棵御树每年所产的茶叶这些年究竟供何人享用。

茶树多生长在山区，但是市场加工生产流通却往往在工商都市，因此，在运输交通极为发达便利的条件下，就出现了茶商每到采茶季节飞赴茶区收购新采芽叶的现象，这样树虽生长在四川，却很可能最后的成品却是龙井茶。这种大进大出，原料、生产、组装、销售分布在不同地区的市场运作，若在其他高科技领域，我是非常理解并认同的，在农产品领域，如辣椒也已经普遍实行了这样的生产营销模式，可是，茶这种国粹也这样生产，鄙人却不敢苟同。

茶树不生于北方，虽然陕西、山东近年亦有种植，但是这是与大棚温室种植、人工播雨、大建水库一样违拗天意的做法，最后对环境的破坏远大于对经济的促进，不值得称道。我是坚决反对任何武断的社会实验的，因为这不仅违背人的天性与人道主义，而且作为实验都有极高的社会风险成本，一旦不成功，破坏性极大，最可怕的是无法弥补，比如知青上山下乡就是一例。前不久听说河北也引进了茶树，真是匪夷所思，河北别的方面引进不够积极，何以在这种事情上那么积极？

南方有嘉木，茶树自古就不属于北方，所以人可不必人为地移植。

茶叶

茶实际上是茶树的叶子制成的，因此“茶”与“茶叶”基本上是同义词。在华北各地，老茶客一般都把茶简称为“叶子”（与之相对的“末了”也即茶叶店处理的卖剩下的渣与末，便宜），喝茶瘾头大的老者，一天至少换一次叶子。也有图省事的，早上一次性投入足量茶叶，一天都泡不淡，有些像是广东、福建的功夫茶，我的爷爷当年就是这么个喝法。

树叶之供餐饮，大抵都是以嫩为贵，比如香椿就是如此。茶更是讲究新嫩，谚曰“雨前宝，雨后草”，评定茶叶等级，往往是按雨前、明前为标准。茶叶的命名最常见的字眼，如“毫”、“尖”、“春”，无不透露出个中消息。

每年新春季节，茶乡开始采茶，所摘的茶叶都是新芽，按成长时间分为一芽一叶、一芽二叶、一芽三叶等。名贵品种每斤多少芽头都是相对固定的，芽头越多价格就越高，一斤上好的绿茶能有四五万个芽头。

不论茶的外形是怎样的，泡过之后都会还原成树叶的样子。把冲泡前的茶形与冲泡后对比一下，就能对茶叶的质量有更多的了解。乌龙茶与普洱茶所用之叶比绿茶要大得多，显而易见，乌龙茶与普洱茶的口感就远不如绿茶的清新可人。

茶尚新叶，而且品质精细，容不得丝毫异味掺杂，因此对于农药等化工制品是极不相宜的。但是，对于农业生产来说，不用农药就难以对付病虫害，这倒实在是个两难选择。近来市场上开始提倡无公害绿色食品茶叶，因为人们日益有健康意识，不愿意喝污染过的茶。

好茶的叶子一定是完整的，尤其是名贵绿茶，泡过之后，绿生生的就像是刚从树枝上摘下一样。奇怪得很，茶叶的形态如果破坏了，比如揉搓或压碎了，味道也就会打折扣。所谓“高末”虽然对没钱的茶客来说相当于书画中的“下真迹一等”，但是我细咂摸过，同样品种级别的茶，上品与高末喝来就是感觉不一样。

我想，这恐怕不是什么心理作用，而是食品形状大小本身就关系到味道，比如玉米，同样熬粥，馇子和糁以及面，其效果就各有千秋。

茶花

我过去一直没有搞懂，山茶、茶花和花有什么关系。前些年也查过一些植物学的书，如1960年版的《江西植物志》只有山茶科，分为四川杨桐、红花油茶、尖叶山茶、油茶、厚皮香几个名目，看其用途，除四川杨桐的果实甜，可食用并酿酒外，其余都以榨油为主，竟找不到茶叶，而人人皆知江西是产茶大省。

后来才知道，植物学家对这个貌似简单的问题，那时似乎并没完全拎清楚，就像对紫檀、黄花梨的界定众说纷纭、莫衷一是一样。李明辉先生是收藏家，他屡次向我盛赞古典家具木材学专家周默，并转赠了其专著《木鉴》，图文并茂，我读了之后发现，很多专家与权威对木材特别是家具木材的鉴定，实在也做不到一清二楚呢！人类的知识与智慧在大自然面前就是这么无能为力，这么无奈。

直到这些年，农林科学不断发展，对茶树才有了更加全面、系统的研究。在科学与学术领域，我是比较信服专业百科全书或专业辞典的，因此每学习或研究一个专业，我的习惯是要通读该专业的辞典（一般都至少会有一种）与百科全书（如果有的话）而不是读教材——大多数教材都是普及水平，谈不到学术水准，更不能代表专业的最高成果。中国轻工业出版社2000年出版的《中国茶叶大辞典》就是茶学百科全书，集中了当代最权威的专业人士分头撰写。在这本厚厚的工具书中，对茶的植物学介绍与解释、分类细致入微，使茶的农林科学方面的一些疑难问题得以解决。

就我粗浅的知识所及，在植物学分类上，茶与山茶是大的同类。茶树的用途主要是采摘茶叶，虽然也开花。而山茶的花除供观赏之外，种子还可压榨茶油，其叶芽一般不能饮用。平常所说的茶花，当然不是前者，而是后者。在世界范围内，茶花都是最主要的观赏花卉之一。

喜欢茶花的人，最著名的是《茶花女》里的女主角玛格丽特。小仲马的这部浪漫小说题材并没什么新鲜的，在中国古代小说与戏曲中几乎成为保留题材，也就是多情妓女为了情人而做出自我牺牲。在写作技术上，小仲马算不上造诣如何高，他的青史留名更大程度上是靠歌剧、电影改编者的才华与成就。威尔第为这部小说改编的歌剧作曲成为传唱至今的经典，尤其是那段二人合唱的“祝酒歌”，可以说是经典中的经典，不知在多少音乐会，歌舞会上演出过。电影《茶花女》版本不止一种，米高梅公司出品的那部是古典爱情片中极著名的一部，由乔治·库克执导，葛丽泰·嘉宝的演技活灵活现地刻画了巴黎风月场中的不幸美女。中国古谚有“妓爱俏，鸨爱钞”的说法，另外还有“婊子无情，戏子无义”的谚语，说明中国古人对世态人情的认识很理智。反过来，妓女一旦有情，其实是不符合职业规则的，同时意味着严重的自我伤害，有时甚至是毁灭性的。又按，玛格丽特作为妓女而喜欢佩戴茶花，还有一层意思可解。中国是茶树的故乡，自古以来，在婚姻大事中以茶为定礼，结婚甚至在一些地方被称为“茶喜”，缘故就在于茶树一经种下便不可移，寓意从一而终。我不知小仲马是不是明白这个风俗背景，所以让夜夜做新娘的巴黎名妓以茶花为标志，多少有些反讽的意味。

不过，人们还是喜欢看妓女有情的悲剧，清代余怀所著《板桥杂记》是一本写得很美的以妓女为主角的笔记，里面一唱三叹的就都是类似悲剧。我在读研究生期间选修过潘绥铭教授的性社会学，潘先生是娼妓研究权威，可惜这门课开得不是时候，恰逢1989年，所以我并没学到更多的东西，不过和没接触过性学理论的人相比，也还算略沾点边儿吧！还是古话，“但吃一片橘子皮，切莫忘了洞庭湖”。

说完了山茶花的花，回过头来再说茶树的花。茶树的花虽然没有茶花艳丽多姿，但是产量也不低，据说云南等地的茶厂采摘后用于窨制红茶，花蜜香浓爽持久。

花开之后结子，山茶、油茶的种子可榨油，精制的茶子油可食用，与欧洲的橄榄油可一较长短呢。江西省的茶油是特产，马平兄曾将朋友从家乡带来的茶油分给我一大桶，有二三十斤，据说是野茶油，没有商标，质量极好，是当地人专门做给自己吃的。

我留心品尝，那桶茶油炒出菜来真的味道很好。说到马平兄，他曾在日本留学，研究日本经济问题颇有建树，为人热情友善，喜欢成人之美。我在北京日本大使馆开的茶室参加过一场正宗日本茶会，就是承他代为安排的。

茶类

严格意义上的中国茶大体分为六类，即绿茶、红茶、乌龙茶、黄茶、黑茶、白茶，每一大类又可分若干品种，其中绿茶的品种至少有上千种，乌龙茶也有上百种，总之茶的谱系庞大。

在茶的消费习惯上，有非常鲜明的地域性。俗话说“一方水土养一方人”，一个地方的人，在喝茶时有一个地方的口味与偏好，很难讲清其原因或道理。

大体说来，某种茶产地的居民一般会专认该种茶，绿茶的情况最有代表性。杭州人喝茶就认龙井，当然未必就一定是西湖龙井；安徽人喝茶偏爱黄山毛峰，近来听说最时兴的是霍山黄芽，我被邀请去安徽电视台客串节目，侯卫东先生送我的就是霍山黄芽；四川人喝的是竹叶青；湖南人喝的是君山银针。

不过也有例外，比如普洱砖茶，2000年因为参加全国记协的世纪论坛去云南的石林，在当地的茶馆，服务员告诉我，本地人就几乎不喝普洱砖茶，因此在茶馆里也就不供砖茶。反倒是中国港台及新马泰的华人对普洱砖茶情有独钟。

中国的产茶区集中在长江以南，不产茶的地方，喝茶的习惯就完全由传统决定了，比如西藏、新疆与内蒙古就是黑茶砖的一统天下，四川、湖南等地不少茶厂生产的边销茶就专门供应这些地方，这些茶在产地也像普洱砖茶一样，墙里开花墙外香。

喝茶也有时代性，一个时代有一个时代的茶风。清朝时，皇家的规矩是冬天喝普洱，夏天喝绿茶。可是中华人民共和国成立后，普洱慢慢在北方出局了，代之而兴的是花茶。

当前的时尚，也是由台湾的茶艺风气所影响，并间接有广东、福建南风北渐的因素，那就是推崇乌龙茶，铁观音、大红袍、高山乌龙等。尤其是北方的茶艺馆，主打的无不是乌龙茶，虽然北方人喝起来最顺的是花茶，但是只要是泡茶馆，似乎不点乌龙茶就有点落伍。

在传统的茶类之外，还有不少新茶，如各种袋泡茶、水果茶以至听装冰茶。新式茶大都是结合了咖啡等饮料的特点，比如高丽人参茶就是颗粒冲剂，有些像板蓝根感冒冲剂，里面是否有茶，真是品尝不出。这些年韩国人来中国大陆的越来越多，青岛甚至有几十万人，北京也是不计其数，光是韩国特产商店就开了很多家，高丽人参茶、大麦茶也就日益流行开来。

我秉性好奇，总是想尝试新东西，所以每有新茶总不拒绝。我发明了两种喝法，一是以高丽人参茶与乌龙合泡，其口感较之市场上的人参乌龙要更佳也更爽；一是以蜂蜜调茶，有些西式味道，不过绿茶、乌龙茶、砖茶加上蜂蜜，其醇雅实在是西式茶所难望其项背的呢，平面设计师宋颖来闲闲堂喝了直叫好。

茶形

按照功夫茶的规矩，品茶时头一道程序就是观赏茶形。用茶匙把茶叶从茶罐里盛出来放在茶荷里，呈送到每位茶客面前供打量鉴赏，同时还可以闻一闻其香气。

成品茶的形状称得上千姿百态，尤其是紧压茶与工艺茶，有瓜形的、砖形的、球形的、饼形的，还有用竹筒装着的、编成牡丹花形的、绣球形的，等等。品饮中所讲的茶形指的是散茶的外形，主要有片、颗粒、条、末几类，不同品种的茶形状大有出入，按大的分类，绿茶与乌龙茶外观上泾渭分明。即使是同一类茶如绿茶，六安瓜片与太平猴魁、信阳毛尖与蒙顶甘露长相也截然不同，不必是行家，只消喝过两次，留点心，就能分辨清楚。再比如红茶，祁红与滇红的茶形，无论是颜色还是形状都大相径庭。

茶形是选购评判茶叶质量的重要指标，同一品种，质量优劣、价格高低，就要靠茶形来说话。有意思的是，无论哪种形状的茶，质量好的总是比差的要好看，怎么个好看法呢？简单地说就是整齐、饱满、色泽好，一看就充满精气神。在茶叶批发市场，往往是一个摊位同时销售七八个档次的某种茶，你去看吧，凡价格高、质量好的，必是外观更好看的。

茶叶本来就娇气，无论是成包还是成箱，难免有挤压和细小的破损，沉积到箱底或罐底，就是所谓茶叶末或碎茶。其实茶末也分档次，极品名茶的末除了不好看以外，喝起来神韵犹存，因此，茶庄往往把茶末分门别类归总，标以低价，名之曰“高末”、“高碎”，专门卖给那些嘴刁而钱少或喜欢少花钱多办事的茶客。批发市场里的茶商则把茶末收集起来处理给餐馆酒楼，所以懂门道的人一般不在饭馆喝茶，因为壶里装的茶水很难说是用什么样的茶叶泡的。

正宗的品茶必须要能看到茶形，这不仅是在茶荷里，还包括在壶中、杯中。绿茶尤其重视赏形，碧螺春就讲究用玻璃杯，泡在杯中可欣赏茶舞，其形状变幻过程颇为养目。喝完以后，剩下的茶叶底或根儿，行话叫“叶底”，也是欣赏的对象。如果说茶形好坏在冲泡前还是看个外表的话，那么冲泡后的叶底就真相毕露了，茶叶品相如何，是否有虫咬、莠病，一望而知。真正到位的品茶行家，没有看清叶底成色之前，是不会对质量与品级下结论的。

见不着茶形的茶水就总是有些来路不明，让茶人不大感兴趣。近来企业热衷开发听装茶饮料，中国饮茶讲究热饮，喝凉茶本身似乎就有违茶理。大约正是缘于此，不少饮料企业生产的冰茶、凉茶，里面其实并没多少茶的成分。于是，茶饮料实际上只是打着茶旗号的清凉饮品而已，不过话说回来，口味总比可乐之类的强。

茶砖

砖是紧压茶最常见的商品形态，其次就是饼。比如黑茶茯砖、普洱砖茶就都是砖形，茶饼（包括七子饼茶）以及竹筒茶、沱茶等形状皆是变种。

在边远少数民族地区，人们普遍惯于饮用茶砖，追根溯源，是因为储运方便，不紧压则茶叶体积大而分量轻。云南有所谓“茶马古道”，2001年夏天全国书市期间，我在昆明小住一旬，发现市中心就有茶馆招牌沿用这个名号。后来在北京出现一个连锁餐馆，名号也是这四个字。自古都是以马驮茶，从产地运往各地，在当时的运输条件下，只有紧压加工成砖、饼等形状，才符合经济规律。游牧民族居无定所，同样需要日用食品便于携带、保存。要紧压就得发酵加工，这样才可使之成形。古人发明砖形、饼形茶，图的是转运便利，至于味道倒在其次。

正是这个道理，古代茶叶消费曾经以紧压茶为主，比如唐宋都是如此，而且在茶具以及品饮习俗方面都可看出其影响。法门寺出土的金质茶具多已失传不用，前些年发行过一套纪念邮票，图案就是这几件唐代的茶具，如果没有背景知识，人们看了不会与饮茶联系起来，因为紧压茶后来不再有市场，也就不必再用工具来碾、碎、磨，毕竟紧压之后茶就无鲜可言。清朝年间，来自关外的皇族饮茶习俗推重普洱，这一点正说明清王朝是由游牧民族入关定居的。

在商业的形成、发展过程中，储运是一个极其重要的决定因素。唐宋时无论是长安还是汴洛都不产茶，因此只能靠长途贩运，而当时的运输能力决定了茶最好是紧压的形式。所以追根溯源，少数民族消费茶砖的习惯其实还是受古代汉族的影响。有时物质条件变化了，但是原先依附在物质上传播的文化习惯或风俗，却以不可思议的惯性脱离原有的物质基础而留传下来。

紧压茶的品饮与其他茶明显不同，就是口味浓重，只有适应了这种风格的人才会喜欢。因此，目前茶砖、茶饼的销售仍是在西藏、新疆、内蒙古等少数民族地区，虽然这些地方的居民其实在生活环境上与其他地方已没什么不同，现今的交通运输已无远弗届，也不再有必要非得紧压成型茶。但是，口味形成了就不会轻易改变。

中国香港及东南亚等地的华人喜欢收藏茶砖，因此紧压茶的质量不再计较时新与否，反而是越有年头越值钱，于是云南、湖南、广西等地生产的茶砖便有了两个极端的市场：一个是边远经济不发达地区，一个是经济极发达地区。

茶饼

茶饼是紧压茶的一种形式，与茶砖没有本质上的差别，借这个题目想聊聊普洱茶。

据我所见，传统上只有普洱茶才有茶饼，其他的紧压茶大都是陀形、砖形，而没有饼形的。普洱茶之所以多用饼形，大概是因为古时茶马贩运，七子饼茶成件捆绑，便于牲畜背驮——圆饼形状较之方形没有棱角，也就不易造成对人畜以及货品本身的碰撞损伤。

普洱茶近些年大热起来，形成了一股市场狂潮。喝普洱茶成为时尚——赶时髦的人们力量很强大，他们甚至会改变历史的发展方向。

普洱茶的炒作，是结合了此前乌龙茶、大红袍等茶类炒作的经验，而又引进了股市、收藏、拍卖、保健品、连锁店等行业的概念与手法，所以以小博大，庄家大获全胜。有茶市以来，没有比普洱茶的炒作更成功的了。

普洱茶的市场风云，单纯从茶业角度出发是理解认识不清楚的，因为普洱茶已经是以茶的形式出现的新兴投资工具。只有同时熟悉市场营销学、宣传炒作技巧以及收藏拍卖规律的人，才会懂得2000年以后的普洱茶市场究竟发生了什么事。

普洱茶在历史上一直是边疆少数民族喜欢的品种，尤其是满族入主中原后把普洱茶列为贡茶，至今故宫还有当年留下来的普洱茶。异族统治华夏的各个朝代，最终都以统治者汉化为结束，特别是在饮食口味方面，以夷治夏往往行不通，所以有清一代普洱茶在中国没有形成气候。它一直是以边销为主，在边地是最平价的当家茶，是穷人喝得起的茶。

曾几何时，普洱茶除了边疆地区外，经由广东在中国港台地区与东南亚渐渐普及开来。相比之下，当地崇尚的乌龙茶价位相对要高得多，而同样耐冲泡同时口味浓重的普洱茶却极为廉价，岭南市井小民天天一盅两件，需要的是能够消费得起的便宜实惠而又能大量长期供应的品种。普洱茶在广东受百姓钟爱，首先靠的是价格优势。在某种程度上讲，凤凰单枞更对广东人的口味，然而产量极低，同时价格又偏高，喝一壶凤凰单枞所花的钱，当初换成买普洱够喝一年的！

在2000年前，普洱茶的市场不景，风平浪静，有60年历史的勐海茶厂难以为继，当时的普洱茶作为行业远不如绿茶、乌龙茶红火。天时、地利、人和，正是炒家抄底建仓的最好时机。

连续多年来艺术收藏市场的火热，使收藏保值增值意识深入人心，几乎人人都懂得了有条件时应尽量搞点收藏这个道理，而这为普洱茶的炒家提供了舆论环境，打好了消费心理基础。可以说，正是因为大陆老百姓接受、认可、习惯了收藏性消费，才为普洱茶打开了财富之门。只有引进了“股市”与“收藏”两大概念，有了利好看涨与保值升值的预期，才会让终端消费者肯出高于以往价位的钱购买并不急需、甚至自己并不消费的商品以求将来升值套利，人民币贬值、通货膨胀的忧虑加强了资金向收藏转移。经过重新定位的普洱茶，由传统的大众茶提升为富贵茶。

2007年4月，一个地级市的地名由“思茅”改名“普洱”，说明当地政府对普洱茶市场的重视。2000年，一级茶菁每公斤价格8元；2007年，同样级别的茶菁每公斤售价高达1500元，普洱茶的价格七年里涨了100倍还要多。如此的价位意味着固定消费群要升级换代了。经过市场的脱胎换骨，普洱茶不再是过去那种老百姓日常所喝的茶，而成为一种收藏或投资的工具，开始更多地具有了高级礼品的色彩。

普洱茶以前是极少被用来送礼的，而当它的价格被炒到比龙井、大红袍毫不逊色的时候，便摇身一变跻身礼品市场。恰逢有些经常收礼的人发愁收的东西多得没法处理，具有收藏性质的礼品便格外受青睐，普洱就这样迎合了市场。

中国的紧压茶不止普洱一个品种，过去论产量甚至还未必是普洱第一。广西六堡茶、湖南茯茶、重庆沱茶等都有极可观的市场规模，同时也都是有着赫赫的历史声望与来头。所以，其他紧压茶品种也肯定会效法普洱茶：商品可以有专利，经营策略没有专利。

这些年各地的紧压茶差不多都出产了茶饼，不仅限于黑茶，就我所见，白茶、黄茶都有新品，甚至还有玫瑰花饼等非茶产品，普洱茶首创的茶饼形制以及包装风格被广泛借鉴套用。

茶粉

饮料中有速溶咖啡、速溶奶粉乃至速溶藕粉（我在玉溪的澄江第一次喝到，是用鲜奶煮的，香极了，回家便开始自己如法炮制），但是，过去市场里没有速溶茶——这是因为茶似乎最适合直接冲泡来喝。

不过世道在变，传统的大堤已经被时尚潮流所冲击甚至淹没，生活的每一个方面都无法幸免。先是可乐等碳酸饮料大行其道，接着矿泉水、纯净水纷纷出世，后来就有了茶饮料，从红茶到绿茶，虽然味道与真正的茶水有天壤之别，但却打着茶的旗号，很快有了市场里的一席之地。

在《功夫茶话》一书里，我提出来应当生产广东凉茶，其后就有了王老吉、和其正等一系列罐装凉茶。我当然不至于认为是自己启发或引导了一个行业，但是我却是第一个在茶学专著里正式提出这个建议或创意的，而我的书恰恰是在广州出版，同时也是在广州发行最多的，所以不能排除生产凉茶的企业家受了《功夫茶话》影响的可能。

在挂职云南期间，得识同为博士服务团成员但早我一年的盛军博士，他挂职普洱市副市长，此前从事的专业与挂职岗位结合得最紧密，所以成果特别显著。他发明研制了普洱茶粉，并且将之作为普洱茶产业的一个新的经济增长点，得到政府的支持，还公布了普洱茶粉的配方，很快就冒出一大批生产厂家。

好友朱子芾说他有朋友办了家企业，字号是“普洱齐福茶叶公司”，生产茶粉，给我快递到北京三大箱，让我品尝，他很客气地说帮他们转送推广。我喝着速溶普洱茶，感觉较之平常习惯喝的普洱茶要淡一些，虽然还有普洱茶的意思，可是不够过瘾。当然，对于喜欢喝袋泡茶的人来说，也就会接受速溶普洱，而我只要有可能，一般绝对不会喝袋泡茶，就像一般绝对不会吃袋装方便面。

普洱茶粉很像速溶咖啡，只是更细，热水一冲就好，和传统的普洱茶相比要省事得多了，而且在品质上也有了一定保证，不像普洱茶饼那样，劣质低廉的可以十元五元一饼，而优质高档的却可以成千上万元一饼，差距巨大，外观上又没明显区别，不熟悉的人容易上当。

据说普洱茶粉刚上市时的主打目标是高端人群，所以定价非常贵，几乎比饼茶价格还高，因为中国的高消费人群有个特点，就是大都不会个人花钱买烟酒茶这类商品，而作为礼品出现，太便宜了脸面不好看。

不过从长远看，普洱茶粉这类东西大概还是相当于方便食品饮料，适合大众消费，对高端人群来说，最多也就是在公共场合偶尔对付着喝一喝，不会当成享受的。这就像喜欢喝咖啡的人，哪个高端人士会偏好速溶咖啡哟！

茶水

对于茶人来说，自古就特别重视水，形成了水文化，中国古人对水的研究至少在1000年前就达到了分辨秋毫的程度，试看陆羽的《茶经》，对水的品鉴是何等的讲究！张又新的《煎茶水记》则是品评水的专著。

中国是文明古国，文化源远流长，同时无山不秀，无水不美，中国的水文化很可能在世界上都是独一无二的。水而能构成一种文化，当然就不是 H_2O 那么简单的物质。以画为例，西方的风景画在中国的对应物名字却是山水画，在中国人的心里无水不活。人类文明是依附于水源而生成、发展的，哪里有纯净的、甘美的清水，哪里才会有城镇或村落的生存基础。

现在市场中方兴未艾的矿泉水、纯净水、蒸馏水、太空水之所以能够迅速普及，可能在一定程度上是因为中国传统上就非常重视水文化，关于水的消费理念人们一听就懂，就能接受。中国文化崇尚大自然，与人工的产品相比，更青睐天然的。中国饮茶与可乐、咖啡的最大区别，不仅杯中之物取自自然，在品饮环境上也贴近自然，茶馆的环境就与酒吧、咖啡馆截然不同，这是农业文明的反映，实际上是绿色文化。

茶与水的关系是密不可分的，水在茶艺、茶道、茶文化中占有至关重要的地位，所以从唐朝陆羽的《茶经》开始就极其重视水。一般情况下，不管是什么茶都是要用水冲饮开喝的，所以水可以说是茶的载体、溶液，有茶无水，或有好茶无好水，都是让人无可奈何的事。当然，有一些地方的茶俗并不是以水冲茶，比如西藏、新疆、内蒙古是以奶煮茶，但这毕竟是特殊情况，暂且存而不论。

自古以来不少名茶之所以有名，实在是因为当地的水好。佳茗与好水互相生发，香气韵味才可得到充分发挥。俗话说“原汤化原食”，再好的茶离了产地，离开了当地的水，也就难以还原其当初得名时的效果。

如果说茶艺的规矩多、讲究多，那么一半的内容都涉及水。茶艺既是关于茶的学问与艺术，也是关于水的学问与艺术。这与中国水墨画在章法、笔法、墨法之外还有水法乃异曲同工。

古代流传下来很多茶人评水的掌故，简直神乎其神，比如说陆羽能喝出长江水是从江心取的还是岸边取的，甚至一桶之中，某一层是从哪个位置取的都能一品即知。这种神化玄化，其实也反映出水对于品茶是何等重要。倪瓒泡茶要让用人挑水，而且只用前一桶，说是后面一桶在挑运的路上难免被弄脏，这是典型的洁癖，可是不无道理。

泡茶之水自古就有江、湖、泉、井、雨、雪之分，时过境迁，而今就地取用冲茶之水的选择余地已非常小了。江、湖都已成为工厂排污与城市排污的所在，过度采水导致地下水位剧降使得泉水也大都枯竭了。古来神州名泉不胜枚举，光皇帝就封了一大批“天下第几泉”，现在只有几处名泉还勉强维持，比如虎跑泉水，但是也今不如昔，而且只有到名泉所在地才可能偶尔一品。2007年4月，我到野三坡的百里峡，那里就有一眼名泉，可是已经没多少流量了。北京凤凰山上龙泉寺附近有所谓神泉，天天有人专程去接水，五一长假时偶然去接地气，也从井底接了一瓶水，费了半天时间。

露水、雨水与雪水这年头谁还敢喝？一到下雨下雪，城市就像是冲了一次澡似的，雨水、露水、雪水相当于给城市除尘后的污水，落在金属上都有腐蚀性，拿来泡茶岂不是胡来？平民百姓喝茶主要靠自来水，它的来源一是深水井，二是水库，只是与古代的井水与湖水不一样，自来水不是天然的，而是水厂加工过的，所以用自来水一定要接好后隔上一夜以去异味，让氯气挥发干净，否则不堪入口。

北京、天津人为什么爱喝花茶？原因是当初京津居民饮用水都太差，什么好茶都会糟蹋个不成样子，只好用香气重的花茶遮盖，时间长了成为传统，而北方其他城市受京津影响，亦步亦趋，属于“一犬吠影，百犬吠声”，所以花茶在北方大行其道是没什么理由与道理的。有的城市其实水质很好，本不必非喝花茶，比如保定。1980年，我从保定考入天津南开大学，记得第一次对着校园里的自来水管喝生水，不禁惊异莫名，因为保定的自来水是甜的，而天津的自来水却是苦涩咸兼而有之，根本不能生喝，白开水喝起来也有一股怪味道，同学们都只好泡茶来解决喝水问题。

令人遗憾的是，至今保定人在喝茶的口味上还没摆脱京津的影响，这也算得上是集体无意识，历史传统的惯性实在太厉害。

如今的茶馆基本上都采用纯净水，有的用矿泉水，市场上有桶装的，配上饮水机，既方便，又卫生。虽然品饮起来无法重现唐宋名泉名水的千姿百态、无穷美妙，但是至少保证了不毁好茶。水的开支在茶馆的成本中占很可观的一块。

没有污染过的雪水、冰水应当是很适合冲泡佳茗的，我曾忽发奇想：如果从西藏与新疆的高原雪山上取有百年甚至千年、万年历史的绝对无污染的雪块、冰块加工，运到大城市销售，肯定是一本万利的生意，用来泡茶味道应当不差。这个专利发明，我愿公之于众。

随着互联网加物流快递的发展，近几年不少地方开发出了泡茶专用的瓶装水、桶装水甚至盒装水，包装很符合时尚潮流，价位也就相应比较高，对水格外讲究的茶友有了更多的选择。

茶食

喝茶时最宜品尝一些小食，既可佐味，又可使一杯与一杯之间不致冷场。如果没有茶食茶点，那么显然就无法使喝茶的时光延长到足够让人惬意的程度。

茶食有中、西、日三种风格，路数完全不一样，性质却异曲同工。茶食的存在是为了让人们更充分地享受茶的美好，烘托品茶氛围。吃茶食永远不会是主要目的，谁在茶社坐下来也不可能先点茶食，然后再随便点壶什么茶来就着吃茶食，而只会是反过来。茶食的特点是小而香、耐吃，同时吃起来不嫌费事耗时，只要味道好就行。

普鲁斯特在他的长篇巨著（整整七本，中文译本于1991年面世，读书界炒得甚热）《追忆逝水年华》里，就用细腻的笔触描写了泡了茶的蛋糕如何在他的主人公心田留下悠远的甜美记忆，这从一个侧面，让我们领略了法国人是怎样在喝茶时吃茶点的。

西式茶食以糕点为主，讲究自家烘烤。在英国，能不能做得一手好茶点事关主妇的荣誉与家庭的幸福，“通往男人的心的直近的路是胃”嘛。日式茶食更像是精致的小菜，量特少，至多一口。论起来中国茶食最丰富，从广义上说，几乎什么都可以包括进去。岭南人在茶楼所谓的“一盅两件”，那一盅自然是茶，而两件则可能是两样糕点，也可能是肉食如蒸凤爪，还会是小吃如肠粉、牛河、烧麦、叉烧包。据说老一辈画家赵少昂的早茶就是到香港陆羽茶社用这雷打不动的“一盅两件”。江苏讲究烫干丝，前不久我在无锡吃过一回，感觉还不错，但也就是不错而已，多长时间不吃肯定也不会馋。

传统正宗的中式茶食还是以带壳干果为主，花生、瓜子最受欢迎，无处不在。在过去的老茶馆，花生瓜子是必备的茶食。如今的茶艺馆里茶食的品种多了，核桃、栗子、松子、香蕉片、菠萝干，应有尽有，还有美国杏仁、开心果与腰果。

单是瓜子，就又分黑瓜子、白瓜子、葵花子等若干种，真能让茶客挑花了眼。由于茶食中不少都是坚果，于是用心的店家就预备了相应的开启工具。我在多闻茶社见到嗑瓜子的钳子与夹子有三种，核桃钳子两种，胡桃夹子两种，还有一种专门夹栗子的工具，据说还是进口的，100多元一把。工欲善其事，必先利其器，有了这十八般兵器，客人当然点起茶食来就更起劲。

现代人重视保健，而医学研究证明干果对人体有重要的滋养或预防疾病、辅助治疗作用，如榛子之于孕妇、白果子之于前列腺有毛病的男士都有很好的效果。

周作人写过北京的茶食，文章结尾说，他在北京住了若干年，一直就没吃到过合口的茶食。这是真的，因为北京人虽然在北方已是最讲吃喝的了，但和南方人比起来却实在乏善可陈，不用说与成都、广州比，就是上海、南京都望尘莫及，这种情况至今没有太大改观。话虽这么讲，但是北京还是北京，其古都韵味有远超乎口腹之欲之上者，否则以知堂老人博学多识而又看重享受，不中意北京的吃食，为何却一直非要待在北京（除了抗战胜利后去南京、上海蹲过一段时间的监狱以外）直到终老呢？这说明北京自有北京的魅力。

按照茶艺、茶道的精神来看茶食，会显得它有些高不可攀。其实，正像茶老百姓天天都要喝，茶食在大众生活中也是相当普及的，城市家庭的茶几上除了茶具，大多还会摆个瓜果盘，里面盛些瓜子、花生、糖果。客人来了，端茶倒水之后，照例款待以瓜子、花生，这样一边喝茶，一边剥着花生，嗑着瓜子，宾主其乐融融，此时茶食就已不显山不露水地成为我们日常生活的一部分了。

茶点

茶食应当包括茶点在内，但是在茶馆、茶楼的日常运作中，茶食与茶点还是有差别的。严格地说，茶食大多是干果或现成的糖果糕点，而茶点则主要是指现场制作的点心。

社会语言学有一个规律：从某一民族的词汇特别是同义词、近义词的丰富与否，可以判断其文明的发达程度。我们可以延伸一下，某一专业或某一行业术语的多少，可以反映出这一专业或行业文化底蕴的厚薄。茶文化的术语就非常多，早在唐朝的陆羽写《茶经》时就已经有那么多的专用词汇，以至于今天不借助注释几乎就读不懂。

回到正题。茶点真正流行的地方一是西方，尤其是英国；二就是广东了。其他地方似乎就光有茶食，谈不上什么茶点了。

欧美人喜欢把茶与点心并时享用，点心在欧美的茶艺中已有喧宾夺主的劲头。英国家庭主妇似乎都很热衷烤制糕点，在英式茶会里，因为茶都是从商家买来的，品牌包装与价位随行就市，没有什么可比的，所以主妇手艺的高低就全看茶点的成色。西式的茶点基本上都是由淀粉、糖、奶油、牛油、巧克力为原料制成，再浇淋或点缀各种汁酱或水果。也许就是因为西方人太贪嘴，连喝茶都不忘吃几块点心，因此肥人众多。

人们的是非标准会随时代变化，以往肥胖并不是缺点，说明有条件吃好喝好，所以脑满肠肥是有钱、有权的标志；曾几何时，西方人重视起瘦身来，改革开放以来，“肥胖”便渐渐沦为丑陋的近义词，尤其是对女性来说，避之唯恐不及，都倾尽财力参加“舍宾”，甚至不惜手术吸脂以追求骨感美，只愿作赵飞燕，没人想当杨贵妃了。

广东风格的茶点与英式最大的区别可能就是广东点心在甜食之外，更有特色的是带馅的、带肉的多。广州人所谓“叹早茶”就是吃早点，只不过喝的东西是茶水而已。

无论是英国还是广东，茶点的繁荣无疑直接推动了茶的普及与深入人心。

不过事情总是有两面性，虽然英国下午茶与广州早茶都成为当地民众生活中不可或缺的重要组成部分，但是从茶艺的角度看，英国与广州却都没有什么资本。这可能与茶点有关，因为过于日常生活化，就着茶点喝茶，着重点也就不尽然在茶。如果说茶食是衬托茶的，那么茶点却是与茶平分秋色的。茶除油腻，无论是刚出炉的糕点还是才下蒸笼的面食，就着茶吃起来味道都会更佳，但是此时茶已变成佐餐之饮，茶趣几乎无从谈起。

倒是潮汕与福建的功夫茶一心品味壶中风韵，无意于杯外求美味，所以接近于茶艺正统。

茶肴

茶叶本来就是植物，其汤可饮，其叶也就可食。中国是烹饪美食王国，又是茶的故乡，因此以茶为原料的佳肴就是题中应有之义。

中国人在吃的问题上可谓是登峰造极、世界第一，即使是在国内美食界最没本钱的城市，和世界排名第二的国家（姑且说是法国）比起来，似乎还是要略高一筹。我的高中同窗王辉在美国佛罗里达州立大学做了一年访问学者，回来谈起餐饮，说了一句话："看美国人吃的东西——他们真是白活了！"对这位老兄的掌勺手艺与口味我再清楚不过了，他算不上什么美食家。

茶肴自古有之，而且少数民族中不止一个民族至今以吃茶为习，特别是用茶炒菜，风味独特。茶肴在制作上要求是新茶，最好是鲜叶，和其他原料与调味品一起下锅，效果出来不仅好吃，而且好看。据大厨讲，茶肴烹饪的原则是少放油、少放盐、不放味精，因为茶叶是清淡之物，油多盐重就会破坏茶香，而味精更是与茶势不两立。

茶肴之中最有名的菜当推杭州西湖之滨楼外楼的"龙井虾仁"，据说茶叶用的就是龙井新茶，虾是西湖活虾，以前吃时感觉颇好，茶叶入口清香扑鼻，颇有回味。但是龙年春节我到杭州又点此菜，发现虾仁依旧，而龙井茶叶则只在顶上撒了五六根，完全成了点缀，好好一道名菜，居然就有名无实了。老字号也会变，而且并不是越变越好，原先西湖醋鱼可以点半条，一两个人就餐分量正好，后来也取消了，要点就是一整条，诸如此类的变化，真是可惜。另外一道名菜是四川的看家菜式“樟茶鸭子”。茶肴中最通俗的是茶叶蛋，无论南北，火车站等人口流动多的地点总能见到的。

茶是绿色食品，和别的蔬菜、水果比起来，在农药残留等指标的控制上要好得多。而且以茶当菜，还有保健、清神、减肥等效果，所以先是日本风行茶肴，中国港台也亦步亦趋跟时尚。

流风所及，眼下国内也开始兴起茶肴茶馔，出版了若干种专讲茶肴茶馔的菜谱，而且都是铜版纸彩色印刷，看上去确实诱人食欲。上海科技教育出版社的《茶馔之美》还是袖珍本，小巧可爱，体现出上海人重视生活情调。

茶餐

民以食为天。在现今中国，作为餐饮企业，靠单纯的“饮”是很难独立生存的，因此无论是咖啡馆还是酒吧或者啤酒屋，包括茶社，都得或多或少提供“餐”方面的服务。

开个玩笑，熟悉《水浒传》的就会知道，中国最早的婚介所创始人王婆所开茶舍也是可以办酒席的，否则就无法玉成西门庆与潘金莲的一段“佳话”，可见茶餐是古来有之。最近电视台播《水浒传》连续剧，碰巧我看的是王婆贪贿说风情那一集，结果王婆的台词中居然没有用小说原著中的“潘驴邓小闲”五字诀，可见编导没读懂，不知道什么才是点睛之笔。我个人认为，《水浒传》虽是英雄传奇，但是在描写市井男女题材上却是古今第一杰作，要不然也就不可能从这个枝杈生发出一整部小说《金瓶梅》了。依我浅见，兰陵笑笑生的厚厚大部头不过是对《水浒传》这一回的演义而已，并没有增添什么实质性的东西。当然，这只是我信口闲侃，读者诸君不必当真。

以茶佐餐，中外皆然，事实上，几乎所有餐馆都同时提供茶水服务，但是这并不就是茶餐厅。追根溯源，大概餐厅供应茶水本来就是天经地义，只有茶馆提供饭菜才会形成茶餐厅。当然，如今很多茶餐厅未必是由茶社发展进步而来，而是定位就有意与常规快餐店区别开来，突出强调了“茶”字。

茶社供应饭菜，典型的例子是扬州的富春茶社。广州的传统茶楼，大多是茶餐结合。不过，一旦有茶有餐，往往就会使茶的味道被冲淡，而餐的风味却提升，因此在茶餐厅吃饭效果不会差，而品茶则要打个折扣，所以对于讲究的茶客来说，当然就不愿意选择茶餐混合的地方品饮。

随着市场中快餐业的兴盛，茶餐厅焕发出新的活力。尤其是在京沪穗等大都市，作为快餐店的茶餐厅开始多起来。新潮的茶餐厅以仙踪林为代表，实际上是中式简餐配以茶与饮料。这种茶餐厅一般都位于繁华闹市区，装修得时尚而富青春活力，瞄准的是年轻一族，提供的是快捷的服务，其餐其茶都是中档消费。

茶餐厅与饭馆、酒楼在菜单、茶单上的供应品种也许相差无几，只是名称不同而已。可见，名之为物实在是大有学问，难怪古人有“白马非马”之辩。

茶餐是不是中国茶馆的发展方向不好说，但是可以肯定一点，茶餐是中式快餐连锁店的发展方向。

茶饮

可口可乐在市场中的成功告诉世人，没有比卖喝的更赚钱的生意了。较起真来，在酒精、啤酒、矿泉水、咖啡、可可与茶等喝的商品种类中，茶虽然是最普及的，但是却一直停留在茶叶这一商品层面，不能直接喝。只是到了近几年才有茶的进一步开发，比如茶粉，比如罐装茶饮料。

茶饮的罐装销售遇到的最大障碍是人们习惯于喝热茶，只要有开水与杯子，转瞬就可冲泡好热茶。这样一来，罐装茶饮似乎就没有了存在必要。

不过，生活方式的改变以及商品营销的潮流，都促使罐装茶饮料应运而生。事实上，消费罐装茶的主要是平常不喝茶的新新人类，他们本来就不曾养成喝茶的口味，所以也就不计较罐装茶是凉还是热。也是，既然可乐、啤酒、矿泉水、果汁以及粥、汤、羹样样都可罐装生产，为什么唯独茶水不行？比起碳酸饮料来，茶饮要更符合健康要求。

虽然中国是茶的原产地，但是生产罐装茶饮料却只能步外国的后尘。日本大概是世界上开发生产茶饮料最早也最成功的国家，虽然日本并不是主流的茶叶出产国。没有原料优势却能生产成品，这是日本经济了不起的地方。

国内的罐装茶饮料生产引进了不少条生产线，最主要的厂家是康师傅、旭日升与统一。分析起来，听罐里的内容成分可能并无二致，只是不同企业的营销力度与推广策略有高低。

事实上，国产饮料逐渐式微，也正是广告与营销的失败，而并非产品质量有什么问题。以我所见，石家庄上世纪80年代推出的维力饮料与酸枣汁，以及北京的北冰洋汽水，就都有滋有味挺好喝，但是生生就退出了历史舞台。被淘汰出局的不见得是次品，这种现象也算是中国国情特色。

罐装茶饮其实与品茶风马牛不相及，它提供的只是一种现代化生活方式的解渴饮料。对于爱喝茶的人来说，除非是别无选择，否则肯定是不会把罐装茶当成真正的茶来品饮的。

茶粥

粥之为物实在是中国人的一大发明。清代人曹庭栋的养生名著《老老恒言》全书五卷，一卷全用于开列粥谱，居然有百种之多，其自创即14种，可见喝粥与养生的关系甚大。所以，陆游《食粥》诗有句:“世人个个学长年，不悟长年在目前。我得宛丘平易法，只将食粥致神仙。”这两位崇尚喝粥的前辈都活到了85岁以上，在“人生七十古来稀”的古代，这是极其难得的高寿，喝粥的神力由此可见。

我是非常偶然地发现茶和粥完全可以合在一起的。

自己在家喝茶，虽然用的是一人份的壶，但是两三泡喝下来也就足够了，往往是杯里尚有余茶，而我却从茶桌离开，到书桌、画案旁边去了。等到再想起来喝茶，早就凉了。这是一个矛盾。按理说，两个人或三个人一起饮茶，在量与时间的把握上最为适当，不过我的情况是总是一个人在家，所以除了来客人以外，自斟自饮便是常态。

在喝茶的同时，我也喜好喝粥。大米粥煮好了盛在碗里会很烫——虽然人们都喜欢说“趁热吃”，但是刚刚煮得沸腾的粥，其实是无法马上喝进嘴里的。如果等粥彻底凉下来呢，饭菜就又不热乎了。

偶尔有一次，桌上有我两顿饭之间喝剩的茶水，在杯里已经很凉，除非再掺热水，否则没法再喝。我灵机一动，将凉凉的茶水倒入了热粥之中，冷热中和，立即就可以大口地喝了，这样一来，在大米的香味里又添了茶的清香，韵味十足。我当即宣布：这款茶粥要列入《闲闲堂食谱》，此后成为定式。

茶讲究的是品，而粥则无论是多么美味，也不用“品”字，“缩颈而啜之”，吸溜作声，才是快意。有了剩茶水在粥碗里，不仅仅可以快速制冷，还平添了香味，而且使粥有了格调。

当然，在外就餐是不能奢求这样的茶粥的，此无他，酒楼、餐馆的茶水不论要价多高，都不会用相应的好茶。而我自己在家喝的茶，无论是绿茶、乌龙茶、红茶还是普洱茶，几乎都是顶级极品，这要感谢茶友们的惠赐让我一年四季都不缺好茶——当然，真正的好茶永远是不会太多的，至少在我来说，特别钟爱的好茶（一般来说，茶的品级与其包装的体积、重量成反比）似乎总是不够喝——所以，用来做茶粥香味才会那么清新浓郁。如果核算起成本来，闲闲堂的茶粥价值端的不菲呢！

茶实

"茶实"这个词，恕我孤陋，以前没见过，也没听过。

写《功夫茶话》时，为了检索题目，我把手头的辞书、工具书中以"茶"字开头的词条都查阅殆尽，号称最权威的有茶学专业的《中国茶叶大词典》和《汉语大词典》。后者所收词条之多，被视为汉语词典之最。直到这一两年，韩国出了一部《汉韩大词典》，才在收词条数量上超越了《汉语大词典》。这事有些让人难堪，一个大国，一个文明古国，居然连本国语言的词典都编得不如外国人丰富、全面，真是岂有此理。如果再知道这个国家是有专门的语言文字国家机构的，就更说不过去了。

其实，中国在语言文字方面的遗产或财富是举世闻名的。我读俄罗斯作家的书，发现如屠格涅夫等常赞美俄语之美，言外之意别的语言文字根本无法相提并论。这当然是文化沙文主义。谁不说咱家乡好，谁都会觉得本民族、本国家的语言文字天下最美，我就认为汉语、中文是世界上最美、最有表现力、最有文化的，什么英语、法语、俄语，都相形见绌。

从语言学与艺术的标准出发，评价某种语言文字是否丰富、细致、优美还是有客观指标的，如词汇量、同义词、语法、句法与修辞的形式。其中，词汇量绝对是一个关键指标，同义词、近义词的多少以及术语、名词的多少，关系到一种语言的文化含金量。

回到正题。我虽然翻了不少词典、工具书，自以为以“茶”字开头的两字词全都见过了，结果证明不对，我低估了中国传统文化遗产的博大精深，也高估了国内词典工具书编撰者的学术水准与敬业精神，“茶实”就是例证，这两字见《徐霞客游记》，显然不是什么冷僻书，而是大大有名的传世名著。

到云南挂职行李很多，以至于超重补交费用高达500元，因此无法多带图书，只随身带了四册，分别是《云南风物志》、《华阳国志》、《西南夷风土记》和《徐霞客游记》。在徐霞客《滇游日记六》中，有一段过山寺啜茗品尝茶实的文字：

“茶实大如芡实，中有肉白如榛，分两片而长，入口有一阵凉味甚异，即吾地之茗实，而此独可食。闻感通寺者最佳，不易得也。间有油者棘口。”

徐霞客是中国最著名的旅行家，他所写的游记有一半篇幅是写云南；西方最著名的旅行家是马可·波罗，其游记也有大量篇幅写到云南。云南风光之美不问可知。

茶实是茶树结的籽，而云南鸡足山的茶实在明代即是土特名产——中国的地大物博与悠久历史实在是值得我们自豪骄傲的，当然，正因为中国的文化积淀太厚重，老子“多藏必厚亡”的道理表现得更突出，以至于很多瑰宝失传湮没，茶实乃其戋戋小者，微不足道。

茶实我们没口福也就罢了，“茶实”这个词我们从词典、工具书里找不到就不对了。列宁说忘记过去就是背叛，一点也没错，对于中国人来说，忘记了如此辉煌灿烂的历史，数典忘祖，竟不知道自己的祖辈先人多么了不起，创造了多少美好的东西，只会崇洋媚外，是何等的可怜、可鄙复可耻、可笑呀！

茶酒

茶和酒的关系在都是供人们饮用的之外，还有两种情况大概少有人道及：一是以茶调酒，二是以茶酿酒。

我喜欢杂览，乱翻各种闲书，京剧与历史传记类都是我所好的，《许姬传七十年见闻录》是一本很有趣的书，这位曾多年为梅兰芳当秘书的老先生写道，过去在北京城经营绍酒的商家，以普洱、龙井等茶对黄酒，提高口感品味。这种调酒的秘诀后来失传了，实在遗憾。连吃喝之道这样广有群众基础与人气的文化都不能保证长久流传，其他的事物就更不牢靠了。人类文明其实是很脆弱的。

西方讲究喝鸡尾酒，酒吧里的调酒师更成为中国年轻人时尚的职业。把不同的酒与不同的配料调拌到一起，味道复合了多种元素，常有难言的妙处。我有时爱转转烹饪用品与厨具、炊具、餐具及酒具、茶具市场，曾经买过两款调酒器，金属的，很好玩，偶尔用来调制柠檬蜂蜜茶。

从鲁迅时代起，中国人面对西方世界就有两种态度：一是西方的什么中国过去都有，而且更早，甚至是发源地；一是批判嘲笑这种夜郎自大、故步自封，认为中国事事不如西方，西方什么都好。过犹不及两失之，依我拙见，还是执中为更得当。

其实，如果局限在吃喝的范围，西方的饮食茶酒在中国过去都有，却是事实。人人皆知的事实是意大利通心粉与披萨饼，据说是马可·波罗在元代时从中国带回欧洲的吃法，我看过《马可·波罗行纪》，没找到证据。

鸡尾酒是何时、何地、何人发明的我们不知道，但是，在酒里添加一些液体以提味助兴，却是中国古已有之的做法。许姬传所记的事情是100年前的京城旧事了，可以推断，那时中国人还几乎没听说更没喝过西式鸡尾酒呢。

以茶酿酒或以茶作酒的主要配料，据我所知是近些年才有的事。尤其是在普洱茶热起来后，普洱茶的副产品或延伸产品也都出现了，从普洱茶糖到茶酒都有商家尝试。2007年我刚到昆明，在市中心的真庆观游览，古建名胜的殿堂被开发为普洱茶茶场与茶馆，若论闹中取静，在国内是我所见过的环境最好的茶馆。就在真庆观，我见到了开发出来的普洱茶酒，买了一瓶，价钱倒不贵——当然，和一般的酒相比又不算便宜，相当于中档白酒一二百元一斤吧。

我一个人时从不独自饮酒，而客居昆明，在外饭局就餐，不管是被招待还是招待别人，从未见过有茶酒上桌。自己在家不设宴，所以那瓶茶酒摆在冰箱里，是什么滋味我至今还不知道。

茶蛋

以茶叶加盐煮鸡蛋是各地都流行的地摊小吃，也是出门在外的底层百姓最简洁而实惠的快餐，佐以面包或干粮，足以充饥，营养与滋味也都还能凑合。还有一点并非不重要，那就是它极便于携带，不怕挤压。

1980年，我到天津南开大学读书，乘火车往返天津、北京与保定之间，因为当年天津与保定没有直通的铁路，穷学生在旅途中能吃到面包加茶蛋就已经相当知足了。我就是在那几年对茶蛋的特殊香味留下了永远不能抹去的记忆，以至于虽然上世纪90年代以后就再也没机会在外边吃茶蛋，每一次看见摊上的茶蛋，都会想起铁路车站的景物。那个年代，不少人家都会给出门的人煮几个鸡蛋路上吃，会过日子的往往煮的是茶蛋。

茶蛋所用之蛋之所以是鸡蛋而非鸭蛋或鹅蛋，原因在于鸡是最普及的家禽，同时鸡蛋的口感也远较鸭蛋或鹅蛋为佳——有意思的是，在美食家的菜谱上，鸡肉却并非禽肉中的上选极品，在很多菜式中鸭肉或鹅肉各擅胜场，有鸡肉所不能企及之处，如烤鸭。

茶蛋的煮法有讲究，是在煮硬而未熟透时把蛋壳轻轻敲碎，同时保持不漏，使汤汁可以渗进去，最外一层蛋白便有了咸味与茶味。茶叶的作用在这里是去掉了鸡蛋的蛋腥味，而又增添了一股香味，比盐腌蛋吃起来要可口得多，至少不再是单纯的咸，而有了可以品、可以回味的内涵。

煮茶蛋的茶叶一般都是比较次的，或者是过期的。其实茶叶过期倘若时间不太长，只影响口感，在质量上并没有太大变化，普洱茶、茯茶就是正面的例子——当然，时间过长则另当别论。在民国时期，冯玉祥把溥仪赶出紫禁城后，成立了故宫博物院，而管理人员在清点盘查了收藏的各种物品后，曾经处理过一些东西，包括纸张、丝织品与茶叶，据当事人回忆，那茶叶便已经灰化了，根本喝不得，而购者争先恐后，原因很简单，用来装茶叶的是官窑瓷器，而院方处理的是茶叶并不是瓷器，所以价格极低，反正买主不会是不相干的外人，肥水不流外人田嘛。这种做法，倒与今天很多公家单位某些当家人很是相似了。

工作以后，有了得到别人馈赠茶叶的机会，报刊编辑交际面广泛，朋友也多，所以常常会有茶叶多到来不及喝的时候。当然，在得到别人赠茶的同时，我也在赠给别人茶，不过，仍然还是会有成盒或成罐的茶叶不经意间就过了保质期。于是，拿过期的茶叶煮茶蛋便成为一个两全其美的选择。

过期的东西用起来不妨量大一些，至少比泡茶要大几倍。一次煮上十余枚茶蛋，吃剩下的放在冰箱里，随时取食，不失为一道懒人的小菜呢！至少可以放心，里面没有什么添加剂。商场或超市也有密封包装的茶蛋，不过我疑心其质量，毕竟中国的食品安全已经是世界公认的难题，所以除非万不得已，我是不会吃真空包装的茶蛋的。

茶锈

茶水沉淀或水分挥发完，剩下的就是茶锈。茶锈又叫“茶垢”，在紫砂壶收藏者与爱好者那里，茶锈有一个雅称——“茶山”。

紫砂壶讲究养茶山，就是在壶底使茶锈堆积成小山的样子，具体方法是沏完茶后有意不把茶根倒掉，而是使其阴干，日久天长，内壁茶锈厚重，沏出的茶便会浓香四溢。要注意一点，茶汁搁置时间太长，就会长一层黑里透亮的醭。紫砂因为茶汁的浸染沉淀有了茶山，即使是不放茶叶，开水冲入也会飘出茶香，但这香是只能闻不可尝的。

这也是一种辩证法，茶具既要洁净，又不宜求新。真正上档次的茶具，在行家看来是那种干干净净但又确实使用得有年头、精心保养的，有玩古董的所谓“包浆”。太新则无韵味，老茶客用新茶壶，泡出茶来喝着总是不够味，这在一定程度上是心理作用。世人嘲骂暴发户，有一句话“树矮墙皮新”，非常形象而一针见血。茶书里说，古代真正喝茶到出神入化地步的人，最讲究的便是不仅茶叶好，更要茶壶陈。

在上世纪七八十年代，有很多单位评先进、开会、上班等活动，常发一个搪瓷缸子作纪念品，因此几乎到处都能见到以搪瓷缸子沏茶喝的，既当壶，又是茶碗，不需多长时间，内壁就长出了厚厚的红里带黑的茶锈。有意思的是，那时没有几个人讲究茶道，也没闲心养什么茶山，大家对茶锈视若无睹，很少有谁费事去清理。

只要是有茶瘾的人，平素用的茶壶、茶杯就不可能总是洗得一尘不染，大多是茶锈斑斑，这就像是真正的读书人的书房必然不可能井井有条、一尘不染一样。但是仔细看，实际上却又一点不脏，因为它本来也不是尘土污垢，而只是茶叶中析出的化学成分。

近两年古玩市场升温，旧式古董茶具在各地层出不穷地涌现。我曾在北京见到过不少老茶壶，有些算不上什么名贵高档，卖的只是年头儿，但是看来看去，我总觉得作假的多，因为这些茶具都没有茶锈，哪怕是没能清除干净的茶锈，尤其是壶嘴里。有一次在太原诗人雪野开的古董店，有几把说是明清的瓷壶，小巧雍容，我颇为心动，把玩有顷，最后还是吃不准年头没买，怕是被景德镇赝品作坊当成冤大头。

大概是受欧·亨利启发，前些年国内作家曾有一篇小说，写的是某位艺术家在旧货店看中一把古代小提琴，交了定金，回去取钱，这其间无知的老板好心地把琴重新漆了一遍，结果买主来了勃然大怒，因为这把琴值钱就值钱在音色上，新漆完全毁了艺术杰作。

我想，不会有古玩商贩如此愚昧、弱智，以至于把能表明茶壶沧桑的茶锈用洗衣粉、清洁剂从里到外刷它个干干净净吧？

茶渣

冲泡过的茶叶就是所谓“茶渣”。茶渣并不见得就一定要丢弃，它既是品饮过程的一部分，也有其自身的利用价值。

内行品茗，最后一道程序就是观赏叶底茶渣。茶的品质如何，待冲泡完毕后，是可以通过茶渣反映出来的。假冒伪劣的茶叶，茶形能够做到惟妙惟肖，但是泡后却会露出马脚：是芽尖还是老叶，是机采还是手摘，形状是否正宗，色泽是否对头，立马水落石出。

上档次的名茶讲究有形有款，分毫不爽，热水冲泡，几乎可以让茶叶还原到采摘时的样子。在茶罐中看上去相差无几的茶，从茶壶底捞出来就泾渭分明了。评判茶叶的一个标准就是叶底的品相。因此，品饮名茶当然不可放过一睹叶底原貌的乐趣。正宗的功夫茶艺，在品饮结束时都要把茶渣倒入茶盘，请饮者过目赏玩。

不是什么茶的茶渣都有欣赏价值。若是喝高末或高碎，那么茶渣就不看也罢。

茶渣有实用价值，不少人将茶渣当花肥，沏后倒在花盆里，既可当肥料，而又能疏松土壤。无论是在家庭还是在办公室，这种情况都是司空见惯的。其实，人们把茶渣倒在花盆里有一个并非不重要的因素，就是这样很方便，有渣有水，除了花盆，倒在别处都不太合适。

福建人、广东人喜欢把乌龙茶渣晒干，攒多了用来塞在枕头里，功效有类蚕沙，可清热保健。炎热的南方酷暑难当，茶渣为枕，在清凉之外，更有一种若有若无的残余幽香，与别的枕头相比想来更解汗味。

对于喜好紫砂茶具的人来说，茶渣则有特殊的用处，那便是晾干后保存好，等到买来新的茶具时，用足量的茶渣来煮紫砂茶具，既消土气，又添茶韵，相当于是养壶的序曲。当然，照说最理想的是用正宗好茶来养壶，不过那样的成本过高，而且在以俭朴为美德的人看来，好茶直接拿来煮茶具，简直是暴殄天物，所以没有听说过谁这样做。不过养壶用的茶渣也不能是次茶的，最好是和日后打算用该套茶具品饮的茶叶品种一致。

上瘾的紫砂茶具爱好者总是隔一段时间就要添置新藏品，这样正好可以把前一阵积攒下的茶渣集中利用一次。

第三部分

曹鹏博士朗诵：
《闲闲堂茶话》金句（3）

茶具

喝茶图的是好心情，茶具也就应该赏心悦目。选择茶具的标准是你什么时候想喝茶，看到茶具都能增添你的兴致，把玩茶具都能给你乐趣。

在茶文化中，茶具向来自成一体，它是茶文化的重要组成部分，习茶的一个方面就是认识了解茶具。围绕着茶的储藏、茶的取用、茶水的加温、茶的冲泡、茶水的盛放以及茶水的品尝，有着五花八门的茶具。一套正规的功夫茶具需要十多件不同的器物，它们包括茶罐、茶壶、茶船、茶海、茶杯、闻香杯、杯托、茶匙、茶荷、茶箸、箸匙筒、茶针、滤杯、茶拂、茶巾、茶盂等，这些物件都是小而精巧的。茶具以自己中意为佳，不必过于讲究看重价格。对于天天要沏茶品饮的人来说，茶具在别人眼里是好是差并不重要，自己舒服比什么都强。话说回来，若是作为收藏品就另当别论了。

真正的茶人所用上档次的茶具往往都是组装的，尤其是古董级的茶具，更是罕见成组原配。这是因为至今国内无厂家能够生产出全套茶具（奇怪吗？），因为茶具论质材有陶、瓷、铜、铁、锡、竹、木、牙、毛、布、玻璃等多种，在技术上就很难由一个工厂包办。宜兴号称“茶具之都”，也不过出产紫砂茶壶、茶杯、茶盘。景德镇的瓷器茶具固然尽美尽善，可是也限于壶、杯、盘等容器。

2000年春节假期长，我去了一趟江浙，还专程到宜兴走了一圈。宜兴是紫砂壶的产地，而紫砂又是中国茶具的典型代表，这次虽只是匆匆的跑马观花，但是对紫砂却开了不少眼界，感觉对茶具的认识又上了一个层次。“百闻不如一见”，这话是真理。

2011年4月，我再次到宜兴一游，参观了徐悲鸿纪念馆与尹瘦石纪念馆，还由周胜敏博士与张利烽先生分别陪同，走访了几家工作室与名家艺术馆。11年过去了，宜兴与丁山已经变得认不出来了，紫砂形成了淘金热潮，真的成了产业。

国内各地最讲究茶具的是潮汕，喝功夫茶，茶具必须是成套的，否则茶就失味。近年来，中国港台也开始讲究茶具，不厌其精。尤其是紫砂茶具，更是被港台追捧得价格一路狂升，目前已达到了高不可攀的天价。2000年，我在宜兴走访了几家大型紫砂店，茶具中出自工艺师层次的新品价格都在四位数以上，而工艺美术大师与名家，都是一把紫砂至少价值一辆桑塔纳甚至别克，闻之令人咋舌。2011年，行情就更是高企，大师的作品已经要值一辆奔驰豪华跑车了。

这两年国内茶文化升温，紫砂茶具市场也遍地开花。2000年，宜兴有至少上千家紫砂商店，满街满巷都摆着形形色色的紫砂，这些茶具从宜兴走向了全国甚至世界各地。2011年，宜兴的景象是至少有上千家紫砂工作室，至于销售紫砂茶具的店铺，已经无法统计其准确数字了。

不少人虽然收藏紫砂茶具，其实并不用来品饮，而是摆在多宝格里赏玩。毕竟是花了成千上万购置的宝贝，谁人舍得拿出来沏茶倒水？不过，这实际上构成了一个误区。因为真正的上好茶具，只有常用，才最能发挥出其价值，而紫砂茶具尤其重视养壶，也即必须常用常摩抚，壶的品相才历久弥新。

在宜兴街上走过，看着摆得满世界的紫砂，我悟出一个道理：古董瓷器之所以价格高昂，一个重要原因就是损坏率极高，很难完好无缺地保存下来。自明至清以及民国以还，几百年来，宜兴所出紫砂茶具简直如恒河沙数，而今完璧复有几何？

这样看来，以收藏为目的买紫砂茶具实在是一种愚举，因为紫砂易破损，只要不是在博物馆里由专业文物人员保管，就早晚会磕着碰着，而令其价值一落千丈。紫砂茶具用来沏茶品饮效果确实好，但是，若把它作为保值投资对象则未必高明。古人达观，知世事无常，便提倡“且尽杯中物”，借用在这里，就是有好茶具抓紧使，如果买到的紫砂壶连内壁的紫砂粉末都保持原样，那就有点辜负如此佳器了！唐诗有云：“花开堪折直须折，莫待无花空折枝。”不知世上有多少能解此意者。

茶器

在港台地区与日本的茶书中有“茶器”的说法，在中国大陆如今人们更习惯于“茶具”这一词汇。要问“茶器”与“茶具”有何区别，恐怕一般人都认为这两者是一回事，同物而异名，其实大大不然。

唐代陆羽《茶经》三卷，篇章分为十类，其中“二之具”、“四之器”，茶具与茶器各占其一。《四库全书简明目录》就此点评道：“其曰具，皆采制之用；其曰器，皆烹试之用。故二者异部。”（华东师范大学出版社2012年版，第456页）《四库全书总目》也有这段文字，但是用的不是“烹试”而是“煎饮”，此外还有“言茶者莫精于羽，其文亦朴雅有古意”的评论（中华书局1965年版，第988页）。

《茶经》“四之器”里有不少是唐代碾茶、煮茶的专用器具，久已失传。煮茶以鍑，鍑以生铁为之，可能相当于现在日本式的铁锅。但洪州以瓷为之，莱州以石为之，甚至还可以银为之。陆羽所说茶器里的碗至今人们还在使用，他认为越州为上，鼎州次、婺州次；岳州上，寿州、洪州次。对于有人认为邢州瓷较越州为上，他殊不以为然。这是唐代人的标准。

汉字作为一种文字源远流长，说起来不可思议，古汉字远比如今我们使用的汉字数量为多，翻翻《说文解字》、《康熙字典》和《汉语大字典》，里面活着还有使用的字和死掉的冷僻字比较起来，处于绝对的寡不敌众状态。这说明汉字在古时是一事一物皆有一专用文字，时过境迁，很多器具事物消失湮没了，但是对应的字却沉淀了下来，这种情况在“玉”字部里格外突出。

陆羽在《茶经》里把茶器与茶具分开讲述，当然是因为在他看来这本来就是两种不同的东西，用经济学概念来表达，茶具是属于生产领域的，而茶器是消费领域的。所以，按照茶圣的学说，其实后世用于品饮的器具应当叫“茶器”而非“茶具”。不过，明清人也往往用茶具来代指茶壶、茶杯等。近年来，国人用“茶具”来替代“茶器”，实在是因为所谓茶文化到上世纪八九十年代方才复兴，关于茶的讲究与门道久已鲜为人知，能有“茶具”已经够意思了。

我议论这个问题并不是显摆自己如何有先见之明或博学，正相反，我2000年写茶话伊始就有“茶具”一篇，未觉得“茶器”也可以成篇，直到2017年偶然翻到《四库全书简明目录》茶经篇才意识到“茶具”的词源有出入，并查了《四库全书总目》，认识到“茶器”才是陆羽用来品饮的物件，而我的茶话由三家出版社出了三版，印了不知多少次，本以为不会有大的遗漏，事实上却不然。此不学之过也，特此记之以自警。

茶壶

茶具中最重要也最显赫的便是壶，壶可谓茶具之王。这原因也好理解，一是泡茶少不得容器，可以说冲泡是以壶为中心进行的；二是茶壶在造型上容易出彩，古今中外的工艺师与艺术家们都发现在所有茶具中，茶壶是最便于艺术表现的。事实上，自古传下来的茶具文物、精品，也是茶壶最引人注目，同时杰作最多。以古代茶画为例，我曾画过一组临摹历代名家所画茶具的四条屏，发现古画上的茶具最大的主角是茶壶，甚至比茶杯出现的机会都多——有只画一把茶壶的，没见着只画一只或几只茶杯的！

中国传统茶壶大体可分为瓷与紫砂两大类，边疆与海外还有锡与铜及锡质的茶壶。瓷壶一般都较大，容量差不多在半升至一升半之间，一般可供两人到八人人手一杯，近两年台湾与广东出现了新式的瓷质功夫茶具，市场上才看到了袖珍小瓷壶。紫砂茶具一般都很小，最大的紫砂壶往往在体积上也比不上最小的瓷壶。偶尔会见到巨型的紫砂茶壶，有的甚至极大，据说英国就收藏着一把巨壶，不过那要么是商品噱头，要么就是极特殊的例外。紫砂壶主要是供个人独自享受或者两三同好同饮，相对瓷茶壶而言不那么大众化，而是一种小圈子、贵族化的玩意。

提梁直腰瓷壶由于有幸成为《沙家浜》里阿庆嫂手里的道具，而在上世纪70年代一度走红。现在的文物店里很流行“文革”文物，绘有样板戏画面的提梁瓷壶就已成为俏货，乃至源源不断地出现了赝品。

紫砂茶具只在江苏宜兴生产，其实原本只是民用陶瓷的一个小品类。直到“文革”结束前，历史上紫砂茶具只是个别文人雅士钟爱，收藏者也很有限。80年代以后，完全是日本人与中国台湾人、香港人把价格抬上去的，搞得国内的茶壶爱好者当年买不起上档次的紫砂茶壶。紫砂茶具中，茶壶向来是极受重视的，凡收藏紫砂茶具的必然要收茶壶，一些收藏家甚至还把自己的住处题为“百壶苑”等等，可见其自豪与珍视。著名画家唐云就是紫砂壶收藏大家，据说平常是用曼生壶泡茶的！

内行说，紫砂茶具彼此之间质地区别不大，质地上最容易出现的问题是密封性，特别是壶盖与壶体的闭合性，专业工匠与业余、低水平工匠会有差别，总体而言，紫砂茶具身价高低主要在于做工与制作者名气。好的紫砂茶壶价格高贵，并不是作为茶壶的实用功能有多好，而主要是其艺术观赏价值。所以，如果唯求一把理想的茶壶用来日常泡饮，同时又希望它工巧美观，就不必追求高价壶了。

我给自己买紫砂茶壶定下的心理价位就是四位数以内，至今奉行不渝。（承周胜敏、张利烽指教，现在紫砂矿石的成本价已经很高，一把上等泥的壶仅材料成本已经要三五百元，所以真正的紫砂壶低于千元是不可能的，市场里的几十元一把的必然不是紫砂的，其中很多用了有害物质当添加剂，用来泡茶很危险。）不过，应坦白的另外一点是，在茶壶的数量上我没给自己设定限额，粗略算来，也有几十把了。我倒不是出于收藏的目的，而完全是为了玩，我的几十方砚台也是同样的情况。

说到选，这实在是购买陶瓷茶具的最大奥妙。曾有一位行家到陶瓷店，对店员说:“价钱随你，只要任我挑就行。”结果用大路货的价钱选到了一组达到精品的茶具。陶瓷制品最难得的是毫无瑕疵，成套的茶具更不易件件完美无缺。事实上，如果店家或厂家允许客人随便挑，那么从成批的大路产品中就完全能配出一套呱呱叫没的挑的精品。

紫砂茶具这个题目已出版了很多图书，相比之下，瓷器茶具就远远没有这种运气，至少动笔写此书时我就没见着一本专门的图书。紫砂陶器用于生产茶具则高高在上，而用于制造其他器具却就平平常常，宜兴历来除了产茶具，也产陶盆、陶罐以及工业用陶如耐热锅炉，在市场上，它们与茶具所占份额旗鼓相当，但是价格可就天悬地隔了，紫砂工业用品以及紫砂日常用品远没有紫砂茶具这么风光。说句玩笑话，同样的做工、同样的质地、同样的年份，一把紫砂茶壶的售价注定要比一把紫砂夜壶高上几百倍乃至几千倍。不信？你到宜兴街头处处可见的露天市场去问问行情就知道吾言不谬了。这是陶瓷史、也是市场社会的一个有趣现象，凯恩斯与萨缪尔森或许能有妙解。

2011年，我有了“烟花三月下扬州”的机会，在重游瘦西湖后，又逛了红园收藏市场，见到有卖明清紫砂花盆的，尺寸颇大，有长宽或直径两三尺、一尺高的，品相极好，而要价高则两三万元，低则几千元——若是明清的紫砂茶壶，那可就要在后边再加上零了！

郑板桥有一首著名的诗《题紫砂壶》:“嘴尖肚大耳偏高，才免饥寒便自豪。量小不堪容大物，两三寸水起波涛。”明眼人一望而知，这是借题发挥骂世间小人，而不是真的对紫砂壶有什么不满。

茶杯

茶杯与茶碗是孪生兄弟，同是盛茶水品饮的器皿。在茶具的演变发展史上，应当是古人先发明了茶碗，后来才渐渐有了茶杯。两者虽然形状有所不同，而功用则殊无二致，因此说茶杯时也就等于论了茶碗。

按传统茶艺的理论，若在茶具的世界排座次，除了茶壶，就该数茶杯位置靠前了。有不少人喝茶时本来就喜欢直接用茶杯冲泡，兼之各地茶俗不同，西南、西北都以碗代壶，所以，茶杯、茶碗实际上未必就甘居壶后。开个玩笑，辜鸿铭老先生曾就茶壶与茶杯有过婚姻奇论，言下显然是把茶壶地位置于茶杯之上的，重男轻女，不仅中国如此。

正宗的品茶不可用大杯，因为茶艺理论认为杯大则茶香易散，加之品茶本来就是生活中的一种享受，但求从容，不求其速，这和快餐速食以及可乐系列在精神上大异其趣。要我说，中国文化特有的闲适、舒缓、宁静、淡泊，正可以在品茶的过程中咂摸出来，按“大乐无声，大象无形”的说法，欣赏真正的佳茗，当然就宜用至小的器皿，所以喝功夫茶都是半个乒乓球大小的微型茶杯。

在茶文化的天地，约定俗成是天经地义的，喝不同类型的茶当用不同的杯，实际上没有什么正确与错误之分，只要你有依据就行，恰似古代君主听臣下强谏或故作奇谈怪论时用的套话“有说则可，无说则死”。

在现实的品饮中，一般认为绿茶最好用无色透明的玻璃杯才能曲尽其妙，乌龙茶则最适合紫砂小杯，八宝茶非三炮台盖碗不能泡出地道的原味。无论用什么形状的茶杯、茶碗，一个总的原则是质地与款式越讲究越好。

在上班族群体中，茶杯往往是使用频率极高的器皿。尤其是机关与国营企事业单位坐办公室的人，几乎都是在工作时间离不了茶杯的。这种茶杯不仅在办公室里用，还走进了会议室，进一步又上了火车、汽车。这些年甚至形成一个又一个茶杯的时尚潮流，从玻璃丝包罐头瓶开始，过渡到不锈钢杯、炮弹壳杯、老板杯、真空杯、保温杯，而且价格也动辄在一二百元以上，成为公款消费与公关送礼的一个上好对象。

时光易逝，2000年的物价在今天看来简直便宜得不可思议。现在北京的停车费很多地方都是一小时10元了，高档的保温杯已经要一两千元才买得下来。

2011年，我的老父亲住院做手术，大夫非常热情认真，过后我为了表达谢意，赠了一只纯银保温茶杯——是我真心喜欢的东西，我总是在送人东西时会选自己也需要而且特别喜欢的东西，有时别人不理解这种做法。但是，我觉得只有这样才心安。

曾结弥陀无碍因，宗门更转活机轮。料知茶味同禅味，汲尽松风意未尘。大林禅师诗，瓦父画并题。俱取法日本古人，然一无似处，亦一无是处。

不羡黄金垒，不羡白玉杯。不羡朝入省，不羡暮入台。千羡万羡西江水，流向竟陵城下来。瓦父为茶圣造像。

茶盅

首都博物馆举办了一个名为“慈禧的瓷器”的展览，我在参观时看到了一件敞口、深弧腹、圈足的“墨彩花蝶纹茶盅”，不由得愣了一会儿。

现在人们很少用“茶盅”这个说法了，以至于我写茶具一补再补三补，补之又补，到了2013年，才发现一个常用茶具“茶盅”居然一直都没注意到，事实上，如果不是赫然有说明牌标着“茶盅”，我看到也会以为是茶碗、茶盏甚至是茶杯。

回家查字典——我一直有查字典的习惯，这是因为有自知之明，自知认字不多而又想多认几个，差不多每天都会翻一两次字典。也许有人觉得自己认字不少，《新华字典》与《现代汉语词典》里的字大都认识，我建议翻翻《汉语大字典》，里面收有56000个单字，反正我每页都有十之七八的字是素昧平生的，而且心里明白绝大多数字已经死了，几乎永远用不着，然而就是常用的，其原始意义是什么，知道的人也不多——《说文解字》的解释是：“盅，器虚也。”例句是老子的“道盅而用之”。这样解释说了等于没说，因为极少有器皿而实者。而且段注明确此处的“盅”音为“冲”。《汉语大字典》有一条释义：“没有把的小杯子。”例句是晚清小说《文明小史》第十五回里的“又取出三个茶盅，倒了三碗茶送了上来”。

显然，至少在晚清时期，“茶盅”与“茶碗”是可以通用的，以至于出现取出的是“三个茶盅”而倒的却是“三碗茶”这样的句子。后来“盅”字渐渐从茶具里退隐，而主要用在酒具当中了。

汉语汉字在过去100年里经过了两次大的运动，一是“五四”白话文运动，为使汉语口语化而创造或引进了很多新词汇，完全与“六书”无关；二是上世纪四五十年代的工农兵识字扫盲运动，为了让更多的文盲识字，出台了简化汉字方案，可惜事出仓促，没有专业的文字学家来负责，导致很多字背离了汉字规律，成为生造出来的字。这样一来，汉语汉字的血脉便被切断，国人在说话或写字时追求规范的意识就淡薄了，表现在茶具上，茶杯与茶盅、茶碗的异同也就含糊不明了。

“慈禧的瓷器”是故宫的藏品，重点展出了同治大婚用瓷，据统计，当时特制了23种瓷器，其中包括“黄地粉彩红蝠纹盅”——其实与“墨彩花蝶纹茶盅”器形与用途该是一样的，不过没在“盅”前冠以“茶”字而已，这也不奇怪，我在故宫看展，不止一次发现有标牌说明张冠李戴的情况。唉！故宫能发生“十重门”事件，什么都经不住这么乱“撼”一气的，所以同一展览中同类瓷器的名称不同，也就可以理解了。

故宫我经常去，展览也看了不少，可是总也看不够。同在北京，有的人提起故宫、北海、颐和园来，总是说：“以前去过——有二十年、三十年没去了！”意思是凡是名胜不可不去，但只要去过“到此一游”也就足够了，除非陪客人应酬，不必再多去。我不这么想，故宫、北海、颐和园以前是皇家的禁地，直到上世纪六七十年代，北海还有一段时间不对外开放，至今故宫、颐和园还有相当比例没对外开放。这都是中国文化的精华，是倾全国财力供明清两代皇室享受的，而今能打开大门，让平民百姓随意出入，我们该惜缘惜福，多进去享受享受才对。

这就像茶一样，真正的好茶岂是喝过一次就可以从此不喝了呢？

茶碗

闲书一册赖君成，

我本无心续茶经。

文章报国时未许，

万千滋味且品茗。

这是我写给为自己发茶话文章、出版茶书的编辑的小诗，写得不好，但却是自己的真情实感。“有心栽花花不开，无心插柳柳成荫”，我之于茶正如我之于画，可谓阴差阳错，本是业余或副业，但却为我博得不少虚誉与实利，大有反客为主之势。

承蒙刘莉女士关照，2000年，我在《保定晚报》开了一个“功夫茶话”的专栏，用的是笔名“云中君”，所以亲友、同学、熟人基本上没跟我对上号。最近有一次与刘莉见面，我提出想接着再开个专栏，这次叫“闲闲堂茶话”，是“功夫茶话”之后续写的篇章。二十年间我固然碌碌无为，但阅世、观人、品茶的机会还不少，虽然学不加进，但所见所闻所思所想或尚有可供故旧一笑者。当年刘莉是副刊部的编辑，而今已经是副刊部的主任了，对我的提议慨然允诺。

从2001年起，结集在出版社出书，迄今已先后有三家出版社接力，累计印了十余次，有时自己翻翻，觉得该写的差不多都写了，可是居然就没写过茶碗。为什么会有这样的遗漏？反省一下，也非为无因，茶碗虽然是茶具中的老资格，但这些年却渐渐退隐，几乎没有用武之地了。

唐人喝茶是用碗的，这从卢仝的诗可以找到证据。用碗来喝茶，当然是由于条件所限，古时煮茶煎茶不似今天这样方便，一碗一碗地喝，比一杯一杯地喝要省事。而且古人量大，饮食粗放，过去绿林好汉讲究“大碗喝酒，大块吃肉”，喝酒都用大碗，喝茶岂可不用大碗？卢仝诗句“七碗喝不得也”，再多喝就过量了，说明是大碗，若是如今的功夫茶杯，则你我之辈平平常常也可以对付七杯，不至于就“习习生风”有乘风归去飘飘欲仙的感觉。

日本茶道是用茶碗的，我在网上看到布衣书局拍卖过一套《茶碗》（平凡社1965—1968年版，大八开精装，五函十册全，限定本，36公斤），分别收集的是中国、安南（今越南）、朝鲜与日本等国的茶碗，蔚为大观。胡彬兄同时上拍的还有《茶道美术全集》十册，是上世纪70年代初的日本图册，40年后的中国出版界仍然做不出这样成规模、有气魄的大套茶文化画册，可见两国出版业的差距之大。

用碗来喝茶在中国一直是民间草根大众的饮茶习惯。上个世纪七八十年代，北京前门大栅栏办起了“大碗茶”服务摊点，街头卖茶水，两分钱一大碗，量大，解渴，实惠。

等到为安置下乡知识青年返城就业而开办的“大碗茶”后来鸟枪换炮，建起了美轮美奂的“老舍茶馆”，茶碗也就不见了，茶杯粉墨登场。从上世纪90年代以后，我就再也见不着用大碗喝茶的地方了。

讲起诗文书画等传统国粹，人们往往有今不胜昔之感，而饮食文化在总体上却后来居上——虽然过去五六十年也遭到了人为破坏，但是从历史的角度来看，中国的衣食住行是随着时间推移而日趋精致、完美、便利的，却也有失传的《广陵散》，但是算起大账来，今人比古人的物质享受要多得多了，茶杯取代茶碗只是一个小小的例子。

谁也无法否认现在衣食空前富足，饮食器皿也越来越讲究，人们肚子里油水足了，连盛饭菜的碗都有往小里发展的趋势，饮茶就更不会再用碗了，当然也还有碗状的茶具，只是尺寸、容量大致与杯相当而已。我在玉溪买到过华宁窑新烧制的小茶碗，也在昆明的古玩市场淘到过华宁窑的老茶碗，直径寸半或寸许，严格地说还是杯。

至今流行的西南盖碗茶与西北三炮台盖碗茶，倒是以“碗”命之，不过这里的碗其实只是大杯大盏，论造型不是标准意义上的碗。

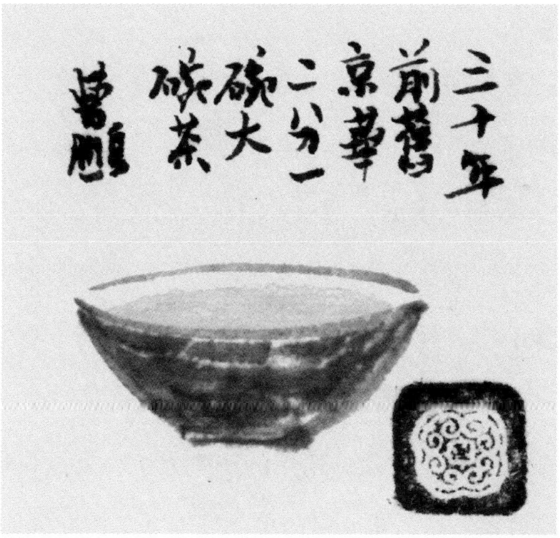

茶瓶

这是一个我发明的茶具词汇，在现有的汉语词典中还查不到。瓶之为容器，有水瓶、有奶瓶、有酒瓶、有醋瓶（半瓶子醋），在陶瓷中还有所谓“梅瓶”——就是没有茶瓶。不过，“茶瓶”这个词汇倒不是生造出来的，对我来说，它是自然而然生长出来的。

平时在家，泡茶自斟自饮，用的是不大的茶壶。我发现，除非是专泡功夫茶的那种特别小的壶，否则一把壶泡出来的茶，一个人喝起来量有些大。近来我习惯于不管什么茶都只限泡三四遍，但是，就是这三四壶茶水，一个人喝，要么会拖得时间太长，以至于水凉了或泡过火了，要么会太费劲，把享受变成了一个任务，好像非得在规定时间内喝完这些茶水才行。总之，一个人泡茶要想不糟蹋、不浪费东西，就难免会有水厄之虞。

很多年我都没想出万全之策。简单的解决方法，就是只喝一两泡，其余的倒掉。如果是极品好茶，这就失之暴殄天物，不过实在没有别的法子。

在大城市生活，出门在外，喝水是个问题。一般情况下，公共场所特别是餐馆提供的茶水质量真的让人不敢恭维，而茶具的清洁卫生状况更让人不放心，所以出了家门，我常常不喝水，当然，有时也是因为在家喝足了茶。不过，天热的时候半天不喝水是不利于健康的，因此我常在外边买矿泉水。

有一位老朋友来北京，住在港澳中心饭店，我去他房间聊天，发现酒柜里摆着一种进口的欧洲矿泉水，是挪威的 VOSS，瓶子设计得极简洁大方，是比易拉罐直径略小而高两倍的柱状体。就我所见，国内的各种用途的玻璃瓶尚无这样的造型。打开品尝了矿泉水，把玩瓶子与瓶盖，舍不得丢掉，于是就带回了家。

第二天自己在家泡茶时，忽然灵光一现：为什么不把泡茶时一时喝不过来的茶水倒到瓶子里，留着慢慢喝，如果出门就拧紧盖子带着喝呢？

试了试，一壶茶，洗茶之后，二道茶倒在杯子里慢慢喝，三道、四道、五道茶都倒入瓶子，刚好倒满。因为瓶子是玻璃的，可以清楚地看到茶汤的色泽——以前偶尔用过保温杯泡茶，不透明，茶水直接进嘴里，眼睛看不到，感觉就有些混混沌沌不清爽。

每道茶只泡两三分钟即可，过去连着喝，喝不胜喝，这一道茶还没晾到适合入口的温度，下一道茶就又要倒出来了。有了茶瓶，不需要再等茶水喝完才冲泡，可以在短时间内泡完几道茶。没有经过实验室化验，但是我凭直觉，认为这样应当更有益于茶味与营养的充分释放与析出。

我以前见过有爱喝茶的人把茶叶泡在水壶或便携杯具里，随身带着喝。不过可想而知，茶叶是不该过长时间泡在水里的，即使是普洱熟茶，长时间地泡也会失去本味。

泡好的茶水装在瓶子里，因为离开了茶叶，浓度稳定，喝起来口感清香，和商场里所卖的各种茶饮料比起来，雅俗高低有天壤之别。

夏天出门，带一瓶泡好的茶水，从此不再买那些来路可疑、只为解渴的饮料与矿泉水。即使是出门做客，无论是饭桌上还是会议室，都可以坦然带着自己的茶瓶，自己喝自己的茶水：这和经济开支无关，也和卫生意识无关，而是习惯了喝自己的茶。

我认为自己发明的茶瓶太方便、有用了，愿意向茶友们推荐。

茶几

茶文化爱好者在习茶过程中，一般要到入门很久以后才会关注到茶几。新手要购置的茶具当然首推茶壶、茶杯，大部分人刚到紫砂与景瓷的层次就钻进去绕不出来了，所以顺着茶艺门径一路摸到茶几的边儿的，相对而言是少数。

这不是说大家没有或不用茶几，正相反，茶几是家具中最常用的，与沙发、座椅配套。"几"乃小桌也，茶几之上，是放茶壶、茶杯的所在。家庭里的茶几与茶社里的茶桌性质与用途一样，而有规格的差别。作为专业水平的茶具之一的茶几，与百姓家里无处无之的茶几有着本质不同，关键就在于是不是特意为了而且只为了品茶而设。

在广义的茶具系列中，茶几大概是体积最大的了。茶几也最能代表主人在茶艺、茶道上所追求的境界。正因为它大，所以质地对价值就有很大的关系，红木的和榆木的，生产线加工的与淘来的古董，是不可同日而语的。

英国人重视下午茶，讲究举办茶会，而且英国人出了名的虚荣势利，snob，重视门面，所以在家具就格外青睐茶桌、茶几。我曾看过一本英国的古董家具拍卖名录，其中茶几与茶桌就为数不少，且价格都颇不菲。

中国传统茶几大多是配太师椅、官帽椅的，换言之，都是高脚茶几，置于并列的两把椅子中间，现在我们熟悉的茶几则都是与沙发相配为低组合。

国内的家具厂商在想象力上总是不如人意，最优秀的师傅也只是在仿古上出类拔萃，如明辉兄向我多次推荐的阅甫斋就是用名贵木料做高仿。现在仿古家具特别是红木家具很流行，但是只集中在古典家具的风格与款式中，新式的家具又都是不洋不土的钢木结构、复合板材，总之缺乏创新意趣，让人找不到文化品位的感觉。

倒是古玩市场偶尔还能发现好玩的家具摆设。早些年我曾花200元在潘家园旧货市场买得一棕红色带雕花炕桌，款式大约是清末民初的，而且绝非赝品，摆在书房充当茶几，和其他的茶具浑然一体，我自己是颇为得意的。有一位中学老同学到北京我的家里来，我摆开这个茶几喝新买的极品香片，他上下打量茶几，啧啧连声："小桌真带劲！"

完全西式的茶几，正宗进口的东西，好倒是好，只是太贵，不是我们在国内挣人民币的人所消费得起的。我在北京爱家家居汇展中心见到过几款进口的茶几，多是核桃木的，确实质好、款式佳，不过那价格也实在惊人，都在万元左右。有这笔钱，还不如去买国产紫檀、黄花梨的呢，若是新作，售价还到不了这么高。（这是2001年的行情，此后黄花梨、紫檀被炒得价格一路攀高，到2007年，只要是真材实料，价格任你要。2001年前后，明辉兄从阅甫斋花三四十万元买了两个黄花梨仿故宫藏品样式的书橱，现在卖主报价一个大数回购，说是另有人特别想要，额外加价给他。）

茶桌

传统的中国民居，客厅往往会摆一张桌子，两边是对称的太师椅。这张桌子就是茶桌。客来奉茶是中国传统的礼仪，茶桌不仅是家具，还是礼仪不可或缺的器具呢。

桌与几是有区别的，正如狗与犬有细微的不同一样，《说文解字》无“桌”字，“卓”字的释义为“高也”；有“几”字，释义为：“踞几也，象形。《周礼》五几：玉几、雕几、彤几、漆几、素几。”可见桌与几实际上分别是为垂足坐与踞坐而设的，论起年代来，显然是几在前而桌在后的——《说文解字》等词典、字书在考古与文物、历史研究上，同样有着重要的价值。中国文字的复杂、细腻，是任何语言所无法相提并论的，至少根据我掌握的语言学知识是这样的。

读大学时年少气盛，也曾想效仿传说中的某些前辈那样多学几种语言，英语外，还学过俄语、日语、德语、法语，当然，没有出国留学或工作，哪种外语也学不好，至今只英语还算能读书、看报、浏览网站，其余的外语全只剩下几句日常用语还没忘。随着年龄增长，我渐渐认识到，在没有相应语言环境的条件下，一门外语也别想精通。这有限的语言猎奇经历，让我对中文的复杂与优美更加了解，说句老实话，即使是最有天赋的人，学一辈子能把中文学通就已经不易了。常有关于精通多种外语的名人的轶事流传，如钱钟书，人们往往对其外语地道极口推崇，我总是持怀疑态度，因为一个人如果连母语普通话都说不标准，我不信能把某种外语说得比外国人还字正腔圆！

提起茶桌，上世纪70年代以前出生的人都不难联想起阿庆嫂的经典唱段，“摆起八仙桌，招待十六方”，何以名“八仙”？是指的能坐八位吗？不清楚。

在古典家具领域，朱家溍先生是理论与实践并重的大家，家里布置雅致高洁，几乎可以原封搬到博物馆作为中国传统文人书房家居的专项陈列。这类陈列上海博物馆有，首都博物馆也有，都是馆里设计布置的，是抽象的、概念化的样板间，就不如我去香港文化博物馆看到的赵少昂纪念馆与北京画院美术馆中齐白石纪念馆中的齐白石画室，有着鲜明的个人痕迹与气息，每个物品、每个细节都让人浮想联翩。不过，可惜的是只有画室，若是完整的原貌就更好了——2007年我到杭州讲学，去黄宾虹故居参观，遗憾地发现与其他的名人故居一样，是被完全搬空了装修之后重新再布置的，没有了活生生的原汁原味，成了标本。因为没有其他参观的人，也没有讲解员，于是独自在客厅的八仙桌旁坐了一会儿，心里在想，黄宾虹暮年在这张桌子上该是喝过茶的吧？

过去的园林与苑囿，户外也都会设置茶桌，材质大都是石头或陶、瓷的，不怕雨雪。如今人们住房宽绰了，有花园或露台，也就需要安张茶桌。

皇家建筑里，宫殿铺地所用的是“金砖”，不是黄金的，是用添加了特殊材料的泥烧制的，我在苏州古玩城见到过，有年款，一块要价10000元，陪我逛的著名画家杨明义先生精于文物鉴藏，对我如此青睐一块砖有些不以为然的样子，其意若曰苏州的老古董多的是，一块砖算不了什么！我心里想的是，若用“金砖”为桌面搭个茶桌，该很有味道呢。

茶桌的正宗当然还是木质。韩大星先生是著名篆刻家，行内公认是河北省第一把刀，他在石家庄开了一家画廊“三秋堂”，金石字画之外，还经营金丝楠木等原木茶桌，很有档次，我在网上他的博客看了照片，为之瞠目，因为规格着实大，几乎相当于商界流行的大班台，据他说要六七个壮汉才搬得动。承他多次相邀，可惜我这些年总是抽不出时间去石家庄。我儿时小朋友们之间流传着一种童谣游戏，以两手轮流卡对方的臂膊，一边念着“天津、北京、石家庄、保定”，卡到肘节时所念到的城市，便被认定为对方的出生地——这是当年华北几大城市人口频繁流动的侧证，而我从小到大，恰恰正是在这四个城市先后生活，这岂非大大的巧合？而韩大星先生在其中三个城市生活过，2007年女儿又考到了北京上大学，按照常情，显然今后极有可能全家移居京城，这样与我的情况就完全一样了。韩先生为人耿直，曾对我的书法评以“笨拙拙地”四字，我看了很是喜欢，即请他就此四字代治一枚闲印，后来又想，四个地名若能刻一闲章，该也是很别致的呀！

附记： 韩大星先生后来为我刻了多方印章，包括“天津北京石家庄保定”。他的爱女上了不长时间学，又回石家庄了，他表示自己从来没打算过到北京居住。

茶盘

喜欢茶文化的人，往往对茶具表现出浓厚的兴趣，有时甚至对茶本身反而不如对茶具热心，大有买椟还珠之意。茶具的世界里，除了茶壶、茶杯之外，最普及也最有代表性的茶艺茶道用具大概就是茶盘了。因此，现今人们公关送礼，上点档次的，就常有送高档茶盘的。

茶盘是功夫茶专用的，用来盛放茶壶、茶杯，在冲泡斟倒时起到一个托盘作用，同时还可盛接弃水，以免淌得茶桌、茶几到处都湿漉漉的。

茶盘在古代茶书中未见记载，这也许是我孤陋寡闻，手边有1936年商务印书馆出版的“丛书集成初编”，内有一册收了明代茅一相的《茶具图赞》，图文并茂，记的是茶具十二先生姓名字号，也就是把十二种茶具拟人化，配有插图，我是认真研读过的，里面没有茶盘。

在北方，茶盘也就这几年才开始流行。茶盘的质地有很多种类，木头的有榆木、红木、黄花梨等，还有石头的，少不了也有紫砂的，此外金属的也有，而复合材料的更多，尤其是水容器这部分，基本上不是金属的就是复合材料的。

不用说，论材质最名贵的是黄花梨的，其次是红木。市面上的紫砂茶盘不知何故都制作粗劣，价格低廉，偌大一个茶盘，至少可以放一把茶壶、四五只茶杯，可是还不如同质地的单壶卖得上价。一般而言，木质的茶盘零售价在200元左右的就很不错了，贵的可以七八百元，甚至上千元、几千元；若是黄花梨的，可能比一套组合家具还值钱，如果不是真正在行又有钱的玩家，犯不着当这个冤大头。

典型的茶盘是方形的，如同一个小桌案，框架结构，尺寸基本在50厘米长、40厘米宽、15厘米高这么个范围内，四条腿，上面嵌着一个竹箅子，既是面板，又可用来漏水。茶盘放在桌上，很是雅观，而且实用。异型的茶盘往往是原木雕的，比如荷花状、桃状，这类茶盘大都上面板上刻有诗句，特别是茶诗，或者干脆就“茶经”两个大字。

茶盘还有一种特殊的形式，从福建、潮汕那边兴起，以树根制作根雕茶桌，取材有樟木、花梨木，体积与一般的茶桌相当，再配以几只小树根截成的凳子。这种根雕茶桌不少都留出水槽，实际上是桌盘一体化了。另外，也有茶盘上面刻成楚河汉界，俨然与棋盘一体而二用的。

茶盘为喝茶提供了便利，但是每次喝完茶，要记住得把茶盘清理一下，至少要把弃水洒掉，否则时间长了就会结成腻乎乎的茶垢，虽然谈不上脏，但是洗起来感觉不会太好。

我在云南挂职结束前，朱子芾送我一板榧木茶盘，他知道我喜欢自己刻图案、文字，所以特意选的是毛坯榧木，时间一长，表面泛红。内行们认为榧木茶盘是最奢侈难得的，理由呢？还是不说了吧。

茶台

专攻老照片收藏的仝冰雪兄是我1988年在中国人民大学读研究生时的同学，毕业后同在京城工作，虽偶尔有电话联系，但一直无缘谋面，直到2013年春天他来看我，带来一饼普洱茶给我，说已放了十来年了，还赠我两册他出的老照片收藏专著，都是铜版精装，一望而知颇有分量。过了几天，他约我同去参观保利春拍预展——在中国农业展览馆的预展，规模之大，让我大开眼界。就是在拍卖预展上，我看到三件茶具，都是以前闻所未闻、见所未见的：茶台、茶籝、茶围。

这三件茶具尺寸都不算大，茶台是红木镶黄杨木的，长、宽、高为16.6×16.5×15.5厘米，标明了年代是清，想来是平时放置茶壶、茶杯或茶罐的用具，小巧有似文房雅玩；茶籝是湘妃竹的，长宽高40.8×27×45.6厘米，也标明了年代是清，我查了一下，陆羽《茶经》里有此名，《遵生八笺》里亦写到过，故宫与中国茶叶博物馆均有收藏，是古时外出携带茶具用的提盒，不过故宫的茶籝图片与拍卖的这件造型与功能都不同，拍卖的这件不大适合作为装盛茶具的器物，倒更接近于摆放的茶几；茶围也是湘妃竹的，长120厘米，宽23厘米，年代也是清，以前只知道“打茶围”是与“吃花酒”一样的事，所以看到实物的茶围，我想不出是做什么用的。

茶台在现实生活中另有其物，近年流行用原木雕成的桌几加茶海的茶台，和拍卖预展上的茶台显然是一名而二物。

虽说如今物质文明高度发达，但是在茶具的种类与名称上却仍然今不如昔，在这一点上，茶文化与玉文化的境况相同。我曾查看过《说文解字》，发现“玉字部”里的绝大部分字都已经失传，今天博物馆里的玉器名称，与成书于两千年前的《说文解字》相比连零头都不到！中国古代茶具的情况也类似。

正是在茶文化、玉文化这些方面，中华文明与西方文明存在着难以沟通交流的差异与分歧。哪怕是西方人多么表示尊重东方文化，内心也仍然无法理解、无法认同。陀思妥耶夫斯基感慨过，欧洲人对月球的研究都比对俄罗斯研究多。这在当年是事实，而更重要的事实是，直到今天为止，欧洲人对月球的研究都比对中国文化的研究要多得多！即使是源出于中国的茶，尽管欧洲人也喝，甚至会嗜之如命，但并不意味着他们对中国茶文化有多少了解或兴趣。

英国散文家德昆西在《一个鸦片烟成瘾者的自告》中说：“我的看法是，幸福是随着茶盘进到房间里来的，因为茶永远是有知识者所喜爱的饮料。”这位大不列颠的绅士接着说：“我从夜里八点到凌晨四点照例要饮茶，为自己烧茶或倒茶会很煞风景。”——这样的茶人兼饱学之士似乎该是对中华文明有好感的了，他不仅爱茶，甚至有中国士大夫“君子远庖厨”的派头，习惯于仆人茶僮侍候。不过，诚实的作家用难得的坦白态度在下文告诉世人，“我宁愿和疯子和野兽在一起”，也不愿到中国生活！

这就是中西文化冲突的真实写照。2007年秋天，我在河北大学做过一次关于茶文化的报告，完全没有讲稿，一口气说了两小时，自我感觉是平生演讲中最为得意的一次，可惜事后我没整理成文，在场的听众虽然有几百人，可也无人记录。概括起来，我要表达的意思，就是茶是最中国的东西，而西方的咖啡、可乐、红酒却借助经济、军事、科技优势而侵蚀着中国人的生活。

德昆西是个鸦片瘾君子，他活到了1859年，也就是说，他看到了英国人在鸦片战争中战胜了大清帝国，从此把鸦片倾销到华夏九州。现在很少有人知道，在德昆西时代，英国人也曾吸食鸦片成风，英国人是把他们自己的合法商品强行卖给了无理地闭关锁国的“野蛮”国度。

中国与英国的文化交流，最早就是茶与鸦片的交流。

附记：2014年夏天首都博物馆举办《长宜茀禄：乾隆花园的秘密》宫廷文物展，就有紫檀茶籝，故宫同类藏品不止一件。

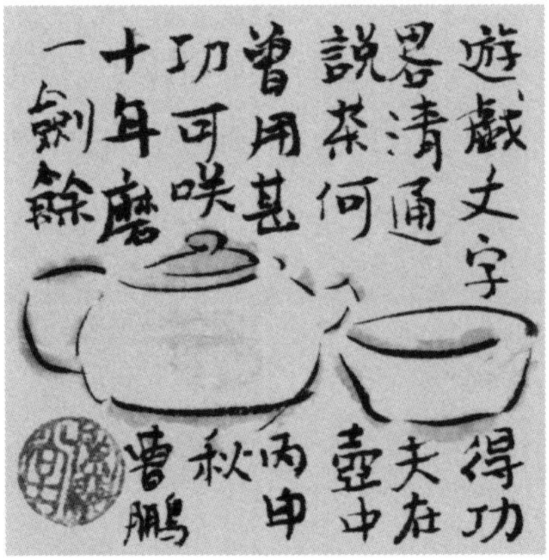

茶盂

在我的办公桌上摆着一个茶盂，紫砂本色的，上面轻描淡写有几笔墨竹。同事见了，总要发几句议论，说如何如何高雅、美观。其实我完全是出于实用主义的目的来对待茶盂的，有了它，我就不必在沏茶时频频往返水房。

盂者，盛放废弃液体的器皿也。在日常生活中，痰盂、水盂是处处可见的。在文房四宝的行列中，水盂是必不可少的一件。

不少人都习惯于让痰盂兼当茶盂。无论是家庭还是办公室，痰盂往往是必备的卫生用具，沏茶时要倒茶根或凉茶，痰盂、水盂最现成方便。

茶盂是专门为喝茶而备的，一般都放在茶几或茶桌上。茶性尚洁，茶具当然就要保证干净。沏茶之前，茶壶、茶杯最好先用开水冲烫一下，然后是头遍水洗茶，如果喝完一壶意犹未尽，那么叶底也便得有个去处——上述三项在讲究茶道或茶艺的人是不能省略的，倘若没有茶盂，那么可以想见是何等麻烦。

痰盂不宜兼任茶盂，是因为不合茶理。既然品茶追求的是清雅净寂的唯美主义，又怎能在器具的选择上打马虎眼？人人皆知，痰盂大多是有碍观瞻的，至少它不是把玩打量的适当对象。可以说，凡是用痰盂倒茶根的，不是迫不得已就是还没在茶道方面登堂入室。

茶盂的规格不会太大，但是总得是茶壶体积的几倍，这样才便于使用。我平常上班时间是一天喝两番茶，用的是台湾茶具，一人独享的，壶与杯子一样大，一壶茶恰好倒一杯。这样我大致是一周倒一次茶盂，大大地省了事。

作为茶具，茶盂的观赏价值不亚于茶壶、茶杯，紫砂茶盂如果养得好一样的好看。因为不是随倒随倾，茶盂内壁很快就能积起茶锈，也即所谓“茶山”。喝茶用的是开水，茶叶又都质量不差，所以茶盂即使是盛满了水也不会发出异味，只是别搁的时间太久，满了就得倒掉。

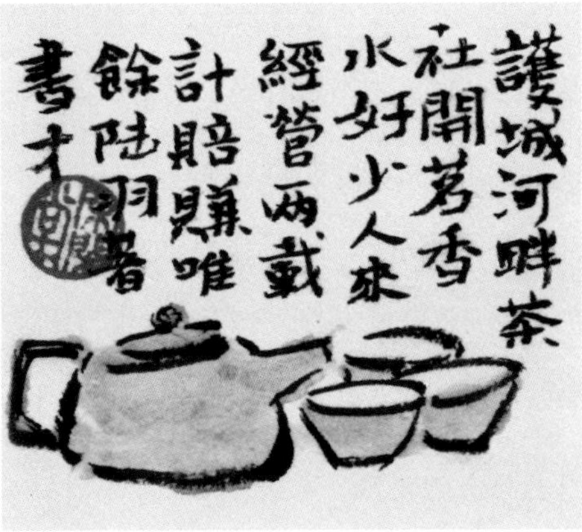

茶则

茶最讲究的是洁，因此茶具在盛放、保温等功能之外，主要都是为了洁净的目的而设的。说句题外话，在茶馆里品茗，有洁癖的茶艺员是最理想的茶艺员。平常不少人沏茶都用手指来撮，拇指、食指、中指加上无名指，恰成一个小抓斗，茶量的多少很容易掌握。习惯成自然，即使是待客也这样做，其实这与茶艺的原则大相径庭。要知道，手即使不脏，也有汗味，哪怕是很细微的异味，何况给人的心理感觉也不会好，对名贵的茶叶也是一种糟践。当然，若是极粗的廉价劣茶，倒也无所谓，“本自无一物，何处染尘埃”嘛。不过，但凡要讲究茶的品位与档次，那么手指就肯定不是撮取茶叶的最合适的工具。

茶则也叫“茶匙”，就是专门用来从茶罐里取出茶叶放入茶壶或茶杯的。新派的台湾或潮汕风格的茶艺馆，无一例外都使用茶则取茶。

茶则形状既像一个小铲，又像一个长勺，质地多种多样，常见的有竹子的，有木头的，还有金属的与牛骨、牛角的，木质的还分红木、紫檀等不同树种。茶则造型玲珑精致，和茶具组摆在一起，一望而知其用途。

取茶前一般应先拂净茶则，以免有浮尘。每次撮茶，量宁少勿多，因为少了不妨多撮几次，多了若倒入壶中，冲泡后太浓无法入口；倘若要往回收，茶叶又沾了壶底潮气，覆水难收。这里值得重申一个茶道原则，那就是品茶本身就是一个精益求精的事，不要怕繁琐，因为乐趣就在这些细节之中蕴含着。孔夫子“食不厌精”的那套原则用在品茶上正合适。

用惯了茶则，出门有应酬时，难免遇到别人热情地请喝茶，并且从茶罐里用手指掏出来直接投进你的杯子里，喝吧，心里难受；不喝吧，不合适。这时你就体会到什么叫“知识就是痛苦”了。

茶罐

当喝茶的人懂得茶罐的重要时，就标志着他对茶文化称得上入门了。

生活中盛放茶叶的罐子质地与形式多种多样，有一些人就专门收藏各种各样的茶罐。大部分茶罐都是茶厂或茶庄在顾客买包装品牌茶时免费奉送的。近来茶艺馆时兴赠客人茶罐，它们大都设计得小巧雅致，很有艺术品的味道，品饮完名茶，剩下的茶叶盛在罐中，让客人带回家里，看到它就想起茶社。

大部分人所用的茶罐都是厂商卖茶时白送的，整包装的茶喝完了，人们再买来散茶，就装在空了的茶罐里。论质地，瓷罐、铁罐、纸罐、塑料罐、搪瓷罐以及锡罐、陶罐都很常见，其中纸罐与塑料罐最不可取，然而又最普及，这也是无可奈何的事情。

储藏茶的容器，最主要的是密封性好，其次是质地无味，而且隔潮。因为茶味易散，其性又非常吸潮，更易被别的味异化，跑味或变味。无论多么名贵的茶叶，一旦跑味，身价就一落千丈，严重的只配拿去煮茶叶蛋，更惨的便是冲泡宴席上的洗手水。入口的东西，档次高低无所谓，如果变质就只能丢弃，道理正等同于“宁吃鲜桃一口，不吃烂杏一筐”，万万不能惜财，仅仅因为当初如何值钱而舍不得扔。所以，要真正喝好茶就不能不讲究茶罐。

说纸与塑料的茶罐不好，是因为它们要么是密封不好，要么是有异味。

台湾地区茶商深谙茶罐的重要性，所以采用了一个很聪明也很方便的办法，把合金的易拉罐用来盛茶，只不过规格相应放大了，一般可装半台斤（相当于三两），原封包装的效果又好，可以让消费者消除掺假、调包的疑虑，又可确保茶叶不变质，一举多得。

国内的茶厂也渐渐认识到了密封包装的重要，前不久北京民族宫举办贵州文化周，湄江茶厂推出的湄茶就是纸罐真空包装，仿照易拉罐的原理，在罐口用特种纸封口，效果也不差。

商品的传播较之文化、知识的传播要迅速得多。到2007年易拉罐在茶叶市场中就普及开来，而且有大有小，小的不过半两或一份，独立包装，密封性强，而且提升了茶叶的品位，极受欢迎。不言而喻，羊毛出在羊身上，包装的成本费用最终是消费者买单。

在茶罐系列中，锡质的历来最受推重。据说是广东出产锡制茶罐，可是至今无缘得见。个旧产锡器，过去的传统工艺品有茶罐，2000年在昆明曾到处找工艺品店想买锡制茶罐，却一无所获。日前在马连道茶叶市场见到，如今国内的金华永康开始仿制锡罐，款式还可以，只是上面蚀刻的文字书法太劣，差到不忍卒读，殊为可惜。

马来西亚产的锡制茶罐最为出名，模具水平精细，造型雅致，不让名贵瓷品，而又透出金属的特殊光泽，确实可爱，但是国内很少能见到。在北京的高级商城或工艺品店偶尔有售，动辄就七八百元人民币一只，如果加上配套的茶壶与茶杯、茶盘，则非三五千元莫办矣！如今新马泰旅游越来越普及，倘若哪位有机会去马来西亚，我建议最好别忘了买套锡制茶具当旅游纪念品，光是其差价也许就能赚出一半机票费用来！

2004年，我应新加坡书法家协会邀请出访，在狮城小住几日，就专门找到锡器纪念品专卖店，买了茶罐，还见到有小巧精致、只能装两寸见方照片的锡框，上面用英文装饰，文字是“THE TREE OF LIFE”，含意隽永，虽然价格不菲，也买了一个。

茶篓

近两年我很少转茶叶市场了，不知道具体情况，就我亲眼所见，以前普洱茶、黑茶的某些品种如七子饼茶、千两茶，是用竹篓包装的，简朴而古风盎然，充分显示出茶作为农产品的本色。茶是农产品，包装材料当然以就地取材为宜，竹编草编包装最为方便，也最为自然环保。

竹篓装茶的做法在20年前还为一些茶企所沿用，追根溯源，茶篓的历史可能与茶一样悠久。据许瀚的日记，咸丰年间山东官宦人家过寿辰，亲友上门馈赠寿礼，就有茶篓两个、笋篓两个的记录。茶与笋都是土特产，搭配在一起倒蛮合适。

现在南方的干竹笋还用竹篓盛放，大概还是就地取材方便，产竹笋的地方就必然有竹子。而产茶的地方却未必就一定有竹子，特别是在茶的行情被炒上去之后，茶山或茶园里就没有竹林的容身之地了。

茶的包装材料如今可谓五花八门，尤其是高档礼品茶，最里面是分小袋单独密封包装，然后盛之以罐盒，质地讲究用陶瓷、金属与竹木，用过度包装追求高附加值，达到卖出高价钱的目的，最外一层还有提盒或袋子。这样一份茶礼，里里外外加起来就有三四层包装，茶企用在包装上的成本，往往比用在茶叶上的成本还要多，本末倒置，茶叶新式包装最大的问题还是浪费，经常是一大提盒其实所盛茶叶还不到一斤，实在不合理。这种怪现状的根源，恐怕主要出在茶叶礼品化与公款消费上。

虽然现在茶叶还被划分为农产品，在行业管理上还归口在供销社，但茶叶商品可以说已经进入了工业化时代，采摘与制作环节可能有传统人工作业，但是加工与包装都是工业化产品，前两年我去云南临沧的冰岛、昔归等几处村寨实地踏访，看了多处茶企，都是标准化现代工业，让人有置身于工业园区的感觉。

茶篓显然不适合工厂生产，只适合乡下百姓农闲时在家里手工编制，成本低，产量也不会太高，是典型的小农经济，带有浓郁的乡土气息。

与茶篓境况相似，过去保定槐茂酱菜用的是柳条编的篓，不知是从什么年代开始的，感觉不似现代人所能设计，因为既朴拙又别致，与酱菜很搭调，而且是有机的，符合时尚潮流。最重要的是，全国各地的酱菜品种多矣，远处不提，北京老字号就有六必居与天源酱园，但是只有保定槐茂酱菜包装是柳篓的，当年我也带到外地送朋友，本来不贵的土特产，包装别出心裁，显得很有面子，后来槐茂酱菜改为塑料包装了，“泯然众人”，实在是失策。

孙犁的短篇名作《荷花淀》描写过安新白洋淀的农妇在月色下编苇席的场景，直到上世纪80年代，城乡人家夏天铺在炕或床上的还是凉席，现如今，苇编或竹编的凉席不知不觉地消失了。

现在流行非物质文化遗产保护，茶篓与酱菜柳篓以及苇席其实就是非物质文化遗产。在发达国家，手工编制品的价格会更高，如果高档茶改用手工编制的茶篓，在价格上给手工匠人以公道，就能够让茶包装更有历史感，更有机环保，更接地气，也更符合市场潮流。

茶刀

茶刀是新生事物，近几年才时兴起来，乃普洱茶饼、茶砖的专用工具，以类似于锡或不锈钢合金制成，造型其实并不类刀，而更接近于兵器中的矛的端头部分，也即所谓“矛头”的本意所指了——我手头有一本台湾明文书局出版的《中国兵器史稿》，还有中国战争史与中国军事史，足以佐证——即外形尖头带刃，使用时也并不是砍切，而是扎、钻、搅、剥、撬，很像是锥子或改锥的功用。

不过，发明茶刀的人可能是受西洋蛋糕刀、奶酪刀的影响，认为名之为刀更合适。若让我来命名，更准确的该叫作“茶矛”。也有商家将之称为“茶针”，我去临沧访茶，百山古料的蓝姐送我一把自己研制的箭羽式茶针，是用430不锈钢为材质，非常称手合用。

茶刀当然不开刃，顶端只是钝刃，用起来也主要靠腕力、指力，把尖锐的顶端刺入、压入茶饼或茶砖，撬动成可以冲泡的小块。

没有茶刀之前，茶饼、茶砖尤其是沱茶的取用确实不方便，每次都大费周折，有时甚至用上锤头、斧子，我自己的做法是干脆一次到位，用工具把整个茶全都切碎，然后储存起来，每回冲泡再从容器里取用。碎茶块堆在一起，视觉上很不舒服，这样普洱茶的收藏与赏玩价值当然就大打折扣。

有了茶刀，就可以欣赏取茶的乐趣了，每次根据壶的大小，很容易掌握茶量，一点也不麻烦，更不费劲。一把钥匙开一把锁，有了专用工具，分割茶块这种并不复杂也没多少技术难度的事情，也就是很简单的举手之劳了。

工具的工艺水平，代表着一个国家或一个地区的民众的文明程度。中国自古就重视工具，古训讲“工欲善其事，必先利其器”，《天工开物》、《农学全书》等古籍都有大量的篇幅讲工具。我喜欢收集工具（男人好像大多有这个爱好），尤其是木匠工具，传统的木匠学徒，据说是要自己设计制作一把刨子，及格了，师傅才批准算学成了。所以，木刨子常有材质极精、做工极细的，几乎可视为工艺品，大大小小的刨子我就收集了不少。

在饮食方面的专用工具国人颇多发明，以吃螃蟹为例，据说江浙上海旧时代大户人家，专门的工具能有18件一套。鸦片烟的工具，亦极繁复精巧。这类专门工具都有特定的用途，几乎派不上别的用场。

高档礼盒包装的普洱茶会配送茶刀。新上市的君山黄茶黄金饼虽然包装简单，可是也附赠一把精致的茶刀。过去没品尝过这种茶，辛卯暑假，赵泓兄来北京观光，持一盒他故乡岳阳的黄金饼赠我，并且提议我写写此茶，于是，在送他一家三口到北京西站后，回到家我便打开包装，用茶刀剥下一小块放进茶壶冲饮尝新。把玩着茶刀，想到这个题材我也还没写过，于是便挥汗草就此篇。

茶巾

喝茶时手边随时使用的方巾一般不超过手帕大小，质地多是针织全棉，吸水性强，颜色以接近紫砂的酱红色为多，因为与茶汤色相仿，不怕茶渍。近来茶社流行的茶巾款式多是印着黑字，上面一个大大的“茶”字，还有若干茶壶、茶杯的图案，再加上一两句茶诗或茶联，如“寒夜客来茶当酒”之类。

茶文化是一种休闲文化，格外讲究外观与细节，和茶相关的器物都以精致小巧为佳，茶巾也是这样。就我所见，茶巾的价格绝对值虽算不上有多高，大致也就几元、十几元，但是比同规格档次的毛巾却要贵一些。

专用工具的多样化细分是文明的最直观的标志。严格来说，论其用途，喝茶时用的茶巾其实不专用也可以，甚至用抹布代之亦可，只不过那样做似乎有违茶的雅洁品性，有类焚琴煮鹤，是恶俗人大煞风景的做法。讲究茶艺的人，茶巾必须是专用的，如果用来擦别的东西比如茶食壳皮，就不太合适，因为若有碎屑残渣沾在茶巾上，再去揩拭茶壶，肯定会拖泥带水，有碍观瞻，万一再掉到杯中，就更是让品饮兴致大打折扣。

说起专用的手巾，明清小说里写过所谓“陈妈妈”，亮相时用途明确，至于质地、规格等等则未知其详。有时我喜欢在学术研究上忽发奇想，这样发现过不少有趣的题目或线索，以“陈妈妈”为例，不知沈从文先生在搞古代服饰研究时有无涉猎？这题目虽然不甚雅驯，然而却非可以忽略的不紧要物件。性学家刘达临先生出版过性文化史，据说还有专门的博物馆，或许会注意到这一细枝末节吧？

茶是与洁净联在一起的，讲究而又内行的人喝茶时，桌上根本不会出现脏的东西，茶巾所起的作用只是擦干而已，附着在茶巾上的除了清水便是茶水，最多是茶叶或茶渣，所以与其他毛巾不同，茶巾不会显脏，更不会有异味。当然，如果不是专门喝茶的地方，比如在饭桌上或者是广东式的早茶桌上，有饭有菜复有酒，杯盘狼藉之余开始品茶，此时就不可只用茶巾了，而必须先用抹布把桌面擦净，等到茶具摆好再用茶巾。

在喝功夫茶时，茶巾的一大功用不仅是揩抹茶桌，更须频频揩抹茶壶。茶壶泡在茶盘里，倒茶时如不擦干壶身与壶底，沾着的水就难免会顺着壶嘴滴入杯中。在娴熟的茶客或茶艺服务员手里，茶巾不仅是一种工具，还是道具，每一次揩抹都像是习惯性的对茶具的抚摩，而不只是为了洁净。在这里，喝茶就成为一种生活艺术，除了本身实用的解渴意义，更重要的是审美的欣赏。

在茶艺中，茶巾可谓是最边缘的道具，到了在意茶巾的程度，就基本上可算是入了流，有精益求精的意思了。文艺理论里有一个说法，细节是构成杰作的最主要的因素。茶巾在茶学、茶艺界几乎是无人专门论及甚至注意到的细节，但是它在茶艺中的作用却不容小觑。

茶炉

主要供应人们冲茶用水的锅炉，是为茶炉。在办公楼与其他公共设施里，比如火车上，茶炉总是有一席之地，而且名称就是“茶炉”。当然，新式茶具中有电炉或酒精炉用来烧开水，也可称“茶炉”，但不是这里所谈的。

喝茶的必备前提条件就是要有热水。这可能是心理学上的所谓集体无意识：国内单位是以实际行动提倡或支持人们喝茶的。“一杯茶，一根烟，一张报纸看半天”，这是典型的中国办公室生活方式，茶炉的重要性是比公费订的报纸有过之而无不及的。

茶炉过去主要是烧煤的，近年也有用电的，开发生产电茶炉的生意就好得很，有一定规模的单位都作为办公或生产用品购置了。各单位不仅普遍装有茶炉，而且水池旁也往往配上一个盛放茶根儿的桶，并贴上告示，“请勿将茶叶倒入池中”。这和无处不在的“此处禁止大小便”、“请勿随地吐痰”一样，折射出国民的公德素质，即使是一些级别很高的机关，虽然工作人员理论上讲层次很高，但仍然得时刻提醒他们一些起码的卫生清洁常识，这就是“初级阶段”、“国情”的含义。

茶炉的起源很可能就是上海所谓的“老虎灶”，以烧水为业，面向大众服务。

在计划经济的年代里，单位办食堂、单位办托儿所成风，设立茶炉是单位办社会的一个小小方面，它往往是和食堂或浴池、供暖锅炉配套的，不过食堂和浴池一般都象征性地收点费，而茶炉的热水则一律免费。

茶炉尤其是单位茶炉大概是中国特色，因为西方宾馆与办公场所都没有开水供应，就更没有茶炉，他们虽然也喝茶，但是主要是在家庭里。在办公室，洋人更习惯的似乎是咖啡。

近年来，生活节奏与经济环境都发生了变化，市场出现了饮水机，矿泉水、纯净水走进了办公室、会客室以及家庭，渐渐地，新兴企业开始不再装备茶炉，而是以饮水机代之。也许过上若干年，茶炉会像上海的老虎灶一样成为历史文物。

茶袋

同事刘自立先生未提前退休前是我上班时一起吃午饭的谈友，此公言必称法德，见多识广，他在读了拙作之后提出这样一本茶书不可不说说茶袋，并举例说他在欧洲时收集过若干茶袋，都是以艺术家头像作图案的，非常美观。

其实，我对茶袋也是久已留意的。装茶叶的袋子，在材料上大致可分塑料与纸质两类。曾读过一本日本人岛尾伸三写的茶书《畅饮中国茶》，里面就收录了各式各色的中国上世纪80年代生产的茶袋，包括1981年他在中国旅行时火车上的旅行茶叶袋，全都拍照成彩图，形成书中极有趣味的部分，令人看了不由不佩服人家确实是有心人，古人云“世事洞明皆学问”，信然。

茶袋的设计与火柴盒也即火花以及香烟盒有异曲同工之妙。人类社会有很多没有什么逻辑与道理的地方，茶袋之没有成为传统的收藏对象，更少为人所注意或言及，大概就是一例。当然，这不排除个别人有特殊爱好。

细究原因，我想大概是由于火花与烟盒、邮票都有一个尺寸上的大致标准，所以容易物以类聚，而茶叶由于包装规格差异甚大，一斤装与半两装并存，特别是袋泡茶往往就几克，茶袋作为包装类藏品在外观上缺少一致性，所以成不了气候。

我干新闻工作年头多了，又曾在报纸上长期开设每日新闻分析专栏，养成了对一切事情都喜欢分析其背景、原因的习惯，有时难免强作解人。自己很清楚这个毛病，但是改不了。好在偏有一些读者与朋友愿意听我神侃。

茶是文化含量极高的商品，本来就可入诗又入画，其包装当然也就容易见彩，并非唯独欧洲人有这方面的艺术感觉。据我所见，现在市面上就有不少茶叶袋，从图案到造型都达到了很高的艺术水平。就我所见，由于社会风气的影响，带有礼品性质或可成为礼品的商品出现了过度包装，流风所及，茶的包装也越来越讲究，茶袋除了纸、塑料、纺织品以外，装茶的礼盒与礼品袋也争奇斗巧，别人送给我的茶就有一些包装袋设计得非常雅致，以至于让人不忍丢弃，甚至不忍二次利用，于是便收起来，当成我的印刷品收藏的一个系列。

第四部分

曹鹏博士朗诵：
《闲闲堂茶话》金句（4）

茶市

首都的一个最大优势就是在很多领域都是中国的制高点，这包括各类市场，甚至是非常边缘的专业市场。比如古玩市场、古旧家具市场、字画市场、图书市场、花卉市场、建材市场等。外地人想象不出北京的古旧家具市场规模能有多大，可以这么说，北京光是卖古旧家具的，比普通城市卖新家具的市场还大得多。到高碑店、吕家营、来广营等处走走，就明白我说的一点没夸大了。

高、大、全，这是我对北京这个城市最满意的地方。我常去的几处市场包括潘家园旧货市场、北京古玩城、琉璃厂、报国寺以及甜水园（原金台路图书批发市场），再有就是马连道茶叶市场一条街。对于一个喜欢茶的人来说，到马连道就如入宝山，绝不会空手而归的。过去有马帮贩茶，在茶叶市场中，今天圈里把北京马连道里做茶叶生意的戏称为“马帮”。

茶市的特点首先是集散中心，以批销为主。马连道作为批发市场，面对的主要是进货层次的客户，而非居家采购茶叶的消费者，不过和在别处的商场与茶庄比起来，这里的茶叶显然品种多而价格余地大。

马连道之所以形成茶叶市场，完全是因为北京茶叶公司一直在这里。前些年市场放开了，不少茶商就在北京茶叶公司大门外做生意，渐渐便成为专业一条街，这和北京的宝石一条街开在地矿部门外一个道理。马连道长逾一公里，两侧比邻而居的几乎全是茶庄、茶具店，这里有200多家茶商门市，更有京闽茶叶城与京马茶叶城两大茶叶批发市场，集中了全国的茶商企业，其中以浙江、安徽、福建三地茶商最多。可以说，与茶有关的商品与服务，在马连道都可以找到，甚至有一家专卖茶灯的小店！到了2000年下半年，这里又建成了两三处新市场，其中马连道茶城规模宏大，而且档次创下新高。当时这一带的房价每平方米五六千元，而购者尚不踊跃。2011年后，马连道的住宅商品房售价都在每平方米两三万元了！

自古茶市就有厚利，也出过不少富可敌国的茶商。尤其是英国，仅茶叶一行就孕育了多少贸易巨子！世界上最大的茶商出在不产茶叶的英伦三岛，这就让人不得不佩服大不列颠人的经商天赋，可见人家不是徒有李嘉图、马歇尔、亚当·斯密、凯恩斯等经济学家。前几年，拥有立顿茶的英国茶商跨国公司联合利华，又并购了北京的京华茶叶，当时成为舆论焦点。以后我们喝的中国茶叶可能是由不产茶的英国公司销售的，说句玩笑话，这就真有点广告营销学中喜欢讲的“把冰卖给爱斯基摩人”的味道了。顺着这个比喻，作为买冰的爱斯基摩人，自己是不是也该反省一下？

国内不少城市都有茶叶批发市场，规模较大的有上海大统路茶叶市场、济南茶叶市场，杭州的龙井附近更是一个龙井绿茶茶叶城。甚至不少中小城市也都有茶叶批销中心，比如保定就开了一处江南茶叶城，也集中了几十家茶商在此开业。

如今人们生活水平提高了，茶叶消费量大了，消费的茶叶层次高了，再加上茶艺馆、茶社应运而生，在各地市场都如雨后春笋，所有这些因素都有力地促进了茶叶市场繁荣。就说马连道吧，眼瞧着这茶叶一条街越来越热闹，以往这是一条挺僻静的不出名的路，如今车水马龙，甚至经常出现交通堵塞。

京城太大，交通不便，茶叶批发市场便在其他区县也陆续建成，北京的北三环开了一家福丽特中国茶城，整体装修古色古香，是批发市场中环境甚好、品位颇高的，炒得也凶。开张之初，我闻讯去参观了一番，如果说与马连道有何不同，那么可能福丽特更多地面向零售市场，因为马连道的批发生意已形成固定的客源，福丽特地处要冲，周围毗邻邮票城、家具城、花卉市场以及宜家家居世界，俨然构成一个生活艺术商圈，市民消费者聚集，生意很红火。

不过，世事变迁很快，王羲之《兰亭序》说得好：“俯仰之间，已为陈迹。”近两年北京疏解非首都功能，连市政府都迁到通州去了，各类批发市场就更是大规模外迁，原来在北京遍地开花的茶叶批发市场所剩无几。

过去喜欢读《洛阳伽蓝记》、《梦粱录》、《东京梦华录》、《陶庵梦忆》一类闲书，没想到自己也亲眼见证了一个时代的沧海桑田！不由“感慨系之矣”，借用禊帖的原文：“后之览者，亦将有感于斯文。”

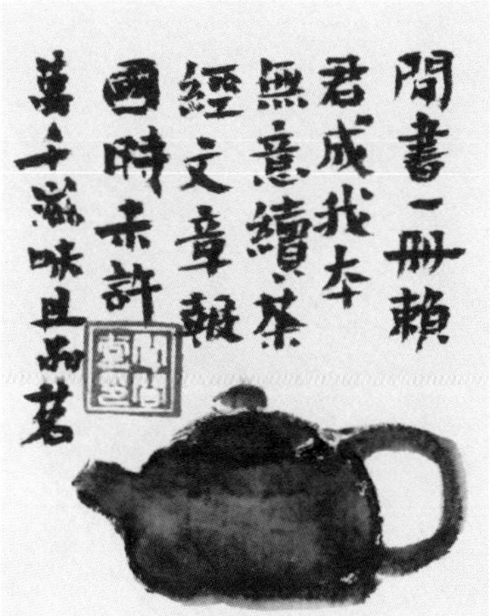

茶乡

金华的樊一彪君每次来北京总是忘不了给我带两包新茶来，因此我早就知道金华是国内一大茶乡，婺州举岩即其名产也。浙江作为中国第一大产茶省，几乎每个地市都有名茶，比如绍兴的平水珠茶、温州的雁荡毛峰、湖州的顾渚紫笋，即使是海上的岛屿如舟山，也出产名茶普陀佛茶传世。

2001年春夏之交，父母去普陀晋香观光，临行我特别提了一个要求，希望捎点普陀佛茶回来，因为除了舟山，任何地方都难以买到这种茶。曾打电话给舟山驻京办，答复是佛茶产量太少，一年才产两三千斤，当地就不够卖的。父母回来后，说在普陀买茶居然限量销售，只买回了三两。

中国各地居民都喝茶，却不是什么地方都产茶。中国的茶叶主要产地集中在长江以南，长江以北只有信阳与陕西，近年山东也有日照、青岛产茶。陕西还是上世纪80年代以后才恢复产茶的。严格说来，中国上档次的名茶、好茶，基本上全部是南方所产，分布在浙江、福建、安徽、四川、云南、贵州、江苏、湖南、江西等地。

出产名茶的地方，就是品饮这种名茶最好的所在。古代茶书就已写明“夫茶烹于所产处无不佳也，盖水土之宜”。龙井茶就最适合在杭州虎跑泉品饮，而欣赏碧螺春，则最理想的地方是太湖之滨的惠山天下第二泉。也正是这个原因，茶乡的名泉景点都纷纷开设茶馆。

大西南是茶的最早产地，有一部编撰、印装皆极尽豪华的大型画册《中国，茶的故乡》，就清楚地记载着世界上的茶树都源于云南。所以，滇、黔、川自古就都是茶乡，在茶的传播上称得上是泽被四海。浙江的惠明茶，传说就是由高僧从峨眉山带来的茶籽繁衍的。茶的传播像是接力赛，虽然发源地是云南，但是并非所有的茶乡的茶都是云南古茶的直系后裔，日本及台湾地区的茶树就分别是从浙江、福建借去的种子。

茶乡无不山清水秀，在南方的旅游胜地，尤其是名山古刹，往往出产香茗。茶的这种清雅品性不仅体现在壶中神韵，也体现在生长的环境景致上。古人有诗句“买得青山只种茶”，有这种愿望的上大夫，一定是住在茶乡的。

笔者生在华北，长在华北，辗转于保定、天津、石家庄、北京四市，也就是古人讲的燕赵之地，颇恨与茶乡无缘，不过值得庆幸的是茶乡的朋友却不少。2001年的一天接到樊君的电话，说已从金华辞职，跳到了杭州一家报社任职。如此说来，日后喝正宗西湖龙井就又多了一条渠道。

茶路

讲起中西文明交流，尤其是古代商业贸易交通往来，大家都用“丝绸之路”这个约定俗成的说法，其实未必尽合事实真相——无论是在中外交通史还是商业贸易史，据现有史料记载，所谓丝绸之路上的商贩所运之货物，其中当然也有丝绸，但是可能并非主要是丝绸，更不会是全都是丝绸，无疑陶瓷与茶都是大宗。在所谓“海上丝绸之路”留下的沉船里，后来打捞出来的就多是陶瓷，以至于在古玩收藏市场有了“海瓷”这么一个专有品种。

“茶马古道”是丝绸之路的另一种称呼，有人会说，丝绸之路特指中西交流，其实，茶马古道也不限于大中华区内部边地贸易，前些年就有一本专著研究经由蒙古通往俄罗斯的茶马古道，俄罗斯虽然地跨欧亚，但是莫斯科与圣彼得堡却都是典型的欧洲都会，无论是在政治还是经济、文化上都属于西方。

我在云南一年多，几次有幸探访茶马古道。在怒江边的一侧大山上，凿出一条绵亘无限远的石廊，没有更多的装饰与美化，路面也崎岖起伏，非常毛糙粗犷，只有在现场才感受得出其震撼效果，壮观程度不亚于长城——这需要多大的人力、物力投入！仅仅出于商人的赢利动机，肯定不会兴建如此庞大的工程，这样兴师动众、旷日持久的项目，已经超出了商人的能力范围，必然是政府行为。

云南是茶的原产地，尽管后来茶树逐步扩散到中国的四川、贵州、河南、湖南、湖北、江西、安徽、江苏、浙江、福建、广东以至台湾，并且被日本、朝鲜以及英国殖民地的印度、斯里兰卡、肯尼亚所移植，但是，云南仍然还是茶叶的主产区之一。

饮食是人类最基本也是最重要的物质需求，借用传播学的概念，饮食既是一种媒介，又是一种信息内容。我尝有论，传播学是当代最重要的学科，是所有学科的基础，也是所有学科之父。没有传播就没有人类。不过到目前为止，传播学的理论与方法都过于局限于新闻传播这一领域，即使是研究所谓大众传播，也还没有真正建立起一个科学、系统、全面的学术框架，例如饮食就没有得到应有的足够重视。

茶叶的传播就是一个很有意思的学术题目。通过丝绸之路与茶马古道，中国把茶叶传播给了世界各地，而美国则回赠我们以可乐。如今的卫生营养知识都认为可乐这种碳酸饮料有百害而无一利，然而，就是这样一种没有营养、饱含有害物质的饮料，却在市场上占压倒优势。这不能说是东西有多好，而要归功于美国传播力量的强大。茶是最好的饮料，却远远没有可乐与酒精乃至咖啡的传播力度大。

近些年来，中国的茶书出版很多，茶叶市场也风起云涌，先后兴起了乌龙茶、普洱茶热，这当然是经济利益驱动，不过反过来说，也是茶文化的传播运动日益活跃的表现。

云南的茶马古道近些年名气大了，不过还只是作为一个传说，真正的茶马古道并没有被开发成景点。

茶贡

中国很多地方的名茶，都以曾是哪朝哪代的贡茶为荣。以茶为贡品，在唐代就有记载。封建帝制社会，“普天之下莫非王土”，封疆大吏守土有责，把当地最好的土物特产精心挑选派人敬奉皇家，是为人臣的应尽职责。说白了，地方官的职位与俸禄都是皇帝赏赐的，不管是督抚还是太守、县令，不过是皇帝在各地的代表，是奴仆，如果不懂上贡是义务，误以为能当官全靠的是个人能力与运气，得到好东西只顾自己享受，那么就有被论欺君之罪的危险。所以，贡茶不是地方官拍皇上马屁的潜规则，而是体制决定的铁律。贡茶当然不卖钱，只是为孝敬皇上采办的土仪。

偶阅郭绍虞编的《宋诗话辑佚》，看到一条茶史资料——我注意到，很多搞专题史、专业史研究的学者只看本专业的图书资料，而不知其他领域的文献中往往会有重要线索与史料，茶史专业如此，美术史专业如此，新闻史专业更如此——《蔡宽夫诗话》有一条“贡茶”，几百字，其中记载“唐以前，茶惟贵蜀中所产”，“唐茶品虽多，亦以蜀茶为重，然惟湖州紫笋入贡，每岁以清明日贡到，先荐宗庙，然后分赐近臣”。

贡茶之所以定在清明节送到京城，是因为帝王祭祖。中国自古信仰祖先崇拜，过去祭祖是头等大事，从祭祀礼器、用具到供品，都必须是最精美的，所以新茶最好在清明前采摘，以让祖先在天之灵能够享用。这可能是明前茶的习俗形成的一个重要前提因素，不知茶叶专家对此有何高见。针对贡茶由蜀而吴越再至福建的变迁，蔡宽夫说："虽草木之微，其显晦亦自有时。"其实，贡茶出产地不断变化，可能还有人们对茶的口味的嬗变在发挥作用，也是各地官员竞相挖掘特产争奇邀功的结果，进入清朝，因为皇族是骑猎出身，崇尚砖茶，普洱茶便成为贡品。

普洱茶近几年红起来，我曾收到过别人送的包装盒上印有"特供"字样的普洱茶，据说是非卖品，当然品质也就很高，价格虽不明标，可是与市场里同档次商品相比只会更贵，不会便宜。有"特供"的招牌，作为礼品显得非常有派，因为人人知道"特供"不是可以花钱买到的，所以更难得、更珍贵。"贡"和"供"貌似是两码事，其实本质上没什么区别！

类似的"特供"，我见到的还有酒和香烟，当然，米面杂粮、果蔬副食、鸡鸭鱼肉也都有"特供"产品，这实在是一种极有特色的怪现象。民主共和体制，公民人人平等，没有贵族，更没有君王，怎么会形成特殊的阶层，可以享受各地的"特供"呢？在食品安全成为全社会的严重问题的背景下，"特供"当然会得到强化，但是却更凸现出其内在逻辑的矛盾。土特产以及烟酒茶包装上的"特供"两字，彰显的是特权意识的嚣张。

需要说明的是，历史上的茶贡带有强制义务的性质，而现在的"特供"茶虽然也有指定基地作为任务来布置的，更多的是官员或商人作为一种公关手段一厢情愿奉献的，虽然不是当成一般的商品来买卖，可是"特供"的生产者哪个也不会赔本，至于回报体现在什么地方，不问可知。历史上的贡品产地，每年的上贡会成为当地人的负担，而现在，各地都恨不得自己的土特产能进入"特供"范围。

茶礼

有一句老话“礼轻情义重”，我一直私下认为它指的就是茶礼。翻翻典籍，唐朝就已经传世不少题目标明是答谢友人赠茶的诗文，篇帙之多，在今人整理的不止一本《古代茶诗选》中占了不小比例。依我拙见，茶礼于文学创作是有大功的，因为假设礼物同样是来自遥远的云南，如果呈上的是宣威火腿，则受赠之人虽同样心存感念，但不大可能因此赋诗撰文；但倘若礼物是普洱砖茶或滇红，则很容易激发人的文兴诗情。宣腿与滇红同为云南名产，但是在诗品中却有天地之隔。这是中国诗学理论研究的一个上好题目，1991年在上海曾与一位很有才情的女摄影师探讨过。

以茶为礼是中国的传统习俗。日常交往中，登堂入室不好空手造访，西方人喜欢带上一束鲜花或一瓶美酒，而中国人则更愿意拎上两袋新茶。茶礼在中国社会扮演着相当重要的角色，上可作封疆大吏给皇帝的贡品，下可作民间婚娶的彩礼；亲戚朋友可以持赠为礼，学生属下更是以茶为贽，可以说无往而不宜。顺便提一下，古时婚娶之所以用茶礼，是因为茶树栽下便不可移植，取其从一不渝之意。

茶本身的礼品功能具有包容性，它既有时令性，还可储存；可供日常实用，而又有文化品位。以茶为礼，方便之处是档次可高可低，不似其他礼物那样价值几何一望即知，因此客人尽可根据自己的条件选择合适的茶叶，不会因手头窘迫而为难。以2000年的行情，十元二十元就可以买到礼品花茶、绿茶，包装绝对体面拿得出手；若诚心送厚礼，还是花茶、绿茶，同样的两袋或两盒，价格可高达两三千元，还保证不显山不露水，既无行贿之嫌，又可充分表达心意。尤其是当令的新茶，如四五月间送龙井明前茶，那其中的分量接受的人是掂量得出的，因为以如此名贵的好茶作礼物，于主于客都不会等闲视之，也就肯定不会明珠投暗。

2001年春天陪一位生意场中的朋友从杭州到上海拜访一位尊贵长者，经我建议，他在龙井花了2000元买了一斤新茶作见面礼，效果就非常之好。十年之后，名茶极品的价格已经腾涨为几万元，再回头去看，有不胜今昔之慨。

在现实生活中，凡是平素喝好茶的大多不是自己去买的。老人有子女晚辈孝敬，师尊有门生礼奉，有权有势者更不会缺茶喝。对真正喝茶入了门上了路的人来说，所偏好并日常品饮的茶，其品种基本是相对固定的。很少有哪位够段位的茶客会十种八种的茶叶不加区别通喝的。所以，真正可心的茶礼其实也只有知己与故旧才会送得到位。

在名茶之外，近来流行礼品什锦茶盒，大都是锦缎包装，茶叶品种是八大名茶或者十大名茶，每样都有一点。这种茶礼看上去昂贵，质量却往往没保证，因为杂而不专，当然由名店老字号特意选配的礼盒不在此限。

有一年某单位的公关人员送来一盒八大名茶，但是笔者觉得八种茶自己无福同时消受，喝不过来，于是放在工作室请大家喝。几位以前没有喝茶习惯甚至没有喝茶条件的小青年，一时间争相品尝，齐声说好。一位当时给我帮忙的同窗在场看见，感到可惜，下来对我说："这些茶相当高级，让他们（不懂行的）喝真是糟践了！"

我从来都认为自己周围的朋友与同事是有资格享用世界上最好的东西的，所以回答道：“这怎么算糟践，大家都尝尝，蛮好不过了。”

我没说出来的是：“这茶如果我都留给自己独自喝，那才算糟践呢！”

茶价

北京一家电视台曾播过一个报道，说是北京某茶艺馆的铁观音堂饮售价比商店同品种、同档次茶叶售价贵六倍，记者为此大加讨伐。显然，采编这一报道的记者与编导都是茶盲，太外行，因为顾客在茶艺馆消费与商店消费本来就是两码事，就好比人们在电影院看故事片与在家里看有线电视播放的故事片迥然不同一样，如果谁指责电影院比有线台就同一个故事片收费多了若干倍，那他肯定是大脑进了水。

对茶叶市场略有了解的人就知道茶价里面的门道不少。国内茶叶市场的价格体系是个挺复杂的问题，所以也难怪电视台会说让茶商齿冷的话。它的形成倒不完全和质量、工艺相关，而是有传统惯性的影响以及地区差价的因素。

其他的商品都有一个较为分明的定价标准，主要包括原料质地、原料产量、加工成本、市场需求这四项。然而，茶叶的定价虽也按照这一原则，但是却有很强的特殊性。

中国茶叶分成绿茶、花茶、红茶、白茶、黑茶、乌龙茶等不同类型，每一类的传统身价就已决定了各自价位水平。比如龙井茶，以2000年的标准，掉下百元一斤的就已不入流品了，而红茶如滇红、祁红，极上品也难突破百元大关。

眼下的行情，大约是以台湾乌龙为最高，平平常常也要二三百元一斤，高档的要千元左右；名贵绿茶其次，好的也要大几百元一斤；然后是福建与广东的乌龙系列，君山银针等黄茶，云南普洱茶、滇红祁红、黑茶等。花茶的定价高低全看用的什么茶坯，高的也可七八百元一斤，低的仅十元八元。

论原料质地，其实所有的茶都相差无几，至多有个鲜嫩程度不同、芽叶粗精不同而已。说起产量，又更非是量少就贵，量多就贱。因为市场里不少小品种茶就是因为产量少无法成气候，因而根本卖不出价来，比如红茶中价位最高的祁红、滇红，也是产量最高的，其他小品种产量低，相应的价格也就低。加工成本各种茶也相近，因为茶叶生产最耗工耗力的是采摘，而在采茶时过去是手摘，各地的茶农体力上基本没什么差异；现在有了机采，茶场茶农又都用同样的机械，更难分高低。

按市场规律，任何商品都是供不应求则价高，供过于求则价低。在茶市中，这个规律只体现在具体的品种与类型之中，比如在绿茶中，龙井比都匀毛尖市场需求大，因此价格也就高，然而在不同品类的茶叶之间却存在着不可比因素。乌龙茶的需求量比不上花茶，但是这不妨碍乌龙茶总量价位高过花茶。

茶价有茶叶生产价、批发价、零售价与茶馆价等多种，它们之间是递进加价的关系。其实，别的商品也大都是这样。茶的生产是农业的延伸，属于劳动密集型。既是农产品，产量又大，生产价格自然就不会太高。当然，那些名贵品种尤其是嫡系名丛名树，众望所归，产量少到几乎无法定价，于是出现了拍卖。每年都有大红袍等名茶的拍卖，十几克或几十克，早些年就能卖到一克10000元左右的天价，这两年都到了数以百万元计，真是匪夷所思。

茶价的一大特点就是高档茶礼品化导致茶商竞用登高作价法，人为哄抬价格，甚至越高卖得越好，反正买的人不是自己喝，送礼但求体面好看，不在乎是不是物有所值。

至于茶社、茶馆的茶价，其实是包含了场地租金与服务费的。不能拿商店里茶叶的售价来作标准，这个道理就如同在酒楼喝稀粥，不能用粮店的米价来衡量一样。传统的茶社、茶馆也基本都是大众消费，市井小民人人可以喝得起茶的。在市民饮茶风气最盛的广东与成都，茶馆的价格就相当实惠，2000年，我在广州最出名也是全国最大的园林餐馆，也是我到穗总要去的泮溪酒家喝过一壶菊普，价格只3元，让我叹为观止。等到2010年春节我旧地重游，价格已经翻了几倍了。

世界三大非酒精饮料——茶、咖啡、可可，在餐饮服务业的销售价格初看似乎是茶最贵，因为一壶好茶的收费比同等档次的咖啡、可可相比多少要高一些，但是，如果考虑到茶至少可冲泡三遍，而咖啡与可可只能一饮而尽，就很清楚茶的价格其实最实惠。

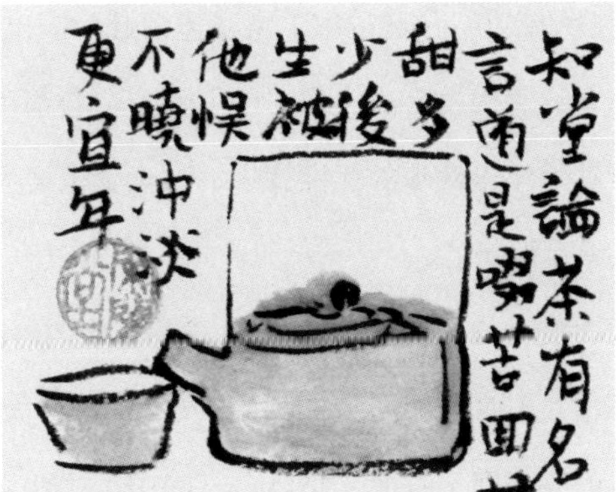

茶资

和酒资、烟资相比，茶资也即喝茶的费用，在人们的消费预算中所占比例一般不会太大。小说或影视剧里，给人行贿时常用“茶钱”的名义，意思是戋戋小数，不足为道。但是，如果是特别有瘾而且讲究档次的专业水平茶人，那么茶资就可能是一个可观的数字。

曾和台湾陈博士茶叶公司的一位工作人员聊天，他在讲到该公司茶叶质量时举了一个例子：大陆有一位音乐家，常受邀请赴台演出，这位老兄嗜茶如命，而且酷爱台湾乌龙，每次去台湾，演出所得酬劳全数都用来买茶，总是七斤八斤地买，一次买够一年半载喝的。推算一下，至少也要大几千元，这笔茶资就非工薪阶层所能承受得起了。

茶资可分两大类，一是买茶自己冲饮，二是上茶社消费。买茶叶在家喝当然要量力而行，北方人偏爱花茶，一般一次买上半斤，大致也就在几十元上下。如果买的是太贵的茶，那么八成不是给自己喝的，这就又像是好烟好酒，买的不享受，享受的不用买。

泡茶馆的茶资情况就复杂了，南方的茶馆与北方不同，传统的茶馆与新派的不同。在成都或广州，茶资是市民固定开支，每天几元就足够逍遥半晌了。

而在北方新派茶馆，平头百姓却不敢登茶社大雅之堂，因为阮囊羞涩。

过去的茶馆是大众化消费，消费起点低，人人都进得。近来的茶艺馆是借台湾地区、日本茶艺茶道的势出口转内销的，所以身价猛涨。在京、沪等大城市，在茶馆喝茶，2000年的行情是人均至少要花50元，属于高消费领域。其实，如果按茶馆的房租、装修以及人员成本，还真算不上暴利行当，因为茶馆大多追求清静雅致，客流量不像酒吧、咖啡屋那样大，更不能和餐馆、酒楼相提并论。

消费心理有很多微妙之处，非人力所可改变。当年多闻茶社在茶单价位上特意照顾高低不同层次，想做到雅俗同赏，取消了最低消费，在高档名茶之外，设了从一元、二元到五元等若干档次低价位茶，但是最后是“曲低和寡”，极少有人选择这些低价茶，绝大多数工薪阶层在茶社门前望而止步。原因很简单，在装修、陈设以及氛围上茶社品位甚高，工薪族本能地认为这样高级的地方肯定不是为自己准备的。

茶资在旧社会是日常开支，茶馆为了拉住主顾，常常挂账。但是国人的消费信用之差是举世闻名的，老舍的《茶馆》里就有一位白喝了一辈子茶的混混，但是嘴上却永远很慷慨，所谓“说大话、使小钱”。老四川茶馆里过去讲究一年一结账，江湖上行走的袍哥大爷不会赖账的，但是在战乱年代却也有意外，在上世纪三四十年代，战乱频仍，场面上人物动辄就被正法处决，据说不少茶馆老板就有池鱼之殃，大倒其霉，因为人家脑袋都掉了，你总不好找遗属追讨茶资吧？

茶庄

这两年在国内市场，茶庄遍地开花。在北京、上海以至中小城市，茶庄的数量都成倍增加，几乎是无孔不入，渗透到了很多新兴小区。我住的通州北苑过去是远郊县，在通州城区的西边，1996年入住时连个商店都没有，孰料通州这十年发展速度之快令人瞠目，成为北京市的新城区，如今已经如同西单、东单一样繁华了，各种店铺应有尽有，离大门口不远就是一家装修豪华的吴裕泰！

在商业领域，茶庄向来是小本生意。如今北京已有数千家茶庄，但是规模最大的张一元大栅栏总店，营业面积也不过一二百平方米。其他的茶庄一般大致也就几十个平方米，比如同是老字号的森泰茶庄就是很小的铺子。绝大多数茶庄都是十几平方米的小店，三五个员工。茶庄这行的特点就是外地人经营的居多，尤其是安徽人、浙江人、福建人，几乎垄断了城市的茶庄这一行。历史上就是如此，现实中还是这样。

茶叶的商品特点是货少价高，十几个茶叶桶加上若干箱茶叶，就可以立个门户开张，本小利厚，立足较易。尤其是产茶省区的茶农，只要运上百十斤茶叶，到外地城市盘个铺面，便可自产自销。茶农可以很容易地完成进军城市从务农转为经商的跨越。不过因为茶庄的门槛低，所以也就较滥。真正上档次的茶客都懂得不能图便宜在小店买茶叶，否则吃亏上当在所难免。

零担摊贩更不足信。曾有专家撰文介绍，一些不法小贩把柳树叶加工成绿茶，把已经冲饮过的叶底再制新茶模样，蒙得人们一愣一愣的。说老实话，毕竟对茶内行的顾客还是太少了，大家平常喝茶就喝那么个意思，未必能品出真假来。可以这么讲，在茶叶市场中价高的未必是真正的好茶，但反过来，“便宜没好货”却是毫无疑问的。这年头什么都有假冒伪劣，茶叶当然不例外。

我曾走访过保定的几家茶叶店，其中年头最老的是西德记。有意思的是，保定的茶庄待客有一个奇特的礼数，就是客人一进门服务员就高声问：“要多少钱一斤的？”这显然是因为保定茶庄供应品种以茉莉花茶为主，偶尔有绿茶，个别有乌龙茶、红茶，客人选择的余地不大，于是干脆以价钱划分。记得第一次我在某家茶庄听到这句话，当时笑得不可开交，这就像顾客进了书店，服务员问“你买多少钱一本的”一样，简直荒唐透顶！茶叶品种不同，价格各异，就像图书一样，人们各有所好，未必贵的就好，便宜的就差。

若论茶庄哪里最密集，则应首推杭州。杭州城里似乎哪儿都是茶叶店，尤其是西湖周围与龙井地区，成片成片的都是茶叶店，而且都是主打龙井绿茶，那阵势称得上是一绝。

全国驰名的茶庄老字号以北京为最多，张一元、吴裕泰等，其次是上海，有汪怡记、程裕新等，生意都红火极了。这又应了茶市集散地未必产茶的规律，正如世界上最大的茶叶交易中心是根本没一棵茶树的伦敦，国内茶庄老字号偏偏集中在不产茶叶的北京、上海。北京人喝茶认字号，常常是几代人相沿去固定的某一家茶庄，这是张一元、吴裕泰的福气与财源保证。

2000年前后，北京有关质检部门抽查得出结论，不少小店的茶叶都存在这样那样的质量问题，而几家老字号由于看重招牌，进货把关严，所售茶叶全部合格。消息一公布，到老字号茶庄排长队买茶的人劲头更大了。

茶室

“归来重整旧生涯，潇洒柴桑处士家。草庵儿不用高和大，会清标岂有繁华？纸糊窗，柏木榻，挂一幅单条画，供一枝得意花，自烧香童子煎茶。”

——张雨:【双调】水仙子

专门用来喝茶的房间就是茶室。杭州的茶馆喜欢把名字叫成茶室，西湖沿岸就环绕着不少家茶室，格调档次都堪称国内一流，名字也都不凡，大都有出处，如青藤茶室（借了徐渭的名号）。

日本茶道是必须在专门的茶室进行的。日本人特别讲究布置茶室，因为需要固定的场地，环境的园林设施亦要配套，能拥有茶室的人在日本非富即贵，不是寻常人家办得到的。

中式的茶室标准与要求相应就不那么高。近些年港台富人也重视起营建茶室，随着人们收入的增加，住房条件的改善，大陆也开始有了专门开辟茶室的苗头，在大都市的上层知识界与所谓的儒商家中，茶室成为一种时尚。

喝茶的房间，里面的陈设与器具当然就要以茶为主。一张茶几或茶桌，两个座位，一套合用的茶具，以及水壶、水盂，壁上几幅得体的书画，架上若干赏心悦目的清供——有了这些，就可以在茶室里从容享受茶的乐趣了。在我腾出专门用来写作的书房一角布置出半间茶室后，工作效率明显提高。过去房间里除了电脑与各种现代办公电器和书橱以外，几乎没别的东西，干活疲劳的时候没有什么可以放松的。而改为茶室后，累了就往茶几边一坐，摆弄摆弄茶具，根据当时的情绪与兴致，从储藏的十来种好茶中选上一样，冲泡一壶，一杯一杯地品尝，既是游戏，又是休息，令人乐此不疲，有时真是忘了时间，大有"躲进小楼成一统，管它冬夏与春秋"的意思。

茶馆以往似乎是不设雅间的，老舍的《茶馆》中就没有雅间的描写，但是现在的行情是很多客人非得在雅间喝茶，反倒是大厅散座不大受欢迎。这样一来，茶馆业就不得不把经营重点放在雅间上。从南到北，广州、上海、成都、北京，茶馆争相开设，而且装修越来越奢华，当然包间费也就比着往上涨。北京明慧茶院的包间每小时收88元，而安定门外的圣淘沙则干脆对其豪华套间标以1000元一天的高价，当然茶、水都需另算的。

多闻茶社在刚开业时本是要突出传统茶馆的特色，尽力建设好大堂散座。但是两个月后，不少客人提出雅间不够多，于是遵照顾客的建议与要求，在隔壁赁屋扩建了雅间，而且设计了高档套间，不过收费倒颇公道，仅仅80元。

茶馆的雅间与包房装修与布置当然都是按茶室的格局。光顾茶社雅间的客人也都是冲着茶室来的，他们不想与所有人同时坐在散座上品茗谈话，而愿意进入一个相对封闭的空间，不受打扰地享受茶室的氛围。

茶馆

“茶馆”是对以提供饮茶服务为主的商业场所的统称。中国的茶馆史可追溯到唐宋时期，《清明上河图》上就有不止一家茶馆，各种史志与小说、戏曲里，茶馆都是不可或缺的社交舞台与场景。

按风格类型划分，国内茶馆可分川、闽、粤、京、江浙、日式、台式几种。以群众基础论，平民大众化的川式茶馆最雄厚，仅成都一市茶馆就成千上万，数量之多、顾客之夥可称得上国内甚至世界首屈一指。瞄准白领以上消费层的日式、台式茶馆近几年势头最猛，各种茶艺馆、茶道轩如雨后春笋，装修豪华，价格也高高在上。中档偏上的闽粤式茶馆以功夫茶为主，在当地走市井路线，在外地却身价陡增，这倒应了商谚“物离乡愈贵”。江浙风格清雅秀丽，在苏南古城、上海滩头与西湖之滨都处处可见，其低档的服务下里巴人，就像《沙家浜》里的春来茶馆，其高档的陈设考究，光顾的就“谈笑有鸿儒，往来无白丁”了，无论高低而价格均各得其宜，物有所值。京式茶馆如今硕果仅存的不多，老舍的《茶馆》写尽了北京茶馆的风情。现在当红的前门老舍茶馆其实只是新建的旅游项目，不能算是北方茶馆的代表，它的主顾也差不多全是海外游客，是个观光到此一游的地方，不是北京人喝茶的所在。

中华人民共和国成立后运动不断，茶馆失去了生存基础，这样就出现了一个世界罕见的现象，延续千百年的茶馆在中国市场一下子断了香火，直到上世纪80年代才又陆续恢复。中国的茶馆业由此大伤元气，至今也没完全恢复过来。

现在新开的茶馆，除商业区、风景旅游区外，主要设在机关、公司密集区，北京的三里河、月坛以及万寿路一带就有不少茶馆，生意都火得很。作为商业服务业，茶馆的生命力并不像人们想象的那样在于茶文化与茶的爱好者泡茶馆，而是一方面提供临时休息、解渴的场所，另一方面，为那些企事业或机关工作人员谈公务、谈生意或者谈私事提供一个适意的环境。尤其是在吃宴喝酒都腻了的人们那里，遇到需要与人见面谈事，在家不方便，在办公室也不方便，又不愿意去酒楼饭庄，茶馆便成为上上选。特别是在上午九十点钟、下午两三点钟，即使有意去酒楼也不是饭口，就更成全了茶馆的生意。

如今的新式茶馆，无论是哪种风格的都以消磨时光为追求目标。洋快餐的特点是节省时间，而茶馆却要放松节奏，让消费者享受时间。

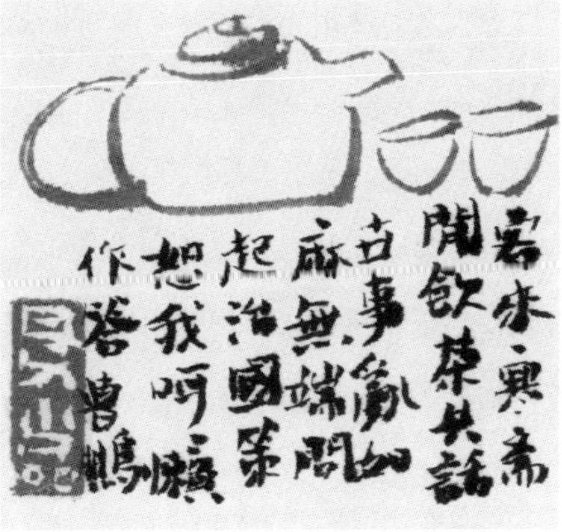

茶楼

“茶楼”是“茶馆”的一个近义词。茶楼虽然也是喝茶的商业服务场所，但是和茶馆、茶社、茶园相比又有所不同，这区别就在“楼”字上，这并不是单纯体现在高度上或楼层上，而主要是品饮环境。喝茶的地方当然大多数还是临街一层为主，如果不是临街，那么原则上是高比低好。

北京二环路上有一家茶艺轩开在了地下室，我曾去看过，感觉上就是不对头，不管你装修怎么高档，四边皆墙，连个窗户也没得，安静是安静了，但是空气都凝滞了，坐在里边喝茶，味道不变才怪。京城倒是有一些酒吧开在了地下室，生意火得一塌糊涂。

重庆的茶楼就颇得个中三昧，基本上都设在了楼上，比较有名的银河茶楼、水云涧皆为在二层营业。最有山城特色的是顶层茶楼，如雾都宾馆、金卫宾馆就都是把楼顶开辟为茶楼，茶客可以临窗饱览山城夜景。最有意思的是巴渝文化茶楼，在两路口进得临街大门来，到里面落座，却发现已身处高楼之顶，旁边居然壁立千仞——这就是重庆特有的景观，因为是依山而建，重庆的楼宇往往不止一个门，而门又往往不见得一定开在一层，极端的例子甚至是开在顶层，也就是说，进门如果要坐电梯的话，也许能一直下行十几层，但又不是地下室。

国内的传统茶楼以南方为多，它们一般不会太高，往往是两层，个别也有三层的，大部分是木质结构，尤其是楼梯与现今风格不同。在南方的旧式茶楼，你就会明白俗话“只听楼梯响，不见人下来”是什么意思。

茶楼的特色就在于茶客是在楼上品饮。既然是楼，就有凭眺之便。依窗而坐，啜饮佳茗，闲话古今，举目望去，景色从容。若是在风景名胜，则有古迹或山水可看；若是在闹市，也能得“结庐在人境”、“心远地自偏”的效果。

茶楼老字号最出名的有上海城隍庙的湖心亭茶楼，新近在旁边又恢复了一家老字号春风得意楼；广州的茶楼老字号很有几家，不过大部分都是兼餐饮的，最适合去喝广式早茶。

2001年正月，我到上海走了一趟，期间曾到春风得意楼小坐。这家茶楼在清代享有盛名，是五行八作的商人们谈交易的地方，现在重建，也是仿古风格，只是来此喝茶的不再以商人为主，而改成了游客。沪城几乎无甚可游览观光之处，所以过年时市民都奔仅有的名胜而来，豫园一带塞街堵巷全是人群，整个一水泄不通，在楼上隔窗望去，真有旁观滚滚红尘的超然物外之感。说实话，这家茶楼的名茶品种有限，而价格又高，普通规格的一杯碧螺春标价28元。其实，茶楼所卖的并不仅仅是茶水，它真正的消费价值是在繁华商业街区开辟出宁静的一个角落，让人在此驻足歇息。

茶楼在市场定位上显然就与快餐或冷热饮店追求方便快捷完全两样，上楼喝茶的顾客都是为了找一个安静的闲在地方坐坐。他们不想匆匆解渴，速战速决，所以就连上下楼梯都不慌不忙，咚咚的脚步声，传出的是悠闲自在。

茶社

茶社与茶园性质相近，它是茶馆的一种，但是含有可供公众活动的意思，或者是戏曲演出，或者是文人雅集，总之是文化氛围比较重的地方。

商界的字号所用词汇，虽然同是一个行当，却有很多同义词、近义词，这是汉语词汇丰富、语言优美的一个最好的例证。喝茶的地方，命名时可用之字不下二三十个，仅就各地知名的茶馆企业粗略一数，就有馆、楼、园、社、阁、堂、轩、苑、院、屋、室、居、舍、寮、斋、坊、亭。

在商业服务业，特别是在餐饮业，恐怕在店号名称上选择余地如此之大的也只有茶馆一例。这其中的原因大概就是茶馆既是餐饮服务业，又有文化色彩，传统上茶馆的名称就要经得住人们精心琢磨、品味，而且还要有回味，所以形成了如此百花齐放的格局。

约定俗成，不同的茶馆店号，从最末所选之字即可看出其不同的定位，还折射出不同的地方文化色彩。比如台式泡沫红茶就偏好“坊”字；杭州则到处是“室”；明慧茶院开在京郊大觉寺，确乎是个“院”。而法海寺后院也开了一家茶院，临街以竹竿编篱，又地处幽僻山腰，很有味道。多闻茶社是由文化学术书店办的，本意就想搞成一个以茶会友的文化沙龙，所以“社”字再合适不过了。

老北京的著名茶社，如中山公园里的茶社，在社会上是品位极高的地方，不似今天只是消费档次高，而是顾客的层次水平高，一般要同时具备有钱、有闲、有地位、有品位的四大条件的其中至少两项。当年这里是鲁迅这一层次的人物前去喝茶聊天的地方，来的都是作家、教授、艺术家。今天我们要是读现代作家的文集、传记、回忆录、日记，就常常能找到茶社的记载。

在某种意义上讲，茶社在茶馆中有些像酒馆中的酒吧，特色鲜明的主题与氛围、环境决定了它属于哪些人，甚至哪个圈子，它是所服务的群体流连忘返的社交中心。

讲起古来，国内知名度最高的茶社，可能当数扬州的富春茶社，乾隆年间创办，以宅院为基础，前为茶馆，后为花园，《扬州画舫录》里推为天下第一，而且接待过乾隆帝，获亲笔题词“天下一品”。多年前，我曾在烟花三月下过一次扬州，慕名前去富春茶社，才得知几经沧桑，现在的富春茶社已是餐饮名馆，是淮扬菜系的中军大本营，与茶关涉不多了。说句题外话，扬州也不复是旧日风貌，除了瘦西湖等几处景观，其余则与内地中小城市一样，新建的楼群与破败的老城区并存，已不堪让国人“腰缠十万贯，骑鹤下扬州”了。

在2002年10月，我参加扬州八怪国际研讨会又到扬州，蒙当地朋友招待早茶，地点也是富春茶社，而且东道主也和富春茶社的老总极铁，所以不光免了单（似乎是老总请客），饭菜质量也格外好，只是茶好像一般般。

茶园

餐饮与文艺娱乐有着血缘关系，在历史上，从唐宋时代起，酒肆茶坊就是歌舞乐伎戏曲表演的天然舞台，直到民国时期，“茶园”几乎可视为“戏园子”的同义词。由此可知，今日酒楼、美食城大兴卡拉 OK、歌舞助兴乃至相声说唱、杂技魔术并非空穴来风，也谈不到什么创新时尚，只是一种返祖现象而已。

中国的表演艺术自古有一个传统，不管是宫廷歌舞还是民间社戏，都只要求演出人员郑重、严肃、认真，而对观众则悉听尊便，不仅可以连吃带喝，还可以聊天品评，来去走动更是自由自在。西方把文艺演出当成一种宗教仪式或学习受教育的正式活动，去看个戏、听场音乐会都必须穿戴整齐，盛装礼服，一开演就不能走动，要走动得在幕间抓紧，而且欣赏时正襟危坐，不能随意说笑，连叫好鼓掌都得严格按照规定。我私下认为，中西文化相比各有千秋，在文化学的角度看，甚至从艺术学的角度看，中国式的茶园也未必就不如西式的剧院。说到底，文艺的终极目的是愉悦观众，而不是文艺工作者自我陶醉，那么在欣赏文艺时，对观众来说最舒适、最理想的，当然还是不受任何拘束。

茶园能唱戏，实际上是因为茶园的布局与消费方式简直就是天造地设为戏曲演出准备的。剧场需要有大量的观众座位，茶园里多的就是椅子、长凳；剧场需要吸引尽可能多的有钱有闲人士，茶园里的常客几乎个个符合条件；旧时剧场需要有舞台而又不可能是专业场馆（因为没有经济保障），跑码头的戏班子走马灯一样，唱完就走人，舞台要想维持就得另有收入来源——这样，茶园就自然而然兼当起了戏园，而且从北京到武汉、上海，民国时基本上戏园与茶园一身而二任。

如今北京、上海、苏州又出现或恢复了一些以传统文艺演出见长的茶园，比如北京的老舍茶馆就成为首都京戏文化的一个窗口，舞台虽小，影响力却比其他的大戏院不差。江苏、上海一带则是评弹的天下，喝茶的同时，欣赏一段连说带唱的民间文艺，那种滋味真是休闲。

人们都知道上世纪八九十年代中国传统曲艺不景气，专业演出队伍难以为继，因为在正式的剧场演出，票房是没办法与歌舞晚会、音乐会抗衡的。其实，传统曲艺生来就是民间化的，根本不该把它拔高到所谓正规的艺术殿堂，说个快板书还非得在千人大剧场里，明摆着小题大做。曲艺演出走出剧场，当然也不能再到街头上去，演员们重归餐馆、茶园，有人爱看有人捧场，放下了国家事业单位、艺术团体的架子，却换来活力与收入，其实就是最好的出路。

茶坊

叫“茶坊”的多是经营台湾泡沫红茶，名称大多叫“红茶坊”或者“泡沫红茶坊”。红茶坊是时尚味道十足的行业，瞄准的顾客目标群是崇拜港台文化、紧跟港台消费潮流的青年人，甚至大中学生。

泡沫红茶坊的面积都不大，情调与酒吧大致相似，只是要明亮得多，也轻快得多，经营风格基本相同，价位中间偏高，多在几十元左右一樽的水平上打转。这显然符合大都市新一代青年男女或者叫“新新人类”的消费水平。

说是茶坊，而且用的也确乎是茶，但是却不是我们传统的那种饮法，从茶品到茶具，再到陈设与环境，全与茶艺、茶道无关，纯然是时尚休闲饮品，借鉴的是西式奶茶的制法，在红茶的基础上又配加了许多东西，花色有二三百种。歌星陈慧娴曾唱过“红茶馆，情侣早挤满”，这其实在很大程度上为红茶坊做了宣传推介工作，效力不亚于电视上的广告歌。

台湾商人发明的泡沫红茶，与台湾茶人力图中兴的功夫茶艺，二者同时在华人世界不胫而走，可以说，泡沫红茶与高山乌龙已占据了茶饮市场的两极，都表现出旺盛的生命力。

仅上海一地红茶坊就已多达三五百家，可见其火。一次去上海，住在南京东路、福州路附近，出门就能看到好几家红茶坊，规模都不大，有的简直是袖珍型的，只有十来个座位，但其分布密度比茶馆要高得多，这可能也是因为红茶坊本小利厚，同时又迎合上海人崇洋的消费心理。

北京的红茶坊虽然少些，但几十家也是有的。在北大小西门旁边就有一家名字叫得挺有格调的红茶坊，一次去中关村办事，顺便进去坐了坐，点了一大杯泡沫红茶，有一大扎生啤那么多的量，费了半天力气才把它喝完。

泡沫红茶论其色香味，比形形色色的西式饮料要可口，感觉上和传统的茶差异巨大，有点甜，有点酸，有点涩，而且用模仿西式摇酒器的摇茶器加工处理后泡沫丰富，看上去挺美观。就靠这些，泡沫红茶在市场中从可乐、咖啡与热巧克力那里为茶叶拉回了相当一批后生。

与茶艺馆截然不同，红茶坊除了在饮品中用了茶叶以外，别的地方都是舶来品，尤其是在经营理念和风格上，红茶坊与传统茶馆没什么相同之处，它其实是美式快餐店与酒吧、咖啡馆的混血儿。

茶座

茶座是一些公众场合或商业机构供客人短暂或临时休息用的座位，所供之茶不必太好，但是座而有茶，客人坐着就感觉比干坐着有趣味。

高档宾馆、图书馆以及机场、火车站等大都设有茶座，如今一些高档写字楼与办公楼也设立了茶座，形式上很像咖啡吧或酒吧，但是只供冷饮与茶水，主要是为员工会客之用。不少书店也为读者提供茶座，在北京的三联韬奋图书中心、国林风、风入松以及外地的上海书城就都有读者茶座。

公园的茶座大都是露天的，杭州的虎跑公园茶室多，茶座亦多，露天的石桌、石凳在树荫下面三三两两星罗棋布，游人走得累了，坐下来喝碗龙井，那滋味委实不错。记得1991年的深秋我去杭州，正是观赏“满陇桂雨”的时节，走在满陇山间，成片的桂树下面，密密麻麻都是茶座，蜂拥而至的市民们来此休闲游玩，四人一桌，打的上好麻将。那种景观，说老实话，给我的印象并不美好。

茶座的主要用途是让客人小憩，喝茶不是重点，所以茶座的茶在品级上往往也就不会高，基本上以大路货为主，品种不会超过三两种。茶座的服务人员，很可能对茶根本就是外行，因为只要提供茶叶与热水以及茶杯，对茶座来说就已足够了。

一般而言，茶座的消费水平较低，尤其是露天茶座，大致也就比白开水略贵一些。客人来去自由而又方便，不用特意招呼服务，另一方面，经营者的出发点在于方便众人，而意不在牟利。所以，茶座可以说是提供茶水服务的商家中最大众化的、最低廉普及的一种。

报刊上的自由讨论或言论专栏，编辑也往往喜欢取名为茶座，所发稿件有似大家随便坐在一起喝茶，七嘴八舌，各抒己见，颇有“茶座”闲谈的意思。茶本来就是有助清谈的，所以言论性的文章专栏名称用“茶”字很相宜，除了“茶座”以外，还有“茶馆”、“茶坊”也很常见。还有用“茶话”的，比如本文即是，不过，拙作之为“茶话”是由于主题就是“茶”，而其他的用“茶”字的专栏名称却往往内容与茶了无关涉。

茶棚

北京是首都，其突出特点是大。北京大到什么程度？即使是土生土长在皇城根下活了七八十岁的人，也仍然会有不少从未去过的本地名胜古迹。以我为例，到50岁时，已经有25年居京的资历，还算爱跑爱转好奇贪玩，可是有一天黄昏驱车沿昌平北清路一路西行到了山根下，右转前行是阳台山风景区，就是我此前只闻其名未曾一游的去处。

通往景区的是一条古道，用石块砌成，拾级而上，走到气喘流汗之际，路边出现一个古建院落，墙上有标牌介绍，此处为响墙茶棚，是阳台山古香道的第一个茶棚，从乾隆年间延续到民国，光绪二十三年，内务府储秀宫首领高福喜与各香会组织捐资3000两白银重建。响墙茶棚有北大殿三间，配房十余间，大殿门额有匾，是陆润庠所书，此人曾任末代皇帝的汉文老师，也是晚清的大名头。

顺着香道走，隔一段就有一处茶棚，分别是朝阳院茶棚、玉仙台茶棚、庙儿洼茶棚。从设立的距离可以看出是专供皇家晋香时歇脚小憩的，可见当年为宫里当差的人们，服务意识是何等无微不至。这几处茶棚不是用官帑下令修建的设施，而是臣仆出于孝敬之心奉献给主子的一点心意，当然，羊毛出在羊身上，一个奴才能有如此多的银两献爱心，想必油水不少。

在山间修建的院落名之曰“茶棚”，反映出当年皇家威权的一个侧面，那便是崇尚自奉甚俭，不以铺张奢华为荣。因此，下面办事的人深知房子可以盖得美轮美奂，但是名称却不可富丽堂皇。

香道是用石块砌成，年长月久，香客来来往往，把石阶踩踏得形成包浆，是那种悠悠岁月留下的痕迹，而且明显并不是人流量极大的那种效果，因为香会的季节性极强，平常这古道是罕有人至的。

一路上行，两旁树木花草繁茂，种类繁多，植被层次丰富，而且野趣横生，不像香山、八大处以及颐和园的山路上的植物那样整齐有规划。景区介绍上说，这里的植物覆盖率有90%，古树名木甚多。值得一提的是半山有一处金山泉，自古就享有盛誉，汲泉煮茗，这里可谓是近水楼台。

昔日的皇家茶棚如今开门迎客了，可是，平民百姓有福消受的恐怕终究不多，因为从茶棚的规格到庭院气派，一望而知不是老百姓解渴或闲坐的地方。我到的时候天已经快黑了，没有进去，大门也关着。实行“八项规定”、反“四风”以来，高档餐饮与会所普遍萧条，想来在这隐蔽的西山僻静角落的茶院生意也好不到哪里吧。

2005年我写过一首小诗：“西山多古寺，京城少闲人。莫问茶好坏，毕竟远风尘。”当时在京郊西山还能有一片净土，而今整个华北都被雾霾围困。半山有家度假村，餐厅老板告诉我，眺望山下的城区，常常是灰蒙蒙一片。其实即使是西山，在有霾的日子，空气也是很脏的感觉。

我只在阳台山这一个地方见到了茶棚。不知其他地方是否还有茶棚？

茶摊

茶摊是最草根的茶水销售场所。

茶摊一般都在路口街边，露天经营。北京在上世纪70年代末商业百废待兴，返城的知识青年待业问题严重，于是尹盛喜在前门一带领着待业青年摆起了大碗茶，也就是茶摊，2分钱一碗，是最便宜的饮料。高中毕业后我自己到北京玩，就光顾过这种茶摊。

古时富贵人家在夏天会施茶或施豆汤，善人与宗教机构在灾年则施粥，这种社会保障形式在西方进化成为食品券，受救助对象可以用券代币买到饮食。可惜中国如今反倒丢掉了好传统，至少就我所知，中国大陆就没任何公众场所可以白吃白喝。

我喜欢和女儿曹加瓦玩狂想的游戏，有一次的主题大致就相当于《论语》"各言尔志"，孩子曾问我，如果像比尔·盖茨一样有钱的话，最想办什么事？我回答说："办一个比肯德基、麦当劳分店还多的餐饮连锁店，让所有的人都可以免费来吃喝。"女儿说："您疯了？ 天底下哪里有白吃喝的地方？"她不知道，其实在中国过去以及西方现在，都有让弱者、穷人或病人也能至少吃喝无忧（不问缘由、普济众生）的机制，这其实是人类爱心最基本的体现。

我认真思考过财富的意义是什么？最后得出的结论是，财富的意义在于让其他人能够分享，当一个人能够在钱财上随心所欲地帮助给予别人时，才是真正的富有。事实上，自少及长，我正是这样对待钱财的，尽管我并非多么有钱。不能让别人分享，再有财富也是穷人。能让别人分享，再贫穷也是富人。有人非常富，但是不让任何人得好处占便宜，这种人很可鄙，更可怜；同时，也有人非常穷，但不让任何人吃亏，这种人很可敬，更可爱。

在家以外的地方，能够不假思考地享受喝茶的乐趣，这已经不仅仅是消费享受，而关系到人的尊严。让所有的人至少都能天天喝上茶，这不是什么过高的要求。

话回到茶摊上，成都的公园与名胜最多这种茶摊，有一本摄影画册《四川茶铺》记录得很生动真切。

茶是最解渴的饮料，所以苏东坡说“日高人渴漫思茶”，行路之人最渴望能喝上一碗热茶，所以摆茶摊也就应运而生，论起来可能是最古老的行业之一。

也有人不为卖钱，也不为施舍而摆茶摊，蒲松龄是也。此公科举屡战屡败，最后只好甘居乡里，成为最早的专业写小说的作家，为收集素材，便在家门摆了茶摊，过往行人坐下来喝茶，信口聊起见闻传说，他便记录下来，整理写出，就是《聊斋志异》。

茶会

茶以其文化内涵与精神特质，非常适合充当人们相互交流与沟通的媒介。自古以来，茶与酒都有着先天的交际功能。

西方人很重视茶会，特别是英国人，把饮茶变成独具特色的社交形式，茶会普及到千家万户。中上层家庭常组织茶会招待亲友，请来三五客人，一起品品茶，吃上几块主妇亲手做的糕点，聊些轻松有趣的话题，称得上是于身心俱有益的雅集。这种茶会既可以在客厅，也可以在花园举行——能在家举办茶会，就说明居住空间宽敞。

日本人的茶道也是以茶会的形式出现的，与会人数是固定的，不超过四人，主人在家内专设的茶室款待大家用茶。与西方茶会的社交生活色彩相比，日本茶会要郑重得多，更像是一种宗教活动、精神交流。

茶会无论中外，都是属于上流社会的风雅。中国古人的茶会都是偶得佳茗，或者造访名泉，而又有三五素心同好，于是共品佳茗。元、明、清有不少这样的画作流传下来。

目前国内的茶会大多是由茶业机构组织的茶文化推广宣传活动，而不是真正意义上的茶会。这种有组织的茶会，如无我茶会，表演性太强，太正规，参加者都不是以平常心对待，因此没有私人茶会那种氛围。

茶性与酒性两样，若非知己，茶几乎就没办法喝到一起去。以茶会友和邀朋友喝酒不一样，在人数上讲究少而精。喝酒一般人越多越热闹，气氛越醉人，酒会以盛大为美，在影视剧中常有西方权贵与富豪的香槟酒会、鸡尾酒会，宾客云集，交杯换盏，让人羡煞。而茶则若人太多不仅显得杂乱喧嚣，在物质条件上也不方便，因为茶壶容量有限，茶杯最多不过六头、八头。好茶好茶具都崇尚精益求精，同时围上一大群人实在是太不协调。

茶会与平素社交应酬中的请客喝茶有所不同，请客喝茶，或者是谈事，或者是答谢，总之是有茶之外的功利目的。换句话说，如果不是有目的或有所求，主客都未必有意一起喝茶。而茶会则是纯粹为茶而茶，是亲友之间仅仅出于享受生活乐趣的原因相聚赏茶。所以，茶会的参加人选是不能将就草率的。读古诗，写到茶会的往往要突出这一点，比如欧阳修的诗句“坐中拣择客亦佳”，苏东坡的“坐客皆可人”，就是例子。

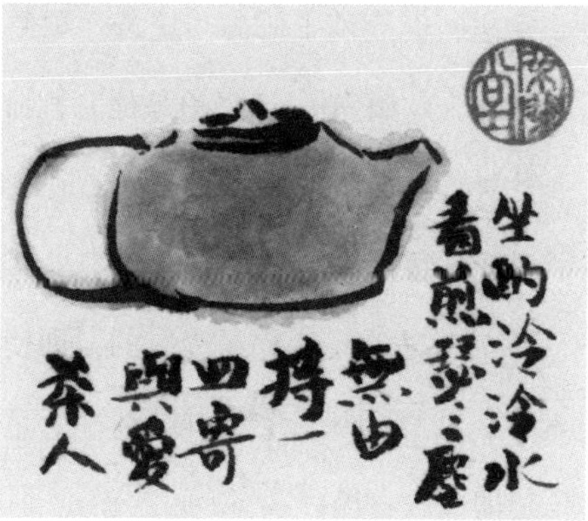

茶歇

会议与活动的中场休息，时尚的叫法是“茶歇”，也就是英文 Tea break。

在人类文化的传播中，除了印刷、艺术品等媒介以外，生活用品同样是媒介。以茶为例，考察茶是如何从原产地中国走向世界各地，而作为生活方式的饮茶行为又是如何嬗变，从东方传布到西方，又从西方回传到东方，这是一个很大的题目。

老舍先生在《二马》中就写到了中国人与英国人对茶的不同态度。老舍显然是不以英国人为然的，字里行间充满了揶揄与挖苦。顺便说一句，讽刺正是老舍的长项，而他在后期却改为歌颂——这恐怕是他悲剧命运的最大根源。爬得高跌得重，厚藏重亡，这种残酷的辩证法，老子的《道德经》说得很透彻。“拿得起来放得下”，这话说起来很容易，真正能做到难乎其难。吾乡俗语有一句“光脚的不怕穿鞋的”，我曾笑言自己一向是光脚的，即使是在别人眼里认为我穿的是很高档的鞋的时候，我自己却目中无鞋，精神上是光着脚的，因此无所畏惧，这也是我参禅悟道的些许心得。

下午茶的习惯是英国人对茶文化的一大贡献。这种在两顿饭中间的小饮，一般还有点心等，是有闲阶层才享受得了的。后来这种做法就与工间操一样流行开来，逐步演变成茶歇，不一定非得在下午了，而是在活动与会议的中间，休息放松一小会儿，大家一起喝喝茶或咖啡，聊聊天。茶歇的目的在于休息，更在于交流，让参加者能够更轻松、更愉快，气氛更活跃。茶歇的最大好处是让参加者可以在议题之外进行个人沟通，所以本质上不是以茶为主，而是以交际为主。

在北京，先是外资或外国机构组织主办的会议活动中这样安排，久而久之，连外地的乡镇企业或民企也都会在会议中安排一个名为“茶歇”的日程了。再往后，茶歇成为企业用来调节职工的劳动节奏，让职工积极地休息，促进员工交流，改进人际关系的一个手段。

如何安排设计茶歇甚至都有专书来介绍。这也是图书出版日益务实、日益贴切社会需要的结果，举凡社会生活的各个方面如今都有专业图书，如会议、展览、竞赛等，连竞选与政治筹资都各有入门指导手册，可以让人很方便快捷地掌握基本技能方法。不过和实用指南性质的图书相比，历史、研究等学术性的图书就远没有如此面面俱到了。就我所见存在很多不该存在的选题盲区或死角，如孙中山的筹资能力极强，可惜至今没有见到记载或研究著作。从经济角度来看问题，正如弗洛伊德从性的角度看问题一样，往往更接近真相与本质。

第五部分

曹鹏博士朗诵：
《闲闲堂茶话》金句（5）

茶人

什么人可以被称为“茶人”？ 这是个有意思的问题。茶人不是一种职业，也不是身份，和“烟民”、“酒鬼”等等对过于迷恋或贪图某种东西的人的称呼迥然不同，茶人是一种境界，有点像“哲人”、“高人”。自古茶人以文人与僧人居多。茶人是一种生活方式，是一种生活艺术。

茶是一种成瘾性饮料，和酒精、咖啡、可乐等成瘾性饮料不同的是，茶不含任何有害人体健康的成分，乾隆说君不可一日无茶，可见是茶瘾很大，但是这位大清的君主却是中国历史上少有长寿皇帝，这里面也许就有茶的功劳。但是，与凡是抽烟的都可以称为“烟民”不大一样，“茶人”并不是每位喜欢喝茶甚至离不开茶的人都有资格当。

茶人是一种生活方式，而并非职业标签。历史上的茶人也多是文人，陆羽以他的一部《茶经》奠定了“茶圣”的地位，其后蔡襄的《茶录》也称得上是不朽之作，此书不仅是茶学名著，而且是书法史上的杰作，楷法森严。

清代画家群体“扬州八怪”中的茶迷颇多，创作了大量的茶书法作品与茶画，以汪士慎与金农为最突出，郑板桥等名家也都乐此不疲。

光明日报出版社曾出过一本《中华当代茶界茶人辞典》，内容是从职业角度出发的，人物都是茶叶方面的专家、权威、有贡献者与从业人员。依我拙见，茶人也许更适合当小传或人物侧记的主角，辞典这种体裁多少有点与茶人的散淡不大协调。

“茶人”这个称号是只能是别人讲，不能自许的。鄙人在亲友面前开玩笑自称“茶人”时，总是被奚落一番。这倒不是我懂不懂茶、爱不爱茶，而是这种自我标榜很让人不能接受，有点禅宗“不可说，一说就错”的意思。

茶人是生活艺术家，而且是那种为艺术而艺术的纯粹艺术家。别的艺术家，无论是学人、哲人、乐人、诗人，大都是为了别人而活着，为了别人而工作，只有茶人还有美食家才是为了自己的快乐，根本不必考虑任何别人。孔夫子说“古之学者为己，今之学者为人”，可以借来写照茶人。中国茶人的始祖陆羽就是为自己的乐趣而终身事茶的，而且是当成一种艺术来对待，没有功利色彩。可惜，这种精神在今天的社会已经近乎失传。

茶人可以身在茶业之中，也可在茶业之外。反过来，茶业工作者未必就是茶人。依我所见，在茶叶店、茶艺馆中，茶人尤其是凤毛麟角。

茶人的精神是平和的，也是闲适的，更大程度上是个人生活情趣，因此，很难比照其他专业或行业，把茶人分为三六九等，就好似正处级的和尚与副教授级的厨子一样。

苏州作家陆文夫亦以“茶人”闻名，这种美名其实对他有着极诱人的现实利益，因为不少人慕名馈赠名茶，不是求“一经品题，身价百倍”，而是认为再好的茶陆文夫也不会辜负，所谓宝剑赠英雄之意。当今之世，还有类似这种可入《世说新语》的风雅佳话，实在难得。此文发表时，陆文夫还在世，待到出了新版，陆文夫已经作古，此种雅人雅事，恐怕也成为广陵散了。

真正的茶人不求为他人所知，乐在其中，根本不知道世界上还有《茶人辞典》，更不晓得也不在意自己还有“茶人”这么一个身份。

茶圣

说起"茶圣"，对茶略有常识的人都知道是唐代的陆羽（鸿渐）。可以说，陆羽是中国茶文化的开创者与集大成者，在茶的世界里，陆羽的地位相当于儒学里的孔丘。

这也是规律：凡是圣人，身世大多带有神秘色彩，茶圣陆羽恰巧连父母是何人也不得而知，其履历生涯神龙见首不见尾。

既然被尊崇为圣，当然是有千古不朽的道德文章建树。正如孔子是靠《论语》流芳百世，陆羽的《茶经》在唐代一面世就被推为茶之圭臬，至今世界上仍堪称至高无上的茶学经典。更绝的是，茶学的造诣在陆羽只是他潜心钻研的很多学问的一个方面，他还是剧作家、表演艺术家，更是诗人、散文家与书法家，其多才多能充分体现出盛唐气象。

陆羽在中国茶文化史上是横空出世的人物，在他之前，世上还没有什么茶文化方面的著作，也就是说，茶学是自陆羽开始的，而且一开始就撰写出一部空前绝后的经典，体例森严，博大精深，其后千百年众多文人墨客，就再也没人能超越他。这算得上是一个文化奇观，从中折射出盛唐文化的多姿多彩、硕果累累。

从史书记载看，陆羽之为“茶圣”确实是当之无愧的。在茶的研究上，他可不是纸上谈兵，空讲理论，而是从生产到加工、到冲泡、到品饮，从茶叶到器具，再到水质，无所不通，无所不精，真正是文、理、工、农复合型人才。即使在今天，举世之中，在茶的世界如此全才者，恐怕亦无其人。“高山仰止，景行行止”，尊陆羽为“茶圣”，在茶人的世界是无人不服的。

陆羽之后，茶人史不绝书，但是鲜有可与陆鸿渐相提并论者，即使是宋徽宗虽也对茶格外用功，甚至著有《大观茶论》，但是在境界上仍有不小的差距，连亚圣的边儿也挨不上。这位皇帝也是诗书画皆精，在文艺史上是个有里程碑意义的大家，可惜偏偏不务正业——不讲政治，结果落得个“误国昏君”的恶名。

近些年，国内茶学界有几位德高望重的老前辈，在中国茶叶事业、中国的茶学教育、茶叶研究等方面都有卓越贡献，比如庄晚芳、吴觉农、陈椽诸老，于是便有晚辈敬之为当代茶圣，并常形诸文字。若论茶学研究成果、茶业经济的推动、茶文化的推广，他们可称得上是功德无量。不过必须指出一点，这几位老前辈都是农学家，他们的术业专攻，主要集中在茶树、茶叶方面，是严格意义上的专家与权威，与宗师陆羽相比还是欠了不少东西。

春秋时代，纵横术士就有一个高策“不称霸”，拿来说茶，对于当代茶学泰斗与大师们在历史上的地位，似乎也不必过早下评语，“圣”最好还是盖棺论定，由后人加封。

茶僧

茶与僧有着先天的血缘关系。中国的茶文化可以说是由佛教僧侣缔造的，开山鼻祖陆羽就是寺庙出身。日本茶道也是由到中国进修的日本僧侣从大陆继承去的衣钵，所以日本的茶道从根子上就有先天性的禅味。

“茶禅一味”是茶人们挂在嘴边的常谈，它的意思是：茶的味道之中，包含着禅理，而禅的境界与精神实质，又充满着茶味。总之，茶与禅都有可意会不可言传的幽静、苦涩、缥缈。

天下名山僧占多，名山出好茶，自古茶就与僧侣结下不解之缘。四川的蒙顶茶就是和尚手植的。由僧侣或寺院培植创制的名茶，在中国名茶中占有重要位置，且为数众多，开化龙顶、普陀佛茶、黄山毛峰，简直不胜枚举。

僧侣之所以尚茶，是因为茶的功用对于礼佛念经有益，茶可提神，可清心，可消睡。同时，大概也只有僧侣才有足够的时间细细地品茶，从容地讲究茶道，依我揣测，现在颇为流行的以茶代酒的宴饮风气，恐怕也是源出佛门。另外，茶树既可绿化美化寺院外的环境，又能利用山地，所产茶叶在满足自用外，一方面可用来招待香客，另一方面可对寺院收入不无小补，一举多得，何乐而不为？

从现代的角度看，茶有至味，是禁欲苦修的僧人仅有的感官享受之一，茶给清静的出家生涯增添了难得的滋味。赵州和尚的口头禅“吃茶去”所指究竟为何一直无解，不过，我们可以咂摸出，这三个字中确实大有禅机。

国内茶与佛教的关系在1949年后越来越淡。除了极个别的地方以外，茶和僧侣已经不再有多么密切的关系，尤其是在种茶、产茶、品茶方面，如今很少能找到现实中还有哪处寺院的高僧仍然以茶为业。

千百年来形成的文化传统毕竟有着强大的惯性，至少在中国的知识分子的集体潜意识中，茶和僧还是联在一起的。因此，这两年“茶禅一味”的书法作品在茶馆中就处处可见，业茶者的文化定位与包装也就有意无意地向佛教借势。

北京的明慧茶院就深得个中三昧。虽然京西的大觉寺并不产茶，以前也无茶院、茶室，可是当国风企业租下大觉寺上下两个院落，一个经营菜馆，一个经营茶院，市场效果却奇佳，一时间，明慧茶院几乎与大觉寺在知名度上并驾齐驱，要知道国风企业不过是家新办广告公司，而大觉寺可是辽代建成的千年古刹呀！这也算是巧借东风的生意场招数。

茶农

茶农与菜农、果农大致一样，以种茶、产茶为业。如果说茶农的工作有什么特点的话，那就是不少茶农在种茶、摘茶之外，还要炒茶、卖茶，因此颇有农、工、商一条龙的意思。

大茶庄也往往是采取农、工、商一体化的策略，比如北京的吴裕泰、张一元这样的老字号，就往往是在福建包有茶山，统一规划、生产。

如今在北方的城市，常常可见南方村妇担着茶叶罐沿街叫卖，其做法与菜农进城别无二致。茶是农产品，茶农直销价格当然就极低。不过据行家说，茶叶最好是买坐地开店的，莫买流动商贩的，因为茶这东西太复杂，仅仅从外观与香气上不大容易辨别真伪。

在京津等大城市，流动茶贩的市场好像不如在中小城市大。保定的流动茶贩就相当多，甚至有一些在早市、集贸市场、菜市场上扎下根来。也许有流动茶贩冲击的影响，在北京首屈一指、生意兴隆的张一元茶庄开在保定的分店，在2000年居然关门了。这实在是茶市中的一个怪现象。

茶农卖茶其实并不符合社会分工，而且对市场秩序也无益，杭州的茶农就是一个典型。杭州的西湖龙井中外闻名，在杭州的各大名胜附近，都有茶农向游人推销。无论是种有茶山的龙井附近，还是虎跑、灵隐周围，茶农推销几乎到了死缠烂打的地步。

2000年春天，我游灵隐寺，门外就有一位女导游，问好导游费是30元，便请她向导。谁知参观完后，她却说自己不收导游费，只是一定要请我们去看看她家的茶叶。反复推辞，均不获准，惹得我很是生气，甩给她30元硬是打发走了。杭州风景虽美，茶农的纠缠却很扫人雅兴。

和其他农产品一样，如今国内的茶叶也存在农药与化肥残留问题。这个问题，在内地相当多的茶乡都存在，倒是福建、台湾等地的茶农，由于是高山茶园不必用农药，所以在绿色环保方面日益显示出优势。由于欧共体对进口茶叶的卫生检测标准更严了，国内茶叶出口大受冲击。一些茶叶生产企业得风气之先，争相走绿色食品之路，如今，已有江西大鄣山茶、江苏剑门茗毫等11个品牌的茶叶获中国绿色食品中心认定为AA级绿色食品，据说拿到这张茶叶“绿卡”出口就可免检。

炒制茶叶的过程，也有一个卫生问题。1991年，我在杭州龙井，到一家茶农家中（也是被村妇不屈不挠劝去的），亲眼看到茶农用手在锅底炒茶。打那儿以后，我就明白为什么头遍茶最好要倒掉了。后来，在北京的新东安市场、燕莎友谊商城等大型商场，春茶现炒成为一个商业宣传的保留节目，知道绿茶加工程序的人也日益多起来，他们肯定也就都懂得了洗茶。

茶商

茶商在中国可能是最早的进出口贸易经营者，尽管世人尽知“陶瓷”与“中国”的英文是完全相同的同一个词——China，但是，语源学家会告诉你，在东西方语言之间若以音译音的话，无论是“陶”还是“瓷”或者“陶瓷”连读，都与China一音相距太远，而“茶”的读音却极接近China，可是在英文却又译成Tea。这有点像汉字里的“矮”与“射”，按照“六书”的造字原理，整个满拧，是典型的张冠李戴。

在西方“中国”的译音究竟是源自“陶瓷”还是源自“茶”，我们姑且不去刨根问底，但是，史实是在中国的对外口岸一直有茶叶贸易，而美国历史上发生过著名的“波士顿倾茶事件”，在云南更有所谓“茶马古道”。我到怒江游览，最北端的山边凿出长廊一般的道路，就是通往藏区的茶马古道。后来2011年3月到玉溪的新平县哀牢山，又实地踏勘了未开发出来的茶马古道。电视剧《乔家大院》也描述了晋商在清代是如何从福建武夷山开辟通往山西、内蒙古的贩运通道的，毫无疑问，茶叶之路也就是财富之路。《琵琶行》里有两句：“商人重利轻别离，前月浮梁买茶去。”可见至少在唐代就有了茶商。

所以，研究中国商业史，真的不能不重点研究茶叶、盐和酒商品的流通。

茶税与盐税、酒税一样，是政府的主要财政收入来源。垄断行业钱来得容易，花起来也就会大方。盐商曾经在书画艺术中扮演极为重要的赞助人的角色，尤其是明清两代，扬州等地之所以成为书画家荟萃的地方，就是因为那里是盐商的大本营。现在中国的书画艺术，似乎已经转而仰仗房地产商的资金，画商只是为房地产商以及房地产商背后的官员打下手跑腿而已。一个行业与上下游行业的依存关系就是这样不断变化的。

不过时过境迁，如今茶与盐、酒都让位给烟草了，尽管烟草税名义上不再是专项税。茶也不再是边贸中的大宗，特别是英国殖民者从中国引去茶树种，在印度、斯里兰卡、肯尼亚等地广泛种植开后，西方国家不再依赖从中国进口茶叶，茶商也就失去了一大财源。

茶商我接触的不多。我在云南期间，参加百名医学、生物海归博士考察，其中一个活动是听龙润董事长焦家良讲演，印象中他是位很有水平的商人，似乎做互联网高科技会更有用武之地。

后来大益集团的董事长吴远之约我到他在北京的大益茶文化中心吃饭，席间我问起大益和龙润的区别，他很简单地说，龙润是制药起家的企业，是用制药的经验做茶。我才明白当初为什么百名医学、生物博士参观考察会安排龙润的活动，龙润虽然做了茶，还是对医药、生物专业精英不能忘情。

茶倌

在茶社、茶馆服务的侍者，过去的老话叫“茶倌”，亦称“茶博士”。汉语眼下正处在一个非常特殊的转轨变型期，许多老词已经消亡，但是又没有新词替代，因此格外别扭。以茶社、茶馆的服务为例，既然“茶倌”不能用了，那么用什么呢？对女性服务员来说还好办，可以称之为“小姐”（不过这个词近来已经变味，正派女孩开始抗议被这样称呼，更时尚的同义词改用“小妹”了），对男性服务员则简直无词可用。

一些讲究礼仪同时比较赶时髦的人常常在餐饮场合称男服务员为“先生”。其实这实在不大成体统，即使在最重礼仪的英国，也没有人称服务员为“先生”的，因为他们本来就是为“先生”服务的“侍者”（Waiter）或伙计（Boy）。这倒不是什么等级贵贱，而仅仅是只有这样双方才名副其实，各得其所。凡是客人称服务员为“先生”时，总是显得非常可笑，这正如服务员称客人为“伙计”一样。

中华人民共和国成立后，历次运动特别是“破四旧”与“文化大革命”打破了旧的秩序，从语言上摧毁了传统，贻害至今，使词汇与表达最丰富的汉语，居然在现实生活交流中捉襟见肘，这种灾难恐怕也是人类历史上所仅有的。法国学者曾写过一本经典小册子《法国大革命与法语词汇》，如果有人研究研究“中国政治运动与汉语词汇”这个课题，一定也非常有学术价值与文化价值——话题越扯越远了，就此打住。

茶馆在服务业中，与餐馆、酒吧等同行相比，大概是最优雅也最闲适的。尤其是新潮的茶社茶艺馆，一般都是年轻的女茶艺员，而且都是中式传统服饰，举手措足完全是东方韵味。特别是进行功夫茶艺表演时，伴以悠扬古乐，就更是近乎古典舞蹈，令客人在品茶的同时兼有审美享受。也有一些特色茶馆专用小伙子跑堂，比如京味茶楼，全然是老北京做派，不过打扮也还是传统风格。

茶艺员作为新的职业日益受社会认可。一些职业教育机构看到商机，开设了茶艺培训，甚至是专业教育课程。比如南昌就成立了一家茶艺中专，所培养的学生甚至能全国分配，某年请两位朋友一起在西山大觉寺喝茶，服务的茶艺员就是来自人杰地灵的南昌的实习生。

中学同窗王以工曾为晚报拍过一版图片，主题就是一位茶艺员的一天，那个女孩曾学过模特表演，从事茶艺悟性甚高，而且形象也好。可惜的是，报纸发表了图片专刊后她就改行了，令人叹惜不已。

豆蔻年华的女孩从事茶艺工作，其实也是一种文化熏陶。事实上，上海与北京一些小学，如大大有名的芳草地小学，都专门开设了茶艺课，培养女孩的气质、品位。从这个角度看，茶馆这个行当还是颇有魅力的。

茶僮

中国古时文人很会享受，看看《闲情偶寄》、《遵生八笺》就可知一二。在人生享受中，茶酒的地位是极高的。传世的古画有不少行乐图，大都是山水画，其中一个题材便是品茶。我留心过古代所绘的茶画，发现作品中除了主人公或主角以外，都有专人来煮茶或奉茶，也就是说，至晚在唐宋时期，为私人服务的茶僮就已经普遍存在了，当然很可能只是兼职而非全职，主人喝茶时是茶僮，读书时又是书僮，而到了抚琴时则自然便又是琴僮了。

为什么古人品茶、读书、弹琴要有人侍候呢？这当然是因为旧时代社会是有等级的，上层人士有足够的经济实力，而劳动力价格低廉，甚至有卖身为奴、人身依附于主家的奴仆，所以，文人士子无论是在家中还是在山水之间，要从容品茶，不缺烧火煮水的人手。另外，特别是在待客或会友时，主人若自己动手，一则会怠慢客人，二来也会多少扫了兴致。所以，山水画中凡是有林中品茗之类的画面，就一定会有至少一位、一般两位茶僮——就我所见都是男的——忙活，而主人却专心致志于风景、清谈与香茗。若没有茶僮携带炊灶器具，在户外要享受新火煮新茶的乐趣几乎是不可能的。茶僮让主人的品茶更加优雅，更加悠闲自在。

中华人民共和国成立后，由于要改天换日，打倒剥削阶级，让穷苦人翻身求解放，服务业发生了巨大变化，奴仆从此消失，茶僮或书僮也就不再与文人雅士如影随形。这固然是进步，不过，非要过于机械地讲人人平等其实是很虚伪的，反而有损生活的美好。毕竟人是社会化动物，等级是自然而然形成的，只要在人权与平等方面没有大碍，家庭服务作为一种职业没什么不好，事实上，社会也实在需要家政服务，所以这些年城市中又开始有了保姆、家庭教师，甚至保安、私人司机等。僮仆从人格角度该取消，但是从社会分工与就业来说，却是少不得的，所以，即使是在民主制度的资本主义国家，也仍然会有职业管家、保姆。香港人喜欢雇菲佣，菲律宾输出女佣成为出口创汇的最主要的支柱产业。

现在的风景名胜区，餐饮茶馆很方便，今天即使是谁有雅兴在山水间流连时想喝新泡的茶，也不会专门让手下的人现场烧火汲水了。

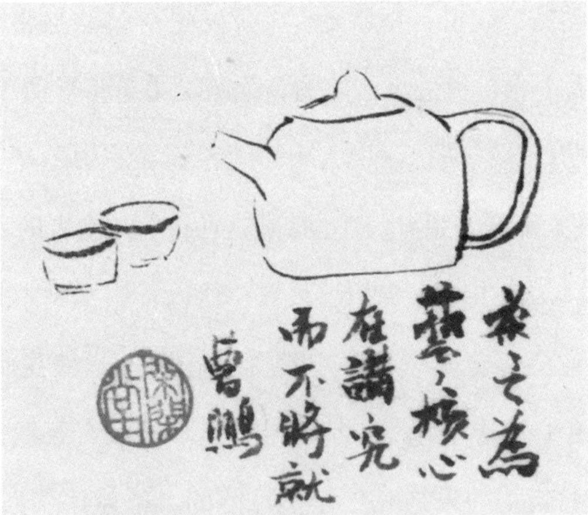

紫藤葡萄绿荫凉，长安宅第惯沧桑。细品清茶半苦涩，小院曾住马连良。二〇〇七年六月即事。新得评语笨拙拙地，他人以为乃苦心积学，刻意求之，岂知我天性如此，不会巧也。

难得官闲俗务少，任我青白眼看人。不必坐班轻长假，小园日日自耕耘。除却读书百事懒，居家唯有浇花勤。虚名浪得茶与画，混饭专业是新闻。闲闲堂主人自况，二〇〇七年六月十四日黄昏吟成，并仿蒲作英小品一幅。诗书画三不通而茶似稍通，此身合是茶人未？不值方家一笑耳。

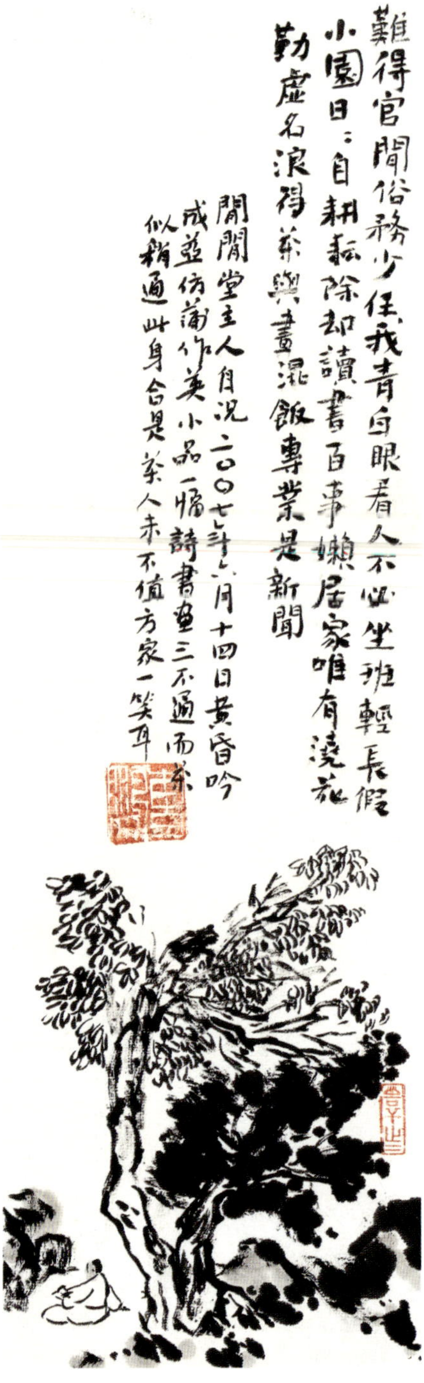

茶客

我曾留心研究过茶馆的消费者行为，发现总体而言茶客基本上是“四有”，即有钱、有闲、有品位、有身份，倒不见得要四美兼备，但却一定得具备一条。四个条件一个都不沾边的人，肯定是不会到茶艺馆去消费的。请教河北农业大学的曾启教授，他说：“自来都如此，解放前老北京的茶馆就是这样。”曾先生是北京人，“文革”前毕业于北京体育学院武术系，被分配到保定任教，是我的父执。

过去茶馆门槛低，五行八作人人都可以在茶馆喝茶，现在除了广东、成都等地古风犹存成为例外，京沪等大都市的茶客基本上是中上层人士。事实上，由于市场的定位不同，茶社如今与咖啡馆、酒吧同属于中上层消费，在大家心目中，外出喝茶是一种高消费。

茶客之中真正嗜茶爱茶的反而有限，因为发烧友一级或者是茶迷一级的，若非腰缠万贯，有花不完的钱，一般都选择自己买茶，自己品饮。内行到茶社去喝茶，要么是有交际应酬，要么是特意去享受氛围，无论怎样都不只是为了杯中的茶水。

交际应酬成为泡茶馆的第一推动力，这使茶馆的社交场所色彩日益浓厚。

不少茶社、茶馆都开在机关、大机构林立的地方，就是为了让茶客们有个谈事的好去处，而品茗似乎倒在其次。北京西华门路口曾开有一家挺上档次的茶楼，据说是某笑星的太太当老板，前几年曾打过交道的一位书商告诉我，他平常总在这家茶楼办公，因为他的店面在北长街，环境当然不如茶楼。可惜的是，今年春天我驱车从西华门穿过，看到茶楼已经改为饭馆，可见当初茶楼的选址失当——旅游景点中山公园门外，除了游客，别人即使想来交通也不方便。

说起旅游景点的茶社，这倒是北京一大特色，故宫、北海、中山公园、恭王府、陶然亭等名胜都设有茶馆。2000年，我的小学同学吴琼博士与女儿小娱从美国回来，我陪着逛故宫，到了北头，有一家极精致的小茶馆，进去各要了一杯茶，每杯30元，当时实在是不算便宜。游客变成茶客，大概都是一锤子买卖。

西南的茶馆往往有设在风景名胜区的，比如成都的武侯祠，有一次我去成都，开出租车的司机居然告诉我，武侯祠公园里的茶馆环境极美，他好久不去了，颇为思念。昆明的翠湖是中国都市中最美的夜生活景区，茶馆、酒吧通宵达旦，虽然论茶未必多么到位，可是景色之美，氛围之怡人，足以令人乐而忘返。2000年，我去参加昆明书市，一大乐事就是每晚到观鸥亭临水凭栏，聊天打牌，感觉这样当个茶客真是神仙一样。2008年起，我到昆明挂职一年零两个月，反倒很少有时间去翠湖边喝茶，满打满算大概只有四五次，还都是应酬接待朋友或客人。

事实上，一般茶客中真正懂茶的并不多，这就使得某些茶艺馆对茶的质量高低并不太重视，只要店址好、环境幽雅、格调清新，照样能大发利市。

茶友

凡是精神文化内涵丰富，而又容易上瘾的东西，就容易找到同好者。这种同好者在戏剧则为票友，在看球则为球友，下棋则为棋友，还有牌友、舞友、酒友、邮友等，茶友在这个队伍中可能是规模最小的，虽然茶民的人数也许最多。

这是因为茶的特性，尽管它是全民化的，每天有数以亿计的人饮茶，但是，茶的精神却是相当高雅的，是阳春白雪的东西，所以真正内行的茶人，其相对数额却很少。一个人可能拥有十个二十个酒友，但是极少有人能找到三五个茶友。

成为茶友，当然就得在茶上有共同的爱好或研究，能够就茶品出个门道才算。酒友在一起喝酒，只要有量，只要喝个尽兴痛快，就满座皆欢。而茶友在一起喝茶却无所谓量不量，而是共同品评，相互交流。

古时的茶友除了在一起时雅集品茗，分开了也不相忘，试翻一翻唐宋诗词，里面有不少篇什，主题就是朋友之间寄茶的答谢致意。时至今日，虽然商业流通已无远弗届，但是，因为中国茶叶品种太多，所以绝大多数品种的茶叶我们仍然无法在异地买到，外地朋友遥寄新茶，至今还是司空见惯寻常事。

茶友分两个层次，一是喝茶的朋友，在一般话题上彼此谈得来，有交情；二是论茶的朋友，就是在相处投缘之外，在茶的话题上有共同语言。

人们日常喝的茶往往不可能是最高标准的名茶，因为茶的档次无止境，较真的话谁也消费不起。比如2001年南京的雨花茶，极品都拍卖到了5万元一斤；而成都二两竹叶青极品，也被以55万元的高价拍出。即使是亿万富豪，恐怕也未见得肯天天拿这种天价茶自饮或待客，即使是挥金如土的大老板不在乎按照一天10000元的标准喝极品茶，也未必真能如愿，因为同一品种的天价茶产量有限，根本不能保证批量供应。

可以这样说，茶友的存在意义，最主要的就是共同欣赏可遇不可求的佳茗。因为佳茗难得，有幸得到妙品名茶之人为了最大限度享受好茶的乐趣，大都愿意与非常要好而且内行的茶友共享。否则再好的名茶，若是一个人独吞的话，品出的千般妙处与心得感受又向何人说？这就好比足球世界杯的冠亚军决赛，如果哪个大亨高兴了一人买断所有入场券，空着观众席独自在现场观战，那才是愚不可及呢！

君子之交淡如水，茶友不似酒友那么如胶似漆，但是论起境界可能要更清高。当然，在下里巴人市井阶层，也许没那么复杂。在成都或广州，不少老人是成天泡在茶楼、茶馆里的，而且喜欢选定一个座位，与若干茶友共同消磨光阴。这种茶友聚散随缘，感觉上与西方小酒吧里的老常客差不多的，只不过要清雅得多，平淡得多。

茶淫

明代人非常会享受。著有《陶庵梦忆》、《西湖梦寻》的张岱吃喝玩乐、享乐奢靡无所不精，是能够代表明人精神风貌的经典作家，也是后世诸多玩家、收藏家的鼻祖，他在《自为墓志铭》一文中的自我评价是："蜀人张岱，陶庵其号也。少为纨袴子弟，极爱繁荣，好精舍，好美婢，好娈童，好鲜衣，好美食，好骏马，好华灯，好烟火，好梨园，好鼓吹，好古董，好花鸟，兼以茶淫橘虐，书蠹诗魔……"

要知道张岱的所谓"好"，可不是一般的爱好，他的书记录得清清楚楚、明明白白，他是样样精通，见过大世面！这且按下不表，引起我格外注意的，是他自称为"茶淫"，在下文中，他还补充了一句："啜茶尝水，则能辨渑淄。"连水的源地都能尝得出来的人，对茶的鉴赏品位不问可知！这是可以作为"茶淫"的注脚来读的。茶淫就是好茶、爱茶、知茶、迷茶的极品茶人。

明人文章用字还多用古意。《说文解字》说"久雨成淫"，"淫"的引申义是过度，张岱自称"茶淫"，也正是用的此意。后世风气日渐浇漓，"淫"字被赋予更多的色情含义，于是书痴、画呆、诗狂、印疯都还有人自我标榜，记得前辈林锴老先生给过我一张名片，就是这么印的头衔，而"淫"字却再也没人肯自封自许。

事无美恶，过则成灾，茶与烟酒是同样的道理。抽烟很凶、酗酒对身体健康有害，此乃人人皆知的常识，但是，茶之过量，在某些爱茶人的眼里却似乎不是什么坏事，事实上，我自己以前在提到茶人喝茶浓、茶量大的时候，也是不无羡慕与肯定的。直到近两年，国人恶补饮食营养卫生知识成风，我才搞懂，茶太浓、喝茶量太多，除了影响神经系统，还会导致铁元素的流失，因此并不可取，更不值得称道。

现在人们都知道食盐过量对心脑血管大大不利，减少食盐摄用量成为饮食潮流，我想会有越来越多的人能为了健康而改变口味，并且会认识到，盐少了之后味道未必就要打折，真正的美味不在盐多。茶也是这样。

老报人赵超构为《新民晚报》定下过两个原则：“短些短些再短些，软些软些再软些。”借用过来，我对茶友想提醒一句“少些少些再少些，淡些淡些再淡些”。我自己也从此茶量锐减，一是泡茶时投茶量与过去相比少了三分之二，二是恪守无论什么茶，三泡即作罢，而且一天只饮一次茶。习惯了之后，感觉反而更好。

茶与酒的一个很大区别就是在酒淡则无味，而茶淡却仍有清香。口味由浓郁而日趋清淡，这不是退化，而是进步。清淡的滋味更久长。

回过头来说张岱，从他的书里可以看出，他是很讲究感官享受的人，所以虽自称为“茶淫”，而饮起茶来，却绝对不会是驴饮、牛饮的。在《陶庵梦忆》里，一篇《兰雪茶》写尽了他对茶的体悟与精益求精，仅此一篇，也足以在茶史上流芳百世了，而在《嫏嬛文集》里的《茶史序》，更是记录了他于茶于水的鉴赏品位神乎其神——遗憾的是，他的《茶史》已经佚失，否则中国的茶史真的要改写才行。所以，他在《自为墓志铭》里自评为“茶淫”也并不是吹牛自夸，而是有硬硬的本钱的。

茶民

词汇是社会生活发展变化最直观的表现，近些年汉语的新词出现得比以往要多得多，当然，即便再多，也仍有该流行的词汇并没流行的例子，如“茶民”。

在“烟民”、“股民”、“网民”相继流行之后，茶为何不能有民呢？道理不难懂，就是凡是某民，都是相对于大众而言的部分群体。如烟民在过去是指抽大烟即鸦片成瘾的人，如今已经升级为海洛因、冰毒、白粉了，在人口中还是极少数。酒民的说法不常用，情况差不多。

关于酒民，我到云南挂职以后，事事都能适应，唯在宴席上喝酒劝酒不能适应，深受其苦，曾戏言要上书中央建议下个文，禁止领导干部饮酒，特别是公务活动中饮酒。此议后来被清华大学王君超教授所响应，他还写了文章表示赞同。类似这样的看上去无足轻重的议题，其实却是关系到国计民生的大事，因为全国公务人员每年花费在酒上（还不算饭菜）的钱财，算起来能吓人一大跳！

汉语词汇很耐人寻味，如以“民”为后缀的词就几乎都带弱势或贬义色彩，如灾民、流民，所以后来股市热起来，出现了股民。2007年，我应邀到杭州讲学，邀请我的同行个个都兴致勃勃谈股票，而且似乎都很自信、都很赚钱，我当时就有一种怪异感觉，因为我深知，有些股市的庄家与操纵者绝不会让股民或叫散户，哪怕有知识、有头脑、很精明的散户赚钱的，规则设计便是有人赚钱、有人出钱，股民的身份先天决定了是出钱者，当股民们都兴高采烈、奔走相告，以为挖到了金矿，靠个人的判断与分析可以从股市赚到大钱时，一定就离血本无归不远了。果然，进入2008年，出现了股灾，从6000点蹦极跳水到1200点，杭州的那些朋友全数被套牢，成了一场噩梦。时间到了2018年，中国股市进入又一轮大熊市，韭菜割到了根里，惨不堪言。股市有了“韭菜”的比喻，指的正是股民。

不是事后说风凉话，早在股市最热的时候，我的一位哥儿们是证券业权威人士，多次动员我炒股，并且愿意义务辅导教我炒股，我都婉言谢绝了。他炒股很成功，我相信如果还有人能在股市赚钱，他就不会不赚钱。我之所以不炒，一是没那么多闲钱，二是没那种闲工夫。另外一个重要心理，就是不想当股市——凡是民，我都有抵触心理。不过如果套用烟民的说法，那么我还是愿意当茶民的，因为喝茶成瘾，乐在其中。

“茶民”这个概念在词汇学上也许成立，在现实生活中注定不会普及使用。因为和“民”沾边的都不是什么好词，至少带有贬义，无论是平民、贫民还是难民，或者贱民甚至良民，总之都不让人羡慕——这真是最怪哉的现象，然而却是语言现实。

第六部分

曹鹏博士朗诵：
《闲闲堂茶话》金句（6）

茶学

和茶的普及与广受欢迎、无所不在相比，茶学实在是太冷清而寂寞的学科。研究与学习茶学的人是如此之少，2000年前后全中国设有茶学方面的专业与研究机构的大学，加起来也不超过10所。

中国的茶学研究中心在杭州、安徽两地，浙江大学茶学系与安徽农业大学茶学系是国内最权威的茶学重镇。茶文化的研究则集中在北京、上海、江西三地。这里把“茶学”与“茶文化”分开说，是因为前者主要是农学领域，而后者是文化学、餐饮领域。在茶学与茶文化的研究著述上，虽然其他地方亦偶有名家，但是档次往往相形见绌。

茶在学术理论领域可分农学、商学、卫生保健学、史学、文化学，多种角度都可自成一体。大致说来，如今的茶学成果大都集中在农学与卫生保健学两方面。谓予不信，请到各地的书店去找找看，坊间和茶有关的书除了茶艺、茶文化，就是茶树种植和药茶保健。

陆羽的《茶经》可谓茶学的经典代表作。其实，陆羽的茶学研究就是以人文为主导，有百科全书的视野与科学态度的。出于种种原因，到了今天，中国的茶学别说发展与突破，连继承陆羽的传统都谈不到。

坦白地说，从农学角度出发的茶学我基本上没有发言权，而且也不大感兴趣；但是从文化学角度出发我多少有点自信。概括地说，中国的茶文化研究如今仍处在汇编史料、总结整理的阶段，所出的书籍中，原创性的研究，卓然成一家的学说，都付之阙如，大多是改编之作、耳食之言，二手货极多。

有意思的是，民营渠道的人对茶学近来很是青睐，短时间内上市了若干种茶艺、茶道方面的书，浏览一下不难发现，它们几乎全是东抄西凑的杂货铺，作者也尽是些全无根基，既无文字素养，更无茶学造诣的不入流文人。值得肯定的是，这些人或为名或为利，能不辞劳苦攒出一本又一本的茶文化、茶艺知识、茶常识图书，在普及茶文化知识、推广饮茶的风气方面，还是有功无过的。

无论如何，茶学近两年急剧升温，成为显学，当然，这一轮的茶学热，茶艺馆与茶叶经济的带动作用功不可没。经济基础决定上层建筑，此之谓也。

茶经

说起茶经，就必然要谈到陆羽。陆羽享有“茶神”、“茶圣”的盛名，就是靠这一本《茶经》。至今学界仍无法破译这一文化史现象：在陆羽之前，中国的各种典籍均无茶的记载，而陆羽却石破天惊撰写出了一部《茶经》，最令人感到不可思议的是，这部《茶经》虽是开山之作，其水平之高与包容之广，却是直到今天世界上仍无后起之作可与之比肩。

《茶经》是一本很独特的书，说它奇特，是因为在此书之前，从来没有谁就茶这一题材写过书。在《茶经》之后，虽然续作者很多，但又没有哪本书能够超越《茶经》。这也是一个规律，凡是续作，不论古今，都没有胜过原作的，这一方面是因为原作是杰构才值得别人去续，另一方面则是因为第一流的人才恐怕不太会甘心于花心思写续作。成语有句“狗尾续貂”，历史上凡是续作都没有青胜于蓝者。

清人陆廷灿的《续茶经》，名为“续”，其实只是述而不作，采集诸书的茶学资料抄录汇编而已。这种工作，对于有学养的传统士大夫来说并不算什么难事，只消有此兴致，愿意花时间与精力，总能编成巨帙。这有点类似于大学作为教科书配套的“文学史参考资料”、“哲学史参考资料”，事实上，今人也编辑出版过茶叶的历史资料。

陆羽著《茶经》显然不是偶然兴到，而是作了充分的、全面的准备，否则就无法在几千字的篇幅中照顾到茶学的方方面面，使一篇文字而有“经”的分量，虽然字数有限，但是却不愧为茶学小百科。

《茶经》成书于唐代，在公元770至780年前后。学界早有定论:《茶经》是中国茶文化乃至世界茶文化的奠基之作。尤其是日本的茶道与中国的功夫茶艺，无不是以《茶经》为理论基础与精神源泉的。据记载，1928年的《大英百科全书》甚至全文收录了《茶经》，可见其文化价值举世公认。

《茶经》全文7000字左右，分三卷十节，体例森严，结构宏大，标题分别为“一之源”，论茶的起源、名称与品质，还谈到了土壤环境以及栽培方法；“二之具”，论采制茶叶的用具，列举了19种制饼茶工具的名称、规格与使用方法；“三之造”，论茶叶种类与制作方法以及工序、节令；“四之器”，论煮茶、饮茶的28种器皿，包括规格、用材、形状、制法与用途；“五之煮”，论煮茶的方法与各地水质的高下优劣；“六之饮”，论饮茶习俗与方法；“七之事”，论古来饮茶的故事、传说、掌故以及茶的产地；“八之出”，专论唐代八大茶区所产茶的优劣品级；“九之略”，论在何种情况下可省略哪些茶具、茶器；“十之图”，提出应把《茶经》内容书写于四幅或六幅素绢之上，挂于座旁，以便参考温习。

至今的茶学研究中都把《茶经》推为必读书，注释或评介《茶经》一直是显学，近来仅国内就有不下十数种版本。《茶经》是唐代作品，文字并不艰深，但是由于陆羽不仅限于谈品饮，而是从生产、加工一路讲到品饮，因此就必须有茶树栽培及茶叶生产、加工的学术背景，才可胜任注释任务。目前最好的注本《茶经述评》，便是当代茶学泰斗吴觉农主编完成的。

《茶经》在中外茶学界是“高山仰止，景行行止”的丰碑，后世茶书虽也有称“茶经”的，但在影响上都远不能望陆羽项背。

为什么《茶经》会出于陆羽之手？我个人认为，在诸多因素中，最主要的一项应是陆羽的身份非常有利于研习茶学这种闲学，因为他同时代的文人墨客都有正差公务要忙，即使是待岗或求学、求职期间，心态上也是要为随时出山做准备的，而真正的隐士，做学问写东西都惦着传世，不屑于搞这种杂学——直到宋代以后，因为经济文化的发展，才有了文人搞杂学、写闲书的风气。

陆羽不同，他是出家人，无牵无挂，不必为生计发愁，也不用考虑什么前途，可以花精力与心血钻研自己感兴趣的东西，“从我所好”而不问其功利效用。中国历史上，书法、绘画、诗歌、武术、哲学都不乏僧人，可见寺院还是为专业人才提供了极好的成长环境。

僧侣多闲暇，所以可以有足够的心思与时间来品茶。佛家讲无色无味无欲，而茶可以滋禅味，是优雅而没有副作用的享受。所以古时寺院多种茶，很多寺院名茶流传至今，如四川的蒙顶茶，浙江的径山茶、普陀茶。乙酉之夏，我曾至成都青城山小住，在上清寺的茶馆所喝到的茶滋味就极清冽，而山路两旁的小店都把茶叶作为旅游纪念品出售。茶叶曾经是寺院的主要经济作物，所以，由陆羽这样的僧人来写《茶经》也就非常顺理成章了。

陆羽是个很有心的人，对于茶的研究几乎达到了茶叶科学家的程度，我相信他一定亲自参与种植和加工，当然，冲饮更是亲力亲为。他甚至为后人如何书写《茶经》，如何布置展示，都一一安排妥当。显然，这不单纯是为了助茶兴，而是希冀自己的《茶经》能不朽——他煞有介事地建议或要求爱茶的读者“以绢素或四幅或六幅，分布写之，陈诸座隅”。

茶史

中国是个文明古国，人类社会的很多造福万世的重大发明都是中华民族的贡献。造纸术、印刷术、火药与指南针这四大发明早已成为常识，其实，自古炎黄子孙享有专利惠及五洲的发明远不止这四项。茶就是一个例子，是中国人的祖先发明了采茶、制茶与饮茶，举世亿万茶民至今受其赐。

根据战国时代的典籍《神农本草经》记载，神农尝百草，日遇七十二毒，得茶而解之，也就是说神农发现了茶。作为史实，茶具体何时进入华夏先民的生活，看来是无法详考了。

现在学术界的共识是茶叶最早产于云、贵、川一带，而且至今存世的最古老茶树也生长在西南的崇山峻岭，这就是云南勐海县野生茶树王，树龄已1700年。当然，这里就出来一个问题，那便是按照正统观念，西南并不是华夏的发祥地，那么，若真是神农氏发现的茶，他是在什么地方发现的呢？他有可能跋涉万里到彩云之南吗？这恐怕将是千古不解之谜了。

神农毕竟是神话传说，不可作为信史，有案可稽的茶史大约是以秦汉朝为起点的，著名茶学家陈椽说西汉时夜郎市场上即有售茶叶。从唐朝开始，茶才进入兴盛时期，成为无处无之的国饮。白居易《琵琶行》的名句“商人重利轻别离，前月浮梁买茶去”，刻画了当时茶叶生意已相当普遍。

唐朝茶叶与茶文化进入鼎盛发展时期，其里程碑便是陆羽《茶经》的问世。宋朝时，日本的荣西禅师从中国带回去了茶种，并写了一部后人视为日本茶文化滥觞之作的《吃茶养生记》，从此日本人认识了美妙的茶。不难想象，没有茶的大和民族，该是多么缺少韵味与风采的啊！

中国原产的茶树，随着日月推移传播到海外，在印度、非洲、斯里兰卡等地扎下了根，形成了世界产茶区的基本格局。不过这些国家所产的茶叶以红茶为主，多是由当初的英国东印度公司垄断经营。在欧美等国，除了来自中国的茶叶，人们还同样欢迎印度、斯里兰卡茶叶，尤其是到了20世纪，以大吉岭茶为代表的洋红茶甚至有青出于蓝而胜于蓝之势。

日本与台湾地区的茶树都是从中国大陆移植过去的，中国大陆当代茶艺与茶文化却是从日本和台湾地区返销来的，这是中国茶史一个耐人寻味的现象。

中国的茶史是与中国文明史同步的，但是茶史的整理与著述成果却并不相称。中国是世界第一史学大国，然而在茶史方面，目前仅有陈椽的《茶业通史》一种学术性史著，再有不多的几种论集，如庄晚芳的《中国茶史散论》与朱自振的《茶史初探》，再有就是通俗性小册子，谈不上史学，它们极少例外，都是由农学界的茶叶科研人员所撰，专业内行有余，史家的文采不足。近来汕头等地的大学对茶史开始重视，研究生学位论文也出版了几种断代史或茶史专题研究，但是总体说来，茶史的整理工作还远远不够。

几年前我去燕园访季羡林先生，曾问老人家有何新作，答曰刚写了部《糖史》，记得我当时误以为是《唐史》，待确认季老研究的就是糖以后感慨不已。糖何有幸，能得大手笔如季老者撰史！中国何日能有大师级的人物来写一本《茶史》？

茶书

近两年图书市场有一个动向，那便是茶文化方面的图书悄然崛起，成为稳定的畅销品种。不显山、不露水，成套的丛书就出了不止一种，大部头的茶典、茶经也有七八种之多。最值得一提的是在全国图书零售普遍低迷的背景下，茶书却一枝独秀，至今没听说过哪家出版社出茶书造成积压或亏本，总是传来某本茶书又脱销、再版的消息，这也是一奇。

茶总是与“闲”字联在一起的，茶书也可以说是闲书。当然，对于茶业工作者、科研人员、学者专家来说，茶书是专业书，一点也不闲。不过，总的来说茶的专业人员毕竟不多，而茶书的主要读者也就不是专业茶人。

茶文化是中国传统文化，所以茶书的文化品位也就较高。除了茶疗与饮茶知识的科普类图书以外，大部分茶书，其作者都要具备相当的学养。中国的茶书是从唐代开始出现的，陆羽的《茶经》被公认为是世界上第一部茶专著。

1989年，我在北大跨校选修，听过一门龚自珍研究，知道了龚自珍读书有三大个人偏好，他称之为“三别好”。茶书在我即是龚自珍所谓“别好”之一，因为茶书在我不是专业，只是业余爱好。虽然如此，在收集时我却务求其全，无论是古籍还是新作，无论是大陆版还是港台版，甚至英美版，职业又假我以奔走四方之便，无论在北京、上海、广州、深圳，只要见到与茶沾边的书，我的政策是“宁肯错杀三千，不可放过一个”。去杭州参观中国茶叶博物馆时，凡是我没有的全部一网打尽，一下买了上千元茶书，赢得服务员空前热情青眼相待，不过回家的路上却平添了一件沉重的行李，值得庆幸的是机场没查出行李超重。

如今有了互联网，资讯检索方便多了，我就曾在北京图书大厦、上海书城、广州购书中心以及新华书店等网上书店查询过茶书的目录，而且颇多斩获。先在网上找出书店现有茶书中自己感兴趣者，然后再去书店指名要货，确实省了不少时间与精力。不过，若论茶书出版质高量多，以及茶书资讯的详尽便捷，显然还要推英美的网上书店。2001年春节我在亚马逊网站输入一个“tea”字，结果转瞬列出了1239种可供书目，真让人望洋兴叹！

国内茶书总量有限，倒也有一个好处，就是不至于让我这种书虫级的收藏者在经济上破产。因为毕竟市面上只不过是一二百种书，照单全收也还承受得起。到现在为止，除了三两种久已绝版的如上世纪40年代的译本《茶叶全书》以外，其余的基本上已在我的书架上了，而且其中不少港台版与英文版的精装书，自认为即使在茶学界都是拿得出手的。我在英文网站上检索的结果，发现自己所拥有的十来种英文茶书，居然都被列为最主要或最重要的茶书，心里不禁小小得意。

茶学界对茶书素来重视，国内茶学者中有专门从事茶书的文献书目学研究的，还出版了专著《研书》，茶书目录，特别是古代茶书目录，有很多学者整理评述，当然那已经是专门学问。

凡是茶书几乎都畅销，至少不会滞销，这也是因为中国毕竟是茶的故乡，茶的群众基础实在是雄厚，因此尽管大部分普及层次的茶书都是大同小异，甚至彼此抄来抄去，可是仍然都有读者。

茶书出版的一个趋势是日益精品化，硬封精装、铜版彩印的高档茶书近年市面上颇多。而港台实为开此风气者，以我所见，仅普洱一种茶，台湾就出版了两种大16开的厚本精装专著，图文并茂。之所以出现这种潮流，可能是因为茶文化本身就是雅致文化，茶具、茶食与茶书天性便都适合作精品。

一本茶书如果经不起时间的冲泡，那就不是一本好茶书，什么叫“时间冲泡”？那就是再版。例如陆羽的《茶经》就不断再版，泡了1000多年还有味道，且非常浓酽。

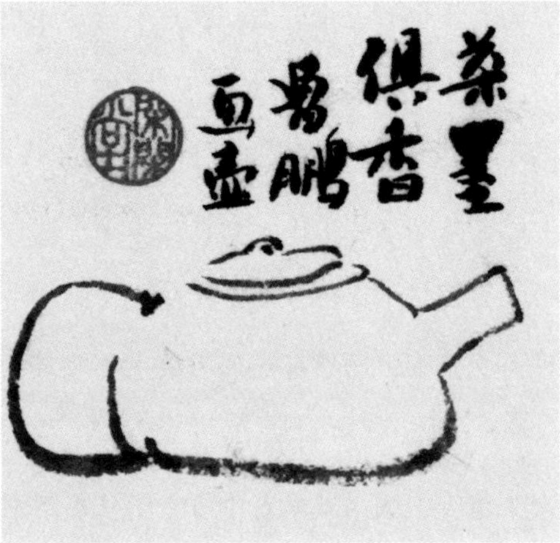

茶名

有一句商谚“卖茶几十年，茶名记不全”，说得一点不夸张。中国茶叶的品种多，名称也多，即使专门研究茶叶的人，也无法记住全部茶名。

据统计，在书籍中有文字记载的各地名茶就多达676个品种。这还只是名茶，普通的茶呢？就不胜枚举了。在大的品类名称之下还可以分出许多小品种，各自都有一个名称，比如仅武夷岩茶就有千种之多。

茶名是中国茶文化的一个独特领域，除了少数历史名茶外，大部分茶名都是精心创作的，辞藻美，措辞妙，有意蕴，有境界，同时又可准确形象地概括该茶的特点。把名茶罗列在一起，仅仅从文字上就美不胜收。不少茶名几乎可视为一首小诗，是精致的语言艺术品，比如庐山云雾、洞庭碧螺春、君山银针、高山翠玉。西方酒吧文化，讲究给鸡尾酒起别致的芳名，大概就是受中国茶名文化的间接影响，当然我没考证过，在这里姑妄言之，想来“虽不中亦不远矣”。

中国自古以来都有文人品茶的传统，许多茶名都是经过文化人品题的。比如碧螺春，原来的俗称是“吓煞人香”，是康熙帝亲自改的今名。严格地说，中国古代的君王可大都受过最好的教育，其文化造诣不比文人差多少的，怎么也相当于现在的博士水平吧 —— 笑话一句，打住！

茶名追求字面高雅是中国茶文化的传统。比如北京管花茶叫“香片”，管茶叶末子叫“高碎”，都是一种美化。中国的名茶，除了个别名字是土特产约定俗成如狗牯脑、白毛猴以外，基本都是既上口又雅致的，充满了书香，茶名可以充分展示汉语的优美与华丽，炼字的功夫着实了得。举个例子，乌龙茶中的“铁观音”就是神来之笔，“观音”前面能用“铁”字，这三个字的茶名真是有李贺风格，不是寻常手笔。

有人曾专门统计过，中国茶名最常用的字有10个，它们是：银、峰、毫、春、尖、绿、翠、雪、云、叶。据我所见，似乎还可加上“芽”、“露”二字，只需在这十二个字的前面或后面缀上地名或山名，再加描绘性的字眼，就可以构成大部分茶名了。不信，读者诸君可以去茶庄或茶馆看看。

茶名大都突出强调产地，名茶中之所以有“狗牯脑”这么一个怪名字，其实就是因为江西有这么一座产茶的名山。台湾的“冻顶乌龙”亦然，“冻顶”没别的意思，它就是一座茶山的名字。

中国的名茶都是类的概念，而不是具体的商品概念。中国茶的一大缺陷是没有品牌意识，虽然茶名很优美，但不是品牌或商标，比如龙井，浙江不知有多少地方的茶场都生产龙井，因此容易以次充好，以假乱真。前不久托一位朋友回贵州买都匀毛尖，结果带回来的倒是都匀毛尖，然而厂家却为贵阳茶厂，质量也许同样好，但是毕竟不是地道正宗。在这方面，西方茶商是值得我们学习的。英国人虽然不产茶，却拥有世界上知名度甚高的茶叶品牌与商标，在每一类茶叶中都建立了成功的品牌体系，在市场上占尽风光。

茶单

茶社、茶馆都要准备供客人选择点要的价目表。内行的茶客，到任何一家新茶馆，不消多问，只需看一眼递上来的茶单，就可对此处的茶品档次与服务质量估量个八九不离十。

餐饮业内餐单或酒单、茶单的重要性，几乎可以与装修环境以及餐饮质量相提并论。专家甚至认为，餐单是餐馆成功最主要的武器之一。世界上最大的餐饮企业如麦当劳，其餐单的构成与每一次调整，都需要餐饮权威专业人员研究论证。设计餐单与酒单、茶单是颇为讲究的学问，绝非随便排列，一挥而就。

茶在餐饮业中应当属于文化含量最多的一种类型，因此茶单就更是不能等闲视之。列出哪些供应品种与价格高低自然要有科学依据与市场调查支持，茶单的外形包装与美术设计，尤其可以反映出茶馆的品位追求与人文氛围。

国内的茶艺馆，茶单按品种与价格大致分这样五类：一是台式功夫茶为主，品种有限而价格较高，京沪粤等大城市的新潮茶艺馆中相当一批即如此；二是潮汕与福建功夫茶为主，兼有绿茶、黑茶等类，价格中间偏高，南方与北京早几年开的中档茶艺馆是例子；三是绿茶为主，价格相对平实，在江浙颇多茶楼都走这一路线；四是盖碗茶主打，兼有花茶与绿茶，价格低到你心动，这是四川的特色；五是花茶为主，这是所谓京味茶楼的传统保留节目，如老舍茶馆，而价格其实并不便宜。

不同风格的茶馆制定的茶单也截然不同。由于有一些茶馆的投资带有随机、跟风因素，所以茶单往往也就不太用心，要么根据自己现有或掌握的茶叶进货渠道来定，显得偏食；要么就是照别人的葫芦画自己的瓢，亦步亦趋。当然，大部分茶馆还是能够很专业、很敬业地对待茶单的。

后来居上在市场里是普遍现象。学习、借鉴、参考已有的同行经验，当然有利于后起之秀的提高。近来新开办的茶馆中，茶单的设计确实是精益求精。特别是茶业市场的老字号，如北京的张一元与吴裕泰，原是茶庄，主营卖茶，如今随潮流也办了茶楼、茶社，出手当然就不凡。再有就是文化企业，特别是大型书店投资茶馆，如国林风书店与多闻图书中心，它们有文化资源的优势，凡事不做则已，只要做就做得非常专业到位。国林风所属的国风企业办的明慧茶院面积达4000平方米，规模号称北京最大，它的茶单与宣传卡设计得精致豪华，透出浓厚的传统文化气息，而又有鲜明的时代风格。多闻茶社的茶单前后用了三个月来搞市场调查与设计，用的是仿旧的锦缎封面册页，请老先生用工笔正楷书写全部内容，不惜工力，整体效果确实不凡。

可以想见，当客人拿起一本古色古香的册页，一页页展开来，在茶单上看到一笔不苟的蝇头小楷时，虽然不是欣赏传统书画，但茶文化的气息肯定会迎面拂来，令人神清气爽。

茶这一行文气最重，历来重视门面，据说老辈子京城茶庄都是把所有的本钱用在匾牌装潢上，因为店堂气派了，自会有茶商前来送货赊销。如今倒不存在这种现象了，不过只要是和茶有关，越讲究、越体面，效果肯定就越好。商家不会因为在包装上太用心而吃亏的，对不对？

茶谚

有没有谚语是一个行业或事物有无历史的明证。语言是社会现实的反映，谚语则是大众生活的写照，也是根据经验、规律概括提炼出来的智慧结晶。

茶谚分三种，一是茶的生产、种植、加工、销售方面的；二是茶的品饮方面的；三是社会生活中与茶有关的。“雨前宝，雨后草”、“茶叶学到老，茶名记不了”、“白天皮包水，晚上水包皮”是第一类，因为中国茶业经济源远流长，茶农、茶商又没有系统的培训教材，只能靠口耳相传学习茶的生产加工经营，茶谚起到了言简意赅的教科书作用；“不可一日无茶”、“饭后三碗茶”、“冷水泡茶慢慢浓”是第二类，这种谚语相对而言为数较少；“开门七件事，柴米油盐酱醋茶”、“茶不思，饭不想”、“人一走，茶就凉”，这三条谚语大概人人都知道，就属于第三类。

茶谚的最大功用就是依靠简洁的几个字传播茶文化的知识或原理。“客来敬茶”，后生记住这四个字，就能学会待客之道的一个重要程序。

在词汇学中，谚语和典故的区别在于前者是民间化的，而后者是文人化的。其实茶的词语典故也是很多的，比如“吃茶去”。杨绛老太太前些年出过一本回忆性质的散文集，书名是《将饮茶》，把“孟婆茶”这个典故重新发掘推广开来。

日本茶道的精神是四个字“和敬清寂”，虽然不能算是茶谚，但是也广为传布。中国的茶学前辈庄晚芳把茶德归纳为“廉美和敬”，在国内茶人中也是得到普遍认可。

商家为了营销推广创作了不少广告标语或口号，而广告语流行开来，就演变成新谚语。在这方面，倒是外来的饮料，如洋咖啡，业绩更多。“滴滴香浓，意犹未尽”、“味道好极了”，就都已化入了国人的口语词汇，老幼皆知，张口就来。相比之下，国内的茶企业在这方面就没有什么可以称道的。

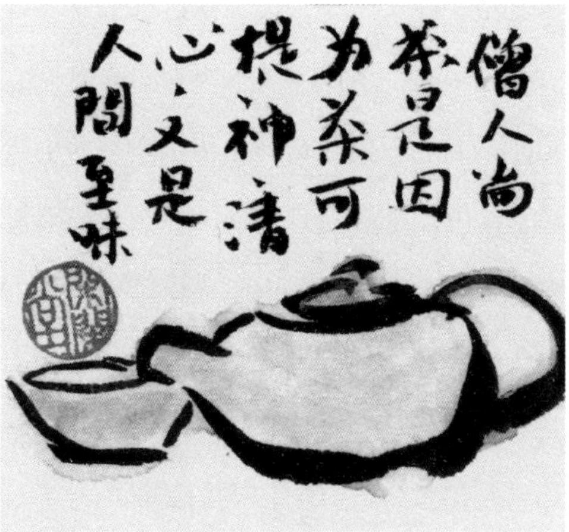

茶歌

一般而言，大部分茶树长在山上或者是山区，种茶、采茶的茶农劳动时为了愉悦自己而歌之咏之，便有了茶歌。可以说，茶歌是山歌的一个品种。

青山绿水之间，茶树郁郁葱葱，身在其间，五音不全的都禁不住想一展歌喉，就别说有唱歌天赋的人了。

中国的茶歌主题大致有两个，一是爱情，二是劳动。因为自来采茶就主要是村妇、村姑的事，所以茶歌中的爱情歌曲就很多。劳动小调是另外一大主题。想想也是，青山绿水，乡野男女，除了婚恋与劳动，还能有什么可以唱的？

以爱情为主题的茶歌，茶只是一个背景或点缀，主要内容其实和茶没什么关系，比如浙江的茶山情歌："一片茶叶两面青，旧年想你到而今。旧年想你年纪少，今年想你正当龄。"茶在这首歌里只是一个"起兴"的由头。

在歌唱劳动方面，著名的《采茶舞曲》是很好的例子："溪水清清溪水长，溪水两岸好呀么好风光。哥哥呀你上畈下畈勤插秧，妹妹呀东山西山采茶忙。插秧插得喜洋洋，采茶采得心花放。插得秧来匀又快，采得茶来满山香。你追我赶不怕累，敢与老天争春光争春光，哎争呀么争春光。"

翻翻民歌集，茶歌占有不少篇幅，这也有其内在逻辑：中国的产茶区在南方，恰巧是民歌传统悠久的地区。比如茶树的发源地云南，就是歌比花多的世外桃源。

回顾文学艺术史，从唐代的歌诗到宋词、元曲以及明人小令，以茶为题的甚多，而且都是有词有调，供歌者吟唱的。不过，这些古典茶歌只剩下了词，而谱与调基本上失传了。中国的音乐有《广陵散》的传统，正如中国建筑有阿房宫的惯例，这实在是莫大的憾事！老子说“多藏必厚亡”，此之谓乎？

中国现今流行歌曲中以爱情为主题的多如恒河沙数，但是却和茶绝了缘，倒是咖啡和酒常常出现在靡靡之音的旋律中——连“靡靡之音”这种说法，今天的年轻一代就都不知何义了。

不过，如果把时间前推三四十年，革命歌曲中却倒有茶的影子，比如那首《请茶歌》：“同志哥，请喝一杯茶呀，请喝一杯茶。”旋律虽美，可是主题却既不是劳动，也不是爱情，而是革命传统教育。

茶戏

茶和戏的渊源可谓深矣。北方的戏曲一直是与茶园、茶社相伴生的，不少在历史上赫赫有名的大戏园子，其名称就带个“茶”字，比如北京的吉祥茶园与文明茶园。之所以叫“茶园”也是有其缘由的，因为北方人到大戏园子看戏听曲，都喜欢一边喝茶，一边欣赏。因此，茶水就成为戏园子必不可少的附设服务项目。据说川戏也是这么个架势。

随着中华人民共和国成立后的“破四旧”与“文化大革命”，中国的戏院、剧场改天换地，茶房被当成腐朽的旧事物从戏院里驱逐出去，至多在休息室或门厅设个饮水处。中国的老百姓看戏时都得做好接受思想教育的精神准备，亚赛上课学习，于是喝茶一事就无法再提了。

历史总是在重复着某种轮回，近些年，不少以往被扫掉的东西卷土重来了，戏园子的茶水服务就是其中一例。北京的老舍茶馆名叫“茶馆”，其实更大程度上是一个演出场所，只不过观众的面前茶桌上都备有茶具、茶水而已。其后的长安大戏院雅座也就恢复成八仙桌，观众可以喝着茶看表演。新建的湖广会馆大戏楼，也是照中华人民共和国成立前老茶园的格局，楼下一律是八仙桌，楼上雅座全是太师椅，客人可以坐得舒舒服服的，喝着茶欣赏节目。

谚云“天地大舞台，舞台小天地”，茶馆自古就是三教九流济济一堂的社会舞台，每天都上演着生活中的连续剧，其人物你来我往、情节腾挪穿插、对白生动鲜活，无不与剧作的要求相符，因此，以茶馆为背景的戏剧就顺理成章。这种情况在西方的影视里也有，但是他们没有茶馆，只有咖啡馆、酒吧和饭店，比如好莱坞的名片《卡萨布兰卡》就是以一家大型酒吧为舞台。

中国话剧经典作品之一《茶馆》，舞台便是一家茶馆，而且主人公王利发就是茶馆老板。这出戏可以当成清末至民国时期北方茶馆史料来读，虽然它的主题与情节和茶馆与茶关系并不多，茶馆与茶只是作为背景而出现的。北京人民艺术剧院把《茶馆》作为看家戏，后来新排重演，创下了连演数十天票房一路飘红的纪录。

说起阿庆嫂，经历过“文化大革命”的人都知道她是《沙家浜》中的女主角，她的身份就是开茶馆的，全剧场景都围绕“春来茶馆”展开。“文革”过后，此戏曾经是“人一走茶就凉”，若干年都销声匿迹，让如今30岁以下的人都想象不出当年一出《沙家浜》是如何唱遍神州，绝对达到了无人不知无人不晓的程度，比近来最流行的流行歌曲还要流行一百倍都不止。如今50岁往上的人，但凡有点音乐细胞的，几乎都仍能整段地唱其中的选段。《沙家浜》是当年树的“八大样板戏”之一，它不仅是戏，还是政治教材，是全国人民都要洗耳恭听的，而红了没几年后即已如渔樵闲唱，只能在卡拉OK、KTV里找到它们的影子，让中老年人对着麦克风重温旧梦。

瓦父访八大山人

青城夜雨，瓦父画。

茶画

茶是雅事，自然是入画的题材。在中国书画史上，茶画几乎是一个固定题材，自古以来不少画家留下了以茶为题材、以茶为背景的作品。台北故宫博物院收藏的宋人摹唐代佚名画作《萧翼赚兰亭图》，展现了唐代寺庙的煮茶法，器具操作模式都很清晰。美国博物馆收藏的唐代周昉的《调琴啜茗图卷》再现的是贵妇在庭院中听琴饮茶的情景。

中国画在宋代达到了鼎盛的高峰，宋代茶风极盛，而又去唐未远，宋代以唐代茶人为主题创作的茶画，流传下来的有刘松年《卢仝烹茶图》与钱选《卢仝烹茶图》。在宋人眼中，论起茶来，卢仝完全能与陆羽分庭抗礼，这些茶画就是物证。宋徽宗本人精于书画，他画的《文会图》与《十八学士图》都有茶宴人物群像，以及各种茶器茶具的具体形象。

台北故宫博物院收藏的元代赵孟頫《斗茶图》是一幅名作，画中四人在树荫下斗茶，各自身边备有茶炉、茶壶、茶碗和茶盏等饮茶用具，是一幅反映元代或宋代茶俗的风情画。赵原《陆羽烹茶图》也是一幅名作，画题标明了陆羽，这也是较早的陆羽画像，虽然严格地讲画中的陆羽只是山水画中的点景人物，画上题诗："山中茅屋是谁家，兀坐闲吟到日斜。俗客不来山鸟散，呼童汲水煮新茶。”按中国画的分类，准确地说这是一幅历史人物故实画。

明代人注重生活享受，在文学艺术中体现得很生动。吴门画派中，文徵明的《惠山茶会图》、《品茶图》，唐寅的《事茗图》、《煮茶图》，仇英《松间煮茗图》，都是茶画名作，沈周的册页中也有茶具，这些描绘的是明代苏州文人雅士们从容精致的生活场景。陈洪绶也画过《停琴品茗图》、《烹茶图》，丁云鹏画过《煮茶图》。他们在茶画作品上所题文字与诗作既是优雅的文学小品，又是珍贵的茶文化史料，如文徵明《品茶图》所题：“嘉靖辛卯，山中茶事方盛，陆子传过访，遂汲泉煮而品之，真一段佳话也。”唐寅《事茗图》题诗：“日长何所事，茗碗自赏持。料得南窗下，清风满鬓丝。”足见明人以茶会友的风雅。

文、唐、仇、陈、丁都是明代丹青顶级高手，技法全面，这些流传下来的写实杰作一般归为山水画，其实人物画的分量同样重，为我们留下了明代人煮茶、聚会的图像史料，环境与茶具、茶器以及品饮的情景刻画很细致，虽然不见得都是实地真人写生，但大体形象细节无疑是有现实依据的。值得注意的是，明人的茶画也有不少户外烹茶饮茶的例子，说明当时上层人士很讲究享受户外生活，甚至会把茶炉搬到山间湖边。

明清兴起的文人写意花鸟画更是对茶格外青睐。清代乾隆年间花鸟画家薛怀画的《山窗清供》，细笔绘出大小茶壶和盖碗各一，颇似西画的素描。上题五代诗人胡峤诗句：“沾牙旧姓余甘氏，破睡当封不夜侯。”此外还有时人所题六言诗一首。这是后世写意茶画的标准配置，也就是以茶具为形象主体，题以吟咏诗文。写意茶画一般更适合小品，以扇面、册页最为常见。清代的扬州八怪诸家笔下，也创作有不少茶画小品。

清末民初海上画派主要继承的扬州八怪画风，以花鸟画、人物画为主，吴昌硕经常画茶壶。直到民国时代，茶画都是画家们尤其是花鸟画家钟爱的题材。这一传统延续到齐白石，老人九十以后还有茶画，可能是年事愈高愈解茶味吧？

茶画表现的是典型的闲情逸致，耐人寻味的是，20世纪下半叶，中国的茶画创作进入了一个萧条期。无论是国画还是西画，除了宣传抓革命、促生产的采茶图或采茶舞等政治色彩极强的作品外，反映品茗雅趣或茶中禅思的美术作品和市场中的茶馆一样销声匿迹了，即使在进入90年代茶馆卷土重来后，茶画仍无返青的苗头。这些年传统文化逐渐复苏，茶画才又多了起来。

以油画为代表的西式绘画表现茶文化时，与中国画的茶画味道大不相同。2000年我在一个月内曾两次去重庆公干，抽空跑到博物馆，在一家画廊看到一幅大油画，题材是茶馆，标题是《位子》，显然别有寓意，本意不在茶，画面上几个很有都市迷茫感的灰色青年挤坐在老式四川茶铺，我在画前站了一会儿，画廊经理介绍说此画价格六七千元。今天看这个价格低得不可思议，退回到2000年却是相当可观的高价。这种风格的油画，当然就不能算是传统茶画了。我怎么也想象不出它挂在茶馆里是什么效果，不过可以肯定绝对没有吴昌硕的《品茗图》那么对路。

著名茶文化专家阮浩耕先生对茶画有研究，在《品茶录》一书中有专章详细介绍历代茶画，而且具体到山水画、人物画、漫画多个系列分门别类。深圳侯军先生早些年前也有专文讲茶画，听说天津要出版。我想，若把古今茶画收集编印出版，那才是品茗时闲览的绝好之书哩！我也翻过不少本画集，对历代茶画做了一点梳理功课。也曾找到了一些资料，在一部老北京风俗画集里，居然找出了两二幅茶画，其中有清代的大碗茶写真图，还算有点小收获。

河南有一位出版社编辑对茶画这个题目很感兴趣，不止一次与我联系，约我写一本谈古今茶画的书，本来在我这是求之不得的事情，无奈时间、精力一时无从安排，只得作罢论。

这些年茶文化这么热，美术专业院校大规模扩招，美术史论也成为显学，想来会有更多的专业人士对历代茶画进行研究吧？我期待着有人编著出版茶画方面的图书。

茶画不只是纸上的美术作品，其实，茶具、茶罐、包装纸上都是茶画的天地。茶和画的结合还有另一种形式，上海出版过一本台湾作品《与雷诺阿共进下午茶》，把雷诺阿的画作与生平和红茶的品评平行叙述，相映成趣，虽然雷诺阿所画内容无茶，但仍深得我心。西方绘画史上茶画也颇为不少，其中既有上流社会贵妇人举办茶会的场景，也有茶具的静物写生。旧货市面上偶尔可见民国时期老茶叶罐，图案多是上世纪30年代上海滩仕女形象，与同时期香烟盒如出一辙，反映出当时人们崇尚西洋式都市生活的审美观。

在此顺便说一下茶馆与画的关系。茶馆少不得有书画作品来烘托氛围，正像酒吧不可以没有现代音乐伴奏营造情调。人们之所以到茶馆喝茶，就是为了找一个环境，找一种感觉。如今不论在哪个城市你找不到一家上档次的茶馆壁上没有书画。事实上，你可以根据墙壁上展示的书画的档次来判定茶馆的品位。不过，茶馆里挂的画，山水、人物、花鸟都可以出很出彩，未必就和茶相关，不见得一定是茶画。

茶帖

这篇文章的标题本来想写成“茶字”，也就是以茶为文字内容的书法，可是“茶”、“字”两个字连在一起有点生硬，而且容易产生歧义，让人误以为说的是“茶”这个字，换成近义词茶帖，好像就顺眼多了。

我从小对词汇有兴趣，在自己所从事的几个专业，如新闻传播、美术文博、文学批评与创作、经济社会批评等领域，都创造过一些新词，有一些还广为流传，成为专业术语，如影响力经济、有效发行、有偿不闻、时长竞争、20/20、流氓单位等。

话题回到茶帖。从苏轼开始有茶帖墨迹流传，诗人文人书画家爱茶者众多，留下的墨宝中言及受赠或赠人茗茶的数量很可观。以茶诗、茶文为题材的书法作品也有不少，如“扬州八怪”中的黄慎。

当代名家，茶帖最多的可能是赵朴初，他生前任中国佛教协会会长，喜欢诗词，同时享有书名，而今天下名寺常能看到他题的匾额与诗词，上世纪70年代末我就读过他的《片石集》，他在60年代中苏论战中的《哭三尼》散曲，是毛泽东钦定钦题并指定在《人民日报》发表用于与苏联斗法，并经中央人民广播电台转播，迅即在全国流传，遂令赵朴初一夜成名。如此说来，朴老与其说是出世高人，不如说是入世高手，他的佛教造诣我不敢评价，因为只读过他的一小册《佛教常识问答》，而他的代圣立言的才能，据我拙见，却达到了独步一时的高度，他可能是继柳亚子、郭沫若之后毛泽东最器重的政治诗人。他的茶诗很多，墨迹收集成书，颇有几种行市。

前辈诗文名家的手稿，系统整理出版过的是鲁迅先生，他的文章，在我印象中只有一两处提到茶。而他的弟弟周作人则可谓茶人，有多篇名作，论文学或文章成就，与鲁迅相比不遑多让，其实，周作人的手稿同样值得系统地整理出版，可惜至今没有出版家有此眼光。前不久，我在拍卖预展上看到了周作人的手稿多篇，标价并不高，我向两位富而多金的老板收藏家推荐，结果没有任何回应——其中一位托我帮着掌眼看一本王雪涛的早年册页，周作人手稿的价格连王雪涛册页的一半都不到。唉！我若有闲钱，一定选周作人手稿而不会买王雪涛的册页。不去论文字功力与学问成就，单从书画艺术欣赏的角度出发，知堂老人也是雪涛远远不及的呀！

书法大师袁思齐先生102岁时创作了一系列茶诗书法，古人论书有一句“人书俱老”，袁思齐先生庶几可称典范。他所作茶帖老笔纷披，挥洒自如，遒劲而富韵味，其高处由茶通禅。

茶帖所书茶诗、茶文或茶文化名言浓缩了茶学精华，最常见的茶帖题材可能就是“吃茶去”这三个字了。然而，再好的名句也禁不住如此频繁地被表现。俗到极致便为雅，雅得过分反成俗，茶禅本是极雅的，可是什么人都写“吃茶去”，时间长了，再看到“吃茶去”三字的书法，就会感到生厌：又来了，还有没有点新鲜的？

茶墨

如果把“茶墨”看成一个词条，注解时至少有两层意思可讲。

“茶墨俱香”是一个典故，见《高斋漫录》，是名臣司马光与名士苏东坡的段子：“司马温公与苏子瞻论茶墨俱香，云茶与墨者正相反：茶欲白，墨欲黑；茶欲重，墨欲轻；茶欲新，墨欲陈。苏曰：奇茶妙墨俱香，是其德同也；皆坚，是其操同也。”这几句话的茶史资料意义在于可以证明宋时茶是紧压型的，而且颜色以白为贵，饮用时则以新茶为上。

典故在中国文化中有特殊地位，也是中文的一大特色。汉语的词汇学中，成语、谚语、歇后语、俗话与名句名言都是重要组成部分，如果说这几项都是口语必备常识，那么典故就要高一个档次，更有书卷气。古诗、古文都有崇尚无一字无来历、处处用典的一路，对作者与读者来说都需要具备同样的典故背景知识，也就是要饱读诗书，才写得出、看得懂诗文妙处。要读古人诗文，不学典故是行不通的。以我个人的经验，就是读了几本典故的辞典之后，才敢说对古文略懂一二。

围绕着成语典故，有时由于理解的问题会闹出风波来。中国台湾的学者批评家李敖先生到北京来，极出风头，由于他在官方安排下所接触到的学者与教授并非文史背景，使得此公颇有如入无人之境的感觉，因此在法源寺等地不止一次乘兴题字，写的竟然是“人书俱老”四字，可见其飘飘然。其实这四个字传统上只用在评别人时，不仅对并非知书善书的李先生不合适，就是书界大师前辈泰斗这样自许自得也有失风度，至少我所认识的书法家没有谁会这样写。清华大学王君超博士以媒介批评为学术专业，在他的文章里对李先生有所评议，不想却被人所攻击，甚至造出谣言说王君超不知“人书俱老”何义并为此自杀，事情发展到如此荒诞的地步，最后当然是以发表谣言的媒介赔礼道歉为结束。君超把此事前前后后通过邮件传给我，所以我才知道得比较详细。在此说句题外话，我因为自己也曾有被人诬陷的经历，便留心对记录古今中外造谣与撒谎的资料加以收集，并有意写一本谣言史或谣言学的书，因为我发现如果不了解谣言的本质与规律，就无法正确、全面、深入理解中国的历史。

话回到正题上来。茶墨还有另一个含义，就是书画墨的一种类型。2004年夏天我应安徽书画院院长、著名人物画家王涛先生盛情邀请到合肥、安庆、黄山走了十来天，在徽州买得若干锭茶墨，上有赖少其题写的“茶墨”二字，回家后在砚台上磨出来，是一种很别致的茶色，试着用在画上，效果与赭石不一样。据说茶墨是胡开文恢复生产的特色墨，价格并不高，我后来在市场中也见到过，装饰更时新了，反倒失去了古色古香的味道。

茶墨是否有茶的成分，我没找到行家请教，查《中国茶叶大辞典》，说茶墨是用茶水掺和制成的。茶水本身有色，所以在书画中也可用作色彩，尤其普洱茶等紧压茶，泡出来的茶汤色泽浓厚，我曾试着在画上使用，效果不俗，当然，其稳定性、耐久性如何则都有待时间检验。

茶诗

中国的诗歌艺术宝库，其丰富多彩在世界上是首屈一指的。茶诗是中国诗歌的一个分支，虽然在浩如烟海的中国诗歌典籍中茶诗所占比例非常小，但是在艺术成就上却美不胜收，不少篇章至今脍炙人口。我在自己的茶画上喜欢题茶诗，除了自己诌的顺口溜，就是我所特别中意的前人佳作，后者集合起来并观，其实也算是一本小小的历代茶诗选呢！

据统计，中国第一部诗集《诗经》就有七首诗写到了茶，孔夫子曾说学诗可以多识草木之名，茶在《诗经》里就是作为众多植物中的一种出现的。真正就茶咏茶，而不是顺带言及茶者的茶诗，始见于魏晋南北朝，全盛于唐，此后宋朝达到第二个辉煌巅峰，元明清民国以至于今都代有佳作，茶诗总量不可胜数。

在茶诗中最著名的可能是陆羽的《六羡歌》："不羡黄金垒，不羡白玉杯，不羡朝入省，不羡暮入台，千羡万羡西江水，曾向竟陵城下来"。此诗甚美，不过它也是最多被误解误读的，当代不少人在书中文中写到它，都认为是在夸西江水好。然而，用中学生分析课文的路数来解读，会发现此诗的主题其实并不是赞美西江水，而是最后落在了竟陵城上。而这样一来，它就好像与茶或用来泡茶的水没什么关系了，只不过是茶圣的诗而已。有学者考证说此诗是陆羽悼念他故乡的师傅之作，我觉得这一解释还合理一些。不过，中国古诗素来讲“诗无达诂”，没有必要太较真。

茶在唐宋即已普及，茶文化的繁荣是在诗文巨匠们的直接参与支持下才出现的。从李白到苏轼，很多中国古代诗歌史上的大诗人都留下了茶诗作品。

茶在中国历史上一直与宗教特别是佛家有不解之缘，因此茶诗中往往有禅味。皎然《九日与陆处士羽饮茶》就是极好的例子：“九日山僧院，东篱菊也黄。俗人多泛酒，谁解助茶香？”

闲情逸趣最宜入诗，白居易的《两碗茶》写得好：“食罢一觉睡，起来两碗茶。举头看日影，已复西南斜。乐人惜日促，忧人厌年赊。无忧无乐者，长短任生涯。”读此诗，我们发现唐朝的日常生活习惯至今仍有旺盛的生命力。

“我官于南今几时，尝尽溪茶与山茗”的苏东坡写了大量茶诗，在他的词作中也多有咏茶佳句，如“且将新火试新茶”。高产诗人陆游茶的诗也不少，他的“晴窗细乳戏分茶”是广被称引的名句。

中国茶诗是传统文化宝藏，编选古代茶诗选也就成为近些年不少出版社的选题。据我在图书市场所见，这类读本销路都很好，因为茶诗本身是闲来消遣的极好文字，颇堪品味。套用黄庭坚的《茶词》名句，是“口不能言，心下快活自省”。

自打白话诗出现后，似乎茶与诗的血脉关系一下子就断绝了。也许是我孤陋，但是确实没读到过能称得上是诗的白话茶诗，倒是相当多的现代当代诗人留下了用旧体诗写茶的佳句，比如周作人的“请到寒斋吃苦茶”等。当代人的茶诗，可作经典来读的是赵朴初的“七碗受至味，一壶得真趣，空持百千偈，不如吃茶去”。值得一提的是，赵朴初居士还是书法大家，片纸只字人皆视若拱璧，他的书法作品也常有茶诗，斯人斯作，的确是茶禅一味的最好注解。

茶联

在浩如烟海的传统楹联世界中，茶联占有一席之地。这些茶联大都是文人雅士咏茶赞茗之作，茶与诗、书、香、琴共同构成优雅生活的象征，是书斋联的一个经常出现的主题。此外，还有一些茶联是各地茶叶店或茶馆、茶楼的楹联，用来装点门面招徕生意。

谈起茶文化，几乎都要谈起那副著名的茶联："坐请坐请上座，茶敬茶敬好茶。"此联典出寺庙，讥讽住持将来客分为三等，礼数因人而异。有人说这是苏东坡的轶事，有人说是郑板桥的趣闻，还有版本说是阮元的佳话，恐怕难有定论。这个故事显然发生在一个有官位的文士身上，得知身份前后，接待者前倨而后恭，人情势利暴露无遗。这副对联是嘲讽主人待客看人下菜碟的，按道理最不适合由茶馆、茶楼悬挂张贴了。据说石家庄曾有一家规模不小的茶楼把它贴在了最显眼的地方，当地的报纸还着重渲染了一番，意思是："看，这家茶楼多有文化品位！"华北几大城市，石家庄建城历史最短，这类现象在所难免。

旧社会成都有一家茶馆的名联是："为名忙为利忙忙里偷闲且喝一杯茶去，劳心苦劳力苦苦中作乐再倒一碗酒来。"传神地刻画出滚滚红尘中现代人紧张焦虑的处境。江苏一家茶亭的茶联堪与此联遥相呼应："四大皆空坐片刻无分你我，两头是路吃一杯各自西东。”

茶社、茶馆是清雅之所，传统色彩较重，与名胜古迹的楼堂馆舍亭榭寺庙相仿，照例都少不得门外挂上一副楹联。而在茶室之内更是讲究壁上风光，少不得有书画作品与对联。喝茶时的心情闲适，也正适合品鉴室内的楹联韵味，同时亦可欣赏书家技艺。

对联本来就有文字游戏争奇斗巧的一路，而一些茶楼干脆把它发挥到极致，比如老上海的天然居茶楼，楹联为："客上天然居居然天上客，人来交易所所易交来人。"正读倒读意思完全相同，可谓是工巧到了天衣无缝的地步，而又把茶楼之名以及所在商业设施特点包括进去，是可遇不可求的妙联。也有人把此联记为“客上天然居，居然天上客”，回文固然工巧，奈何并不对仗，也不合平仄，就不成其为对联了。

茶叶店和茶馆、茶社相比，向来文气较少而商气较重，楹联则喜欢挂些“扬子江心水，蒙山顶上茶”、“花间渴想相如露，竹下闲参陆羽经”之类。如今除了那些百年老店以外，新开的茶叶店已多数是小本生意，文化水平与经济实力都有限，老板大都已不知楹联有何用处，更无从求到得体的茶联，因此就断了这一传统的烟火。

楹联又名对联，是中国传统文化的一个瑰宝，也是中华民族独有的文字艺术形式。上下两句对仗工稳，音调和谐而意味隽永，楹联浓缩了汉语的精华，只有两句，在文体形式上，可以算是最小单位的独立文学作品。

对联在篇幅上可长可短，有几百字的长联，例如著名的昆明大观楼长联一百八十字，还有更长的上千字的对联；也有三言六字的短联，例如陈寅恪所出清华大学研究生入学考试作文题是“孙行者”，让考生作对子，周祖谟的答案是“胡适之”，高分得中，传为佳话。短联的极限是一言两字，如挽“九一八”死难者的名联："死，玍。"一般情况下最常见的对联是七言十四字与五言十字两种格式。有一种观点说对联起源于律诗，七律、五律在旧体诗中占压倒地位，对联也是以七言、五言为主。流传下来最早的对联，五代后蜀孟昶所撰“新年纳余庆，佳节号长春”就是五言，而明太祖朱元璋所撰对联“双手劈开生死路，一刀斩断是非根”与赠陶安的“国朝谋略无双士，翰苑文章第一家”则为七言。这两位皇帝是对联史上的重要人物，他们热衷写对联，上行下效，对联便得以流行、普及。

对联与律诗有血缘关系，常有人把唐宋大家的诗词名句摘出，集成佳联，也叫“集句联”。很有代表性的一例是“欲把西湖比西子，从来佳茗似佳人”，东坡是懂茶爱茶的名士，而且茶诗颇多，此两句虽分别是两首诗中的句子，后人将之放在一起，读起来有天造地设之感。

流行的茶联还有“茶亦醉人何必酒，书能香我无须花”，茶浓与书香相对，反映出茶与文化亲近有缘。近年来许多书店增设茶座乃至茶社，而不少茶馆也摆上了书刊，其根源可能就在这里。

平素翻阅楹联书法墨迹类的图书，我会留意与茶有关的对联。民国时期虽然印刷条件落后，可是对联类画册出版了很多种，其中收集记录的明清对联墨迹尤其值得珍视。

明清以及民国时期的茶联墨迹，有若干对联不止一人书写过，很难确定最早是何人创作。如“竹雨松风琴韵，茶烟梧月书声”，傅山、顾光旭、严复、李瑞清、张元济都写过，偶有个别字词差异，还有戴望写的“竹月松风蕉露下，花香琴韵书声中”也同出一辙；“客去茶香留舌本，睡余书味在胸中”，董诰、吴熙载分别写过；“拣茶为款同心友，拓室因添善本书”，张岳崧、潘祖荫分别写过；还有“酒力醒茶烟歇，调素琴阅金经”，张祖翼写过，后来梅兰芳写的“待其酒力醒茶烟歇，可以调素琴阅金经”，显然也是根据前人之作改扩写而成的。这些茶联一再被传抄，说明它们有生命力，至于后人书写未在题记中注明，则成因很难说，一方面可能是古人并不重视对联的著作权，经常有径自抄录的现象，另一方面可能古人在书写时也忘了或不知道联语为何人原创，第三种可能呢？有些对联也许是被作伪者冒用名人的名字造出来的，只求书写者名头与联语内容受欢迎，不避重复之嫌。

到了上世纪下半叶，对联书法墨迹中“茶”字出现的频率骤降，如湖南美术出版社1982年出版的《当代楹联墨迹选》，收了385副对联，只有沈迈士的“汉书下酒味能永，顾渚分茶韵自流”是茶联。湖北美术出版社2000年所出的《二十世纪名家楹联墨迹大观》皇皇巨册，收了661副对联，就我所见，只有孙伯翔的“朝临暮写桑榆志，饭后茶余无稽谭”出现了“茶”字，主题还与茶无关。这恐怕不是偶然巧合吧？

茶文

茶为生活增添了情趣与韵味，按照传统理论，文艺是社会生活的反映，因此，文学作品中自然就少不了有茶的痕迹。文人墨客在文章里谈茶写茶，多是以茶为背景与舞台，最广为人知的有老舍的《茶馆》与汪曾祺的《沙家浜》，但是也有把茶当作主题来写的，不过为数不多而已。

2000年，我因一时之兴，遍搜现当代文学各家文选、文集，寻找以茶为题材的散文，用了两个月的工夫，翻了千来本书，查找出了茶文200余篇，编成一部《喝茶的艺术——中国茶文化散文随笔选》。编完了茶文选，自感对茶文也就多少有了点发言权。

写茶的散文，在风格上都是很轻松灵秀的，基本上都是随笔与小品。古典文言作品不必说，自“五四”以来的白话散文，但凡是写茶的，无不充满闲适情趣。以鲁迅剑拔弩张的文风，写《喝茶》的时候，也变得笔墨妩媚，不过细读之下还是可以看出文中暗藏的机锋。

这是一个很有趣的现象：在现当代作家中，相当比例都有茶文，然而又几乎都是只有一两篇茶文。比如鲁迅，翻遍全集，我就没找出第二篇茶文来。当然也有例外，老一辈是周作人，他的茶文有七八篇之多，而且品位、境界在我看来当数第一流。周作人的茶文简约平淡而又苦涩，极耐赏玩，称得上是茶味的文章。古代名士有以《汉书》下酒者，今人则不妨以知堂茶文佐茗。晚一辈作家有汪曾祺、陆文夫。汪老先生在同辈作家中以茶人名世，不包括《沙家浜》，先后曾写过五六篇茶文，而且笔调颇有我所钟爱的《世说新语》风格，尤其是他回忆在昆明西南联合大学当大学生时泡茶馆的篇什，就绝对是在世的专业作家者流无论如何写不出的。陆文夫写茶文主要是占地利之便，住在姑苏城中，有碧螺春可品饮，又是性情中人，若无茶文，反成怪事。

新一代作家中写有茶文的虽然也不乏其人，但是在味道上好像就总也难上品级。海外的华人作家如林清玄等都曾写有茶散文集子，不过若论艺术价值，恕我唐突直言，也许还赶不上知堂老人一行字。可能茶这一题材，本不适年少者来写，非年长者不能培养出感觉，而年轻的作家（至少在文化修养与艺术造诣上资浅或未入段）只能是为赋新诗强说愁。

茶是雅事，茶文也就不俗。人人皆知喝茶是会上瘾的，其实，读茶文也是会上瘾的。闲暇无事，读上几篇可堪品味的茶文，称得上是一种精神享受。

茶赋

在中国古代文体中，“赋”是一种重要的体裁，尤其在汉代格外繁荣，过去谈起各时代的代表性文学体裁，“唐诗、宋词、元曲、明清小说”之前，还有一个“汉赋”。在汉代的文学作品里赋最为显贵，“千金买赋”、“洛阳纸贵”说的都是赋。赋的长处在于铺陈罗列，用来写茶再合适不过了，因为茶的产地多、品种多、典故多，用四六骈文的排比句罗列起来，华丽典雅之至。

但是现存的汉赋里没有以茶为题材的，我们能读到的最早的茶赋大概要到晋代才有，此后代有佳作，至清为止，我在网上检索到的，就有晋杜育的《荈赋》、唐顾况的《茶赋》、宋吴淑的《茶赋》、宋梅尧臣的《南有嘉茗赋》、宋黄庭坚的《煎茶赋》、清纪昀的《荷露烹茶赋》、清梅曾亮的《普洱茶赋》等。若是有暇翻翻古书，相信不难找出更多例子，想来至少元明两代不会无人写茶赋吧。

这几年茶文化成为时尚，又有不少人写起了古体茶赋，但这类新造的古董不看也罢。说句题外话，杨朔1961年写的《茶花赋》虽然借用了“赋”这个名称，实则并非赋体，也跟茶无关，但在颂圣这一点上却与古时的赋如出一辙，这位散文家在1968年被迫害致死，临终前倘若还有心情执笔为文，该不会用赋体了。

近些年中小学生的语文课都强调“好词好句”，孩子们不管喜欢不喜欢，都要从课文中挑出老师心目中而不见得一定是自己真正认可的“好词好句”，这种教学，日久天长让学生形成揣测上边的心思与喜好的习惯，进而效仿着能够“代圣立言”，也写出“好词好句”，这就是报刊及广播电视节目的八股腔的根源所在。

自古以来诗文鉴赏都特别重视“好词好句”，印刷的诗文也会在警句名言旁边密密加以圈点。事实上，很多诗文主要靠一两个精彩的句子甚至一两个独具匠心的字词而流传，即使是《诗经》这样的经典，很多篇章也是只有一两句被传诵。

不怕读者笑话，我写茶的文字也常有人摘引。某次在上海一家茶馆无意间看到墙上装饰着一段讲茶的话，仔细看看，却是从我的书里节选的。有了互联网与微博，我发现自己对茶的见解或体悟常被茶友们转载，有一位重庆的“阿庆嫂”，从《闲闲堂茶话》里陆续摘出五六段，并且给了个“没一个字不好”的评语，令我既感且愧。

李贺有一句诗“寻章摘句老雕虫”，我觉得特别适合拿来说“赋”，因为大多数赋，无论哪个朝代的手笔，都有堆砌空洞之弊，整篇言之有物的是个别例外。也正是由于这一点，各种诗词文章的选本在坊间层出不穷，而极少有赋选行世。坦率地说，历代写茶的赋虽然极尽文辞之能事，但作为文学作品来评判，艺术价值都未达到《洛神赋》、《赤壁赋》、《秋声赋》等名赋的高度。

不过换个角度来看，在这些茶赋里挑出好词好句却并不难。我试了试，晋杜育《荈赋》的“焕如积雪，晔若春敷”，唐顾况《茶赋》的“霭然浮爽气”，宋吴淑《茶赋》的“功存悦志”、“轻飚浮云”、“浮云之美”，宋梅尧臣《南有嘉茗赋》的“华夷蛮貊，固日饮而无厌；富贵贫贱，不时啜而不宁”、“日饮无厌，时啜而宁”，宋黄庭坚《煎茶赋》的“少则美，多则恶”、“与人安乐”，清全祖望《十二雷茶灶赋》的“撷之掇之，吹之嘘之，蒸之焙之，祈之摅之”、“存夫本色”，清纪昀《荷露烹茶赋》的“飘飘意远”、“习习风生”，清梅曾亮《普洱茶赋》的“大川之原，孕此珍草”，就堪称字字珠玑，皆是今人所道不出的。

如今茶具与各种茶产品包装，特别是紫砂茶具，都讲究用古人诗文点缀，只是大家往往只题写或印刻人人皆知的语句，动不动就“吃茶去”，千篇一律，就显得俗了，其实，若是花点寻章摘句的功夫，茶赋中的这些词句便都是既高且雅的上上佳品。

茶论

“茶论”二字，不知茶学界此前有无这个说法，至少在茶学工具书里是找不到的，估计语言文字类工具书也不会有吧，反正我在《汉语大词典》里没查到。

文科的专业，我比较系统地学过语言文学、新闻传播与美术，不太系统地学过历史、经济，学来学去发现一个共同规律，那就是这些学科的知识架构基本上都由四大基石组成：史、论、代表作品与实务。因此，在社会科学领域要想学习一门新专业，要读该专业的历史，如《中国文学史》或《中国史学史》；再读该专业的理论著作，如文论、史论或书论、画论；再读该专业的代表作品选；最后进行实务操作，论文写作、毕业创作或实习。有了史、论、作三方面的知识，才谈得到对一个专业有全面的了解。大学里的文科教学，各专业课程也都是这么开设的。

在我收集、研究茶学资料时，发现基本上没有严格意义上的“茶论”著作。古人论茶的经典，如《茶经》当然有“茶论”内容，不过若用《文心雕龙》、《文赋》来比照，哪本茶学古籍堪称“茶论”经典呢？

中国的特色之一是把自然科学、工程技术与社会科学分得很清楚，按照体制内的定位，茶学在教育与学术上是农学的一个分支，所以茶学专业就只有农业院校才有，茶叶研究所附属于农业科学院。这样茶学在政策上就被定位在理、工、农、医这个范围，而与社会科学没多少关系。可能是我孤陋寡闻，就我所见，中国的茶学教学、理论研究，没走史、论、作这条路。虽然近20年来茶文化成为显学，而茶一旦与文化结合起来当然就成了文科，茶文化研究与图书出版尽管很红火，但多是市场推动，普及或炒作成分居多，茶文化的历史与茶文化理论两方面一直是短板弱项。相比之下，茶史还有几本颇扎实的著作，有理论思想价值的茶论就无缘得见了。

茶论的内容当然就是古人前辈论茶的诗文著作。前人论茶不乏真知灼见，只是多为吉光片羽，不成体系。概括起来，中国的茶论有两大体系：一是偏重享乐养生，一是偏重悟道修行。

2013年，中日茶人在浙江径山有个学术研讨会，蒙阮浩耕先生垂青邀我赴会，只是有个条件，要交一篇以中日径山茶文化与佛教关系为主题的论文。我本很想去径山，可惜实在没精力写论文，不知道研讨会上的专家们有何高论。

编选《中国茶论选》是不该少了周作人这一章节的。周作人写茶的文章有多篇，而且影响深远。“苦茶庵”主人提炼了“啜苦回甘”四个字，既是品饮的习惯与感受，也隐含着“忍过事堪喜”的人生经验。

针对“啜苦回甘”，我写过一首小诗，聊充茶论：

知堂论茶有名言，
道是啜苦回甘甜。
多少后人被他误，
不知冲淡更宜年。

拙诗写的是习茶的一点新心得，啜苦回甘乃是由于国人饮茶多喜浓烈，而我后来逐渐认识到无论绿茶、红茶、普洱茶、乌龙茶、茯茶，品饮时投茶量较常规减半再减半，汤色淡些再淡些，则滋味不待先苦，入口便有微甘隽永之味矣。用茶减量不是为了节省，实因遵医嘱少饮为佳。此亦为献芹负暄，不知有人肯采纳愚见否？

茶话

这里要说的不是关于茶的话，而是要说说茶与话的关系。

每逢佳节，电视上就有关于茶话会的新闻。群贤毕至，老少咸集，清茶一杯，畅谈半晌，这就是茶话会。

凡茶话会，必是无特别的议题，无重大目的，可以说，它带有相当浓厚的名流贤达节庆聚会的色彩。因为无甚事由，自然而然便无酒无宴；同时因为不是正式工作会议性质，对与会者什么也不款待于礼未周，不太合适，这样茶就成为最理想的招待用品。人手一杯热茶，再摆上一些干鲜果品、花生瓜子等，场面氛围既好，而又惠而不费。茶话会既不是招待性质的请客，也不是严肃认真的开会。一个“茶”字赋予茶话会非常超脱空灵的格调。

其实，茶话会所备的茶水虽然不会差，可是茶话会的核心在话而不在茶，因此不会有人在茶话会上专心品茶。另一方面，茶话会毕竟也还算是会议，多多少少有场面应酬的意思，当然也不是尽兴谈话的地方。约定俗成，茶话会也不宜讨论有实质意义的重大话题。严格地说，茶话会于茶于话都不是最理想的配置，但是作为社会生活中的一种活动形式，它与宴会、酒会、文艺晚会、舞会相比又有其特殊的角色优势，其功能似乎也找不到合适的替代者。

茶话会很有生命力，是由于茶与话从天性上就有内在亲和力。喝茶聊天，自古就是顺理成章的。茶可生津，其味芬芳，饮后令人神旺，旧雨新知，亲朋好友，品味香茗，谈兴自浓，可以名副其实地口齿生香。这种私人之间的茶话，才是真正的赏心乐事。

茶与话天生有缘，茶能使人说起话来更轻松无倦，而话又可令茶水味道更深长，长谈尤其不可无茶。老话讲，“酒后吐真言”，因为酒精能够麻醉神经，使得喝酒的人变得口无遮拦；与喝酒谈话相比，饮茶谈话的境界似乎就更高一层，而且也清雅得多，因为茶水会让人更清醒，说起话来只会比不喝茶时发挥得更好。可以说，你不能和随便什么人都喝酒，但却不妨与随便什么人都喝茶。国人自古以茶待客，以茶佐谈，不是没有道理的。

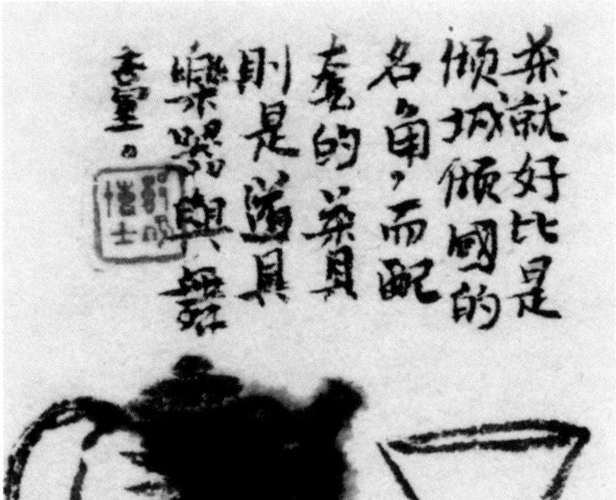

茶讯

对绿茶、乌龙等品种的茶叶来说，新茶是时令性很强的商品，所以茶讯理应及时广泛传播。国内的茶讯大部分是专业领域内的，如茶叶生产、茶业机械与茶业专用农药、化肥，以及茶业种植、加工和茶叶出口，方方面面都需要沟通信息。关于茶、围绕茶的资讯一向颇有市场，近年来由于互联网的普及，茶讯的汇总、加工、供应以及传播就更是有声有色，蔚为壮观。

茶讯分两个层次，一是企业级的资讯，二是消费者层次的资讯。前者的载体，在国内有各种茶刊以及行业通讯，发行量极少，刊期较长，它们几乎全是针对企业与专业工作者的，一般读者不会感兴趣。后者是和消费者有关的茶讯，目前主要靠茶叶公司、茶庄或茶馆等企业围绕产品或服务的促销推广。按说报刊也可以为大众提供茶叶消费资讯，可是国内现在没有一份面向普通读者的茶方面的正式出版的报刊。原先还有一本《茶博览》，后来却停刊了，据说是由于经济原因难以为继。事实上，1999年中国茶艺市场勃兴，气候环境与土壤条件都急需茶文化报刊这种媒介，而《茶博览》却悄然停刊，这真有点“死在黎明即将到来时”的意思，令人扼腕叹息。在这种背景下，我为地处国内最大产茶区的浙江某报做了一个专版策划，开辟一个“茶讯”专刊，相信这是符合市场潮流的。遗憾的是，该报的负责人因故去职，这一策划遂无下文。

网上有不少和茶有关的网站，如使用国内门户网站的搜索引擎都可以找到一些中文网站网址，而通过国外的搜索引擎更能找到更多的外文茶网站资料。两相比较，国内的茶讯还是远远落后于西方的茶讯。我曾上网在亚马逊查关于茶的英文图书，键入“tea”后检索出来的结果是相关图书有数千种之多！要知道亚马逊并不是图书馆或博物馆，它列出的是可供书目，而不是专业参考文献资料。顺着这份清单，我逐一浏览感兴趣的茶书的书目与简介，并顺手把书影与书名、简介下载到软盘中，以备日后参考，在不到三个小时里找到了100多本觉得很对胃口的茶书，100多个文件用去了四张软盘。

电脑与信息技术发展日新月异，而今存储电子文件都用U盘或移动硬盘了，近几年连电脑软盘插口都取消了，软盘基本上绝迹。世事变迁之快，由此可见一斑。

但是在网上查找国内中文茶书，结果却颇让人失望，最多的一个网站名为“茶书目录”，也就百十来本，光我手头新买来的新书，就有不少未在这份书目上。说老实话，这时我都恨不得把自己收集的茶书列目上载发给网站。这一方面说明国内的出版界茶书出的还是太少，另外一方面说明茶讯网站的建设还有欠缺。

话又说回来，如果标准别定在发烧层次上，对于普通业余爱好者，如今的中文茶讯还是足够浏览一气的。

上面这些话都是在2000年的背景下写的，而今网上茶讯之海量已经大大不同，时过境迁，很多信息都要改写了。

茶刊

国内茶方面的报刊都是专业性极强的，不为大众所知。笔者的专业之一是新闻传播，而又爱茶，所以对于茶报茶刊就格外注意收集。

有意思的是，过去茶刊大都是农学专业期刊，比如《茶叶》、《中国茶叶》，面向大众的茶报茶刊居然一份皆无，这显然是与中国茶文化的地位不相称的。中国茶民如此之多，从市场角度看，应当是有足够的群众基础的，而且茶文化也实在需要借助报刊来普及推广。

农学系统办的茶刊重点在茶树培植、茶叶采集加工以及成分分析，几乎都是专业人员才会感兴趣的内容。作为普通茶民，从茶刊几乎找不到什么可读之物。

当然也有例外，前些年中国大陆最有影响的茶文化刊物，一本是《农业考古》的增刊《中国茶文化专号》，连续出了多年，成果累累，甚至以杂志刊发内容为基础整理了一套茶文化丛书，但是它一直是增刊，而没有正式的名分；还有一本《茶博览》，倒是名副其实的茶文化杂志，质量扎实，编排也清秀可人，在茶人圈里口碑颇佳，有似《读书》之于书呆子，可是它却在1999年停刊了。

因为茶艺馆越来越火，茶方面的综合性文化性刊物以后的市场前景颇好，这时停刊，真是太可惜了！无巧不成书，龙年春天，在京西的北京军区招待所认识了几位浙江新闻出版界朋友，其中一位浙江一家出版社姓操的先生告诉我，他刚收编一本杂志，改成了少年画刊，杂志的名字就是《茶博览》，作为交换条件，他所在的出版社原则上同意给杂志社的主办单位今后提供出书的便利，仅此而已！

2006年我到杭州，阮浩耕先生到在西湖边上我住的一家酒店相会，除了赠我一本近作《品茶录》，说到他所编的《茶博览》已经复刊，是经过一位领导的特批解决的刊号。报刊停刊后死而复生，上世纪80年代以来可能只此一例。

茶是一种爱好，一种乐趣，一种文化，在性质上极适合杂志这种媒介。当然，报纸在茶文化的天地里也可以大显身手，近一两年，报刊界开始注意到茶文化。不少报纸，尤其是比较前卫的大都市报，加大了茶文化的版面，如《精品购物指南》、《北京青年报》，就都不断报道刊发茶文化方面的资讯。而且《中华合作时报》、《保健时报》也都开辟了茶专版。《中华合作时报》的《茶周刊》，渐渐成了茶刊茶报里的佼佼者。

2009年福建《海峡茶道》月刊约我开设专栏，就以“闲闲堂茶话”为栏目，大约持续了两三年。

茶俗

茶是人类日常生活中的必需品，古人说得好，“十里不同音，百里不同俗”，不同地方的人，饮茶的习惯与爱好也有所不同。世界上的茶俗千差万别，因地而异，构成丰富多彩的文化景观。

茶发源于中国，从理论上讲，世界上所有品种的茶在本质上都是相同的，因为它们都是云南原生茶树的派生或变种后代。但是，同样的茶喝起来就大不一样了，即使是采摘自同一茶山的茶，不同的厂家会按照不同的工艺加工，而不同地方的饮者更是发明了形形色色的茶俗。

如果不经介绍或说明，按一个地方的习俗喝茶，完全有可能被另一个地方的人误认为是喝别的什么东西。比如藏族人在茶里加盐加酥油，而英国人往茶里加奶加糖；北方人端着大碗喝茶，而南方潮汕人偏好用小如核桃的功夫茶具品饮；江浙人喝绿茶唯恐不新，而云南普洱砖茶、饼茶但求其陈。

仅在中国，茶俗门类之多就不胜枚举。东南西北，几十个民族，大家虽然都爱喝茶，但是在茶叶、茶具以及冲饮形式等方面却大相径庭。云南白族的三道茶与湖南的擂茶就完全是两码事，广州人叹早茶与成都人泡茶馆也判若云泥。

乌龙茶茶量很大、浓酽无比，第一次喝的人多半会感到受不了，会奇怪为什么福建人、广东人要喝这么浓的茶。

这种饮茶习俗的形成有其客观原因。因为福建、广东夏季酷热，而且古时普遍认为这些地方瘴气重，到了唐宋时期岭南都是流放贬谪官员的所在，韩愈、苏东坡留下的诗文，更清楚无误地反映出当时人们把南谪视为畏途，其程度比俄国人畏惧西伯利亚有过之无不及，主要原因就是水土不服、潮湿和瘴气以及蛇虫肆虐，因此需要多喝茶消暑祛病，茶的清热解暑功效显然远胜于任何其他饮品，更是凉水、开水所无法相比的，于是百姓饮浓茶蔚然成风。另外，太浓的茶本身也不适合大杯牛饮，这样人们在纳凉消磨时间时，便一小杯一小杯地喝茶，久而久之约定俗成。

乌龙茶之所以用小壶喝，从经济角度看，也因为要喝浓茶，用茶量大，所以壶若大了，每次投放的茶叶量也就太多，经济上承担不了，即使是舍得放那么多茶叶，人的身体恐怕也承受不了如此大量的茶汤。现代医学已经验证了，过量喝茶对身体最突出的负面影响就是容易导致肾结石。小壶、浓汤、慢饮等原因，催生了独具风格的功夫茶艺。

在中国，待客时泡茶是年少或位低者的差事，尊者、长者只需道一声“上茶”就已尽了主人之谊。而在西方，家庭生活中一个重要组成部分就是喝茶，尤其是有客人时，主妇一定要亲自动手，即使是贵如当今英国女王，据说在接待身份相当的来宾时，也是要降尊纡贵，亲手冲泡一壶好茶的。

茶在生活中扮演着重要的必不可缺的角色，因此茶俗也就往往渗透着生活方式、价值观以及为人处世原则。不止一个民族有这样的习俗：少女用茶来表达个人感情，以茶为礼定终身。而在社会交往的方方面面，饮茶时的种种形式与意蕴，也常常是用语言无法表达得那么含蓄又优雅的。

比如广东兴起的以指叩桌表示对为自己倒茶者的谢意，就是一个很好的例子。当别人为你倒茶时，屈指轻敲桌面，既表示注意到了热茶正倾入茶杯，“但倒无妨”，又含有致谢之意，相当于说“这厢有礼了”。而与此同时，宾主尽可以谈笑自若，话该说什么就继续说什么，不会因倒茶的客套而打断话题。

各地的茶俗有一些已经失去了实际意义，因为时过境迁，社会环境变了，当初茶俗所包含的意味如今已成无本之木，也就难以为继了。比如过去讲“茶满欺人”，今天虽然也仍讲“酒要满，茶要浅”，但如果偏偏倒茶时热情过分而满了杯，也不会有任何其他误会发生。

当然，也有不少茶俗仍然有现实生命力，比如端茶送客是旧时代大户人家的规矩，今天人们待客，当事谈完话说得差不多的时候，往往也会问一句“再喝杯茶吧”，委婉地表达送客之意。这总比直截了当地说“没什么说的了吧？时候不早了，该走了吧”让人容易接受得多。

新版后记

2001年，这本茶书最初由南方日报出版社出版，2007年再由中国广播电视出版社出版插图本，2012年又由化学工业出版社出版彩色增订版，三家出版社累积印刷十几次，在茶书里不算畅销书也算是常销书了，现在交由文化艺术出版社来出新版，补充了一些篇章，也删减了一些篇章，改动调整幅度比较大，几乎可以说是一本新书。过去的二十年来，中国变化之大举世公认，我这本小书有些段落带有明显的时代痕迹，又无法回避或修改，希望读者理解。

《闲闲堂茶话》曾得到茶学界、书评界、文化界不少评介指教、揄扬推荐，先后有上百家报刊以及更多的网站发表文章与书讯，我在受教的同时对师友们的情意念念在心，此次新版选择了三篇文章置于卷首代序，我在杭州与北京多次有幸与茶学界前辈阮浩耕先生面晤聆教，而书评家朱白先生与韩田鹿教授我至今无缘识荆，三位先生对拙著多有溢美之词，我既感且愧，拉大旗作虎皮，自壮声威耳，见笑见笑。

感谢先后担任此书责任编辑的赵泓、李潇潇、孙振虎、韩路民诸位先生，没有他们付出的心血也就没有这本小书。

曹鹏

2018年11月26日于北京